張恨水 著

魍魎世界

前方吃緊，後方緊吃

現在大部分的人，無論什麼事在眼前發現，都會想到生意經上去。

這不應當說是心理變態，毋寧說是社會都起了變態

目錄

目錄

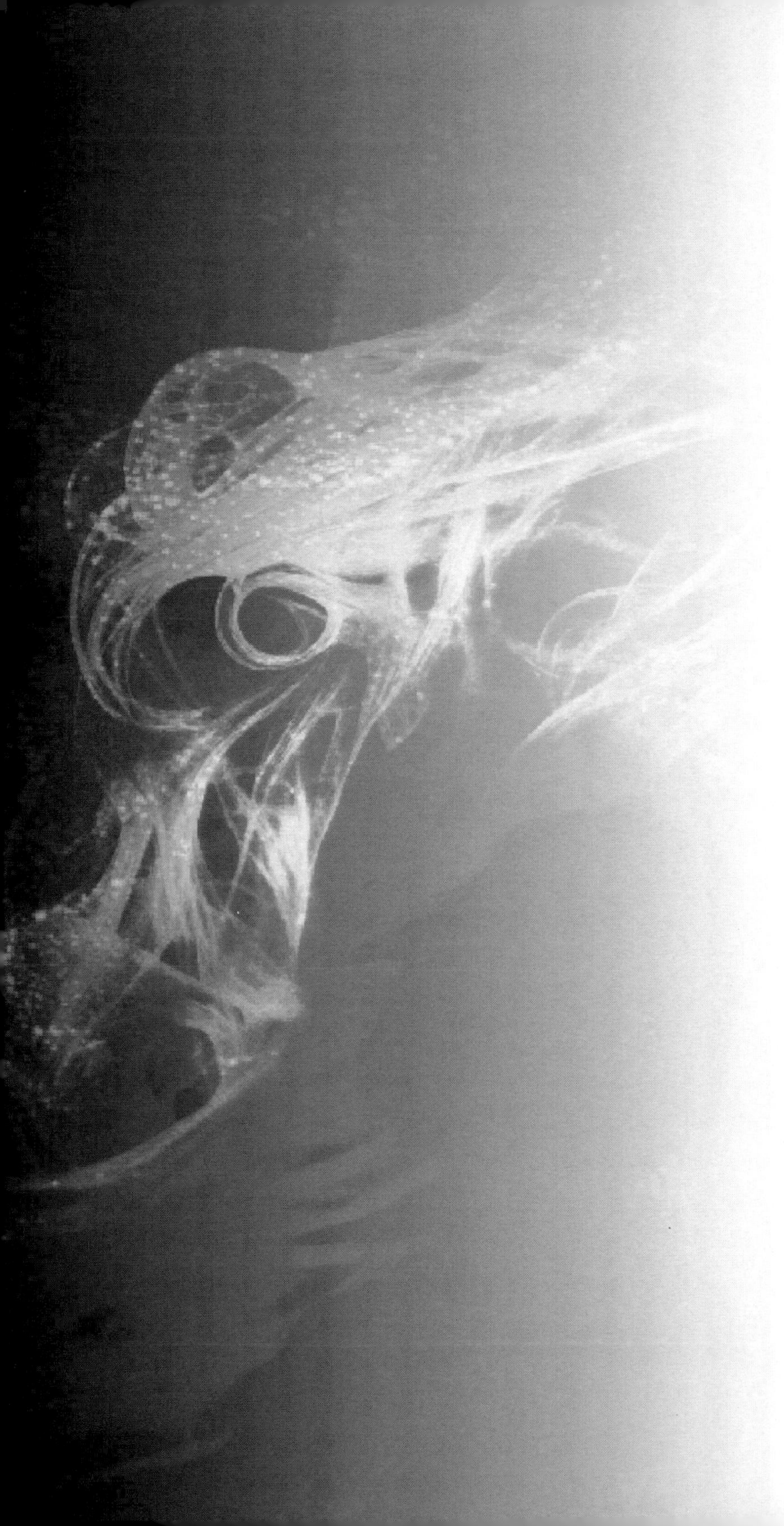

意外

兩人說著話，後面發出了一陣皮鞋響，回頭看時，一個穿草綠色細呢衣服的人，戴了漂亮的絨帽子，手上拿了一根鑲銀質頭子的軟藤手杖，遙遙指了亞英的臉道：「老王，你還有多少冬筍？」亞英笑道：「廖先生，幾十斤。」他笑道：「你知趣，我最不喜歡人家叫我的官銜。冬筍都賣給我們錢公館，價錢隨便你算，你就送到錢公館大廚房裡去。」亞英道：「有家兄在一路，我先把他引到我那草棚子裡去，立刻……」那人瞪了眼道：「你還叫我等你不成？老王你是會作生意的人，你可不要不識抬舉。」亞英笑著點點頭，連說「是是」，又回頭向亞雄道：「你覺得累不累，還是跟我走上一趟吧？」亞雄見那個所謂廖先生，態度十分驕傲。亞英在這裡既然還是一個小販子，很容易受人家的壓迫，總以不和他增加麻煩為妙，便答應和他一路走。亞英帶過馬頭來，順了另一條齊整的石板路，向小山頂上一幢高大洋樓走去。

這一家公館姓錢，是這個疏建區最有名的地方。不但他們家的人有一種威風，便是他們公館裡畜養的那幾條狼犬，也是外國種，棕色的毛，洗刷得溜光，一望而知就不是平常家數。所以亞英聽了那位廖先生的話，要向錢公館去，自然知道，並不用得他再加指示。他牽了馬，直接順路往山上走去。將要到那公館門首，平滑石板的坡子上，又劃分了一條石板面的小路，亞英牽了馬就向這小路上走。亞雄隨在他身後走，隔了松樹林，看到那高崗上的樓窗，垂著各種黃紅顏色的紗簾，吱吱呀呀不成腔調的提琴聲，由那窗子裡傳送出來。窗外的走廊上，有穿著紅衣的女郎，從容的走過。在樓下看去，那簡直是神仙中人。但在順了樹幾縫裡看去，那山路上有穿草綠色呢衣服的人，手上似乎拿著一支什麼棍棒類的東西，挺立在路邊，立刻在環境裡添了一種嚴肅的氣氛。

這一份感覺，好像亞英已經先有了，所以他一點咳嗽聲也沒有，更不說話，只是那四隻馬蹄踏著石板，啪啪有聲。

那廖先生先搶行了一步，走過馬頭去。亞英兄弟倆隨了這小路走，穿出了樹林，發現在洋樓的後面，離開高樓，有另一排小洋房。門裡外全是水泥面地，門窗全是綠色的鐵紗蒙著的，遠遠的一陣魚肉油香氣味，由那紗窗裡透出，讓人體會到這是公館的廚房。一個穿著白罩衣的摩登廚師，推了紗門出來，胖胖的柿子臉，黑頭髮梳得溜光，兩手捧了一隻硃砂小茶壺，嘴對壺嘴，吸著茶，看到亞英，騰出一隻手來指了他道：「不是有人叫你來，你還不打算把筍子送了來呢。我們哪一回少給了你錢？」

亞英先向前一步，笑答道：「不是，我怕送了來，朱先生你又不要。」那廚師道：「不要，你就再馱了回去就是了！你想賺我們公館的錢，平常不來伺候大爺，那還行嗎？」說著，一伸大拇指，指了他的鼻尖。亞雄見他無故在人面前稱大爺，叫人看了有些不服。然而亞英倒並沒有什麼感覺，將馬韁繩拉住了，然後笑嘻嘻地向那廚師道：「朱先生，筍在哪裡過秤？」廚師讓他叫了幾聲「先生」，有點高興了，笑道：「我懶得費事，和你估價吧，你把冬筍送到廚房裡倒下來，讓我看一看堆頭大小。」亞英說聲「是」，就把馬背上的兩布袋冬筍搬了下來，用肩膀扛著，拉開紗門送了進去。

朱廚師兩手捧了小茶壺，繼續喝著。亞雄只好站在馬邊呆呆的望著。朱廚師看了看他道：「你是老王的什麼人？」亞雄見他這樣沒有禮貌，本來多少要報復他一點。無奈一想到少年盛氣的亞英，都不敢違拗他，自已是個過路客人，何必跟他一般見識？因此忍耐住胸頭一腔怒氣，向他笑道：「我是老王的哥哥，在這裡站站，不打攪你先生吧？」又是一聲「先生」，這朱廚師就特別的高興了，笑道：「到廚房裡去坐坐，也不要緊，你來。」說著，左手拿了茶壺，右手將紗門向裡一推，向他點了兩點頭。

亞雄既是不敢違抗他的招待，也想到裡面去看看，這有錢人家的廚房，到底是怎麼一圓事。於是就順了這一推門之間，側身走進去，自然他的目光在他的好奇心理上，已把門內的情形完全看了進去。往日看電影，總覺美國人把廚房的裝置，過於誇張得乾淨，及至走來一看之後，才知道影片上所布置的廚房，還極其平常，這裡的牆下半截，都是瓷磚面的，不帶一點灰塵，地面是水泥鋪的，光滑平整。這裡正是錢公館廚房的西餐部，桌案碗盤，一律是白漆漆的，那玻璃的櫥門，透露出裡面的大小聽盒，猩紅碧綠，精美的裝潢著。只看那裝潢上都印著外國字，可知這全是些舶來品了。竈的牆壁，也是白瓷磚砌的，煤炭都在竈裡面燃著，不把那漆黑的面孔向人。碗櫥的對面，一個玻璃格子，裡面幾隻大小玻璃缸，盛著紅紅綠綠的水果，尤其是東北蘋果、臺灣芭蕉，煙台梨，這幾項都不是重慶所能得到的東西，卻不知怎會新鮮的擺在這裡。

那朱廚師隨著走了進來，指著桌子邊一張白漆凳子笑道：「不要緊，你就在這裡坐下。」他這樣招呼著，亞雄也就含笑著坐下。亞英在廚房角一邊，將口袋開啟，把冬筍一個個的取出，整整齊齊在牆角邊堆疊著。朱廚師手捧了茶壺，對一堆冬筍看了一眼，因道：「也不過五六十斤，老的還是不少，給你三百塊錢吧。」亞英笑道：「朱黨生，你沒有少給，但是你先生是肯替窮人幫忙的。」口裡又是兩聲「先生」。那朱廚師笑道：「你是廖先生叫了來的，看在廖先生的面上，再給你五十元。」

啞英連說「多謝多謝」。正說著，那廖先生又從裡邊門裡走出來，看到冬筍堆在地上，向廚師道：「老朱，你全買了，我太太前兩天就要……」朱廚師不等他說完，立刻迎著他笑道：「你廖先生的事，還不好辦嗎？請你隨便挑選幾隻嫩的拿去就是了。」廖先生看著亞雄，倒像個小公務員，便笑道：「這怎好揩公館裡的油？」

亞英便從中湊趣道：「廖先生不妨在這裡借兩斤去，下次我販了貨來，替你還了廚房就是。廖先生常常提拔我們作小生意的，我們應當有一點意思。」廖先生橫著一臉肉，挺了胸笑道：「你這話我倒是聽得進，我們也絕不在乎占你們這小販子的便宜。但是你們想在這裡混，你就應當孝敬孝敬廖先生。那個送牛奶的老劉，讓我把鞭子打了他一頓，把他驅逐出境。其實你們恭敬我，並不會白恭敬我的。」亞雄看他這樣子，又聽了他那番話，覺得作小生意買賣的，也絕不能說是有著自由的人。亞英丟了助理醫生不幹，還來受這廖先生的頤指氣使，頗不合算。可是看他聽了廖先生那驕傲萬分的話，卻能坦然受之。

尤其可怪的，那個朱廚師本來也就態度很倨傲，可是經這位廖先生自吹自擂了一番，他卻笑嘻嘻地將那玻璃櫥門開啟，取出一罐三五牌的菸聽子來，兩手捧著送到廖先生面前，笑道：「廖先生來一支，這是上次老闆請客剩下來的幾支菸，各位先生沒有收去，由我廚房裡收來了。」廖先生連菸聽子一齊拿過去了，笑道：「老闆請客，縱然我們不收，也攤不到你廚房裡收了來。你曉得這菸值多少錢一支？你抽了這菸，也不怕短壽！這話可又說回來了，你這個行業做得好，魚翅燕窩，總要經過你手上做熟才送給老闆去吃，你總可以先嘗嘗，什麼好補品，也逃不了你這張狗嘴，怪不得你吃得這樣胖，活像一隻豬！」那朱廚師被他罵得只是笑著，見他銜了一支菸在嘴角裡，立刻在身上摸出賽銀小打火機，擦出火來，鞠躬遮著火過去替他點上了菸。那廖先生吸著菸，在櫥子下格尋出一隻藤籃，將地面上的冬筍挑了幾隻盛著，大模大樣的走了。

亞英靜立在一邊，先沒有敢插嘴，這時才笑道：「朱先生給我錢，讓我走吧。」那朱廚師瞪了他一眼道：「你還是要錢，你許久站在這裡不作聲，我以為你忘了這事了。這事不經過庶務手，我是要發票的，你明天送一張發票來。」說著，在身上掏出一卷鈔票，數了三百五十元丟在桌上。亞英將鈔票取過，低聲問道：「發票開多少錢？」朱廚師道：「開整數吧。」亞英說一聲打攪，向他點一個頭出來。那朱廚師坐著吸三五牌，對他這禮節一點也不睬。

亞雄憋著一肚皮氣走出來，在樹林子裡小路上，就問道：「你真受得這氣，你真懂得和氣生財。」亞英回頭看了一看，搖搖頭，叫他不要作聲。亞雄就不說話，跟著他一直走下山崗，到了大路上，亞英才牽住馬，站定了腳，先嘆一口氣，然後向他道：「你以為拿本錢作生意，這就可以不受人家的氣嗎？在這個疏建區，慢說是我，多少有地位的人，看到錢公館出來一條狗，就老遠的躲開了。你若是得罪他公館裡出來的人，重則喪了性命，輕則弄一身的傷痕，那是何苦？我先是不曾打聽這裡有這麼一回事，等到知道了，在這裡作生意又上了路，離不開這碼頭。好在他們並不抽捐徵稅，只是那氣焰壓人，不衝撞那氣焰，也就沒事了。」

亞雄道：「照你這樣說，你想不衝撞他的氣焰，那如何可能呢？譬如他今天對你說了，下次再和他送冬筍去，你敢不送去嗎？」亞英點點頭道：「就是這樣不能不在他們當面作一種馴良百姓，反正他伸手不打笑臉人。」亞雄搖搖頭道：「在漁洞溪的時候，我很羨慕你在自由空氣裡生活著，如今看起來，還是不如從前穿一套舊西裝，給人家當醫藥助手的好。」亞英道：「天下事反正不能兩全，現在雖不免要看一點有錢人的顏色，可是走進小飯館子，兩個人吃上三菜一湯，有魚有肉，營養是不成問題。你總好久沒有吃過炒豬肝了吧？豬肝對你很有益。」說著哈哈大笑起來。

亞英拍了馬背道：「你會不會騎沒有鞍子的馬？你沒有走過今天這多路，騎馬去吧！」亞雄道：「馬雖是個畜生，你也應當讓它喘一口氣，馱著你到漁洞溪，馱著冬筍回來，到家還剩一小截路，你還不肯讓它空著，還要我騎它。」亞英笑道：「對！一頭馬的負擔，你也不肯刻苦它，你怎樣發得了財？」

弟兄兩人正這樣說著，有一乘精緻的滑竿，挨身抬了過去，上面坐著一個穿西裝的人，摘著帽子笑嘻嘻的點了個頭。亞雄也未打量這人是誰，就也取下帽子和他點了個頭。那滑竿走得快，未及打招呼，已抬過去了。亞雄問亞英道：「過去的這個人是誰？」亞英低頭想了一想，搖搖頭道：「好面熟，但是想不起他是誰來。」亞雄笑道：「真是騎牛撞見親家公，你看，我們兄弟倆弄成這一副狼狽的樣子，卻不斷遇到熟人。」亞英道：「那也許是你有這樣的感覺。疏建區短不了所謂下江人，既有下江人，就不免有熟識的。我常常碰到，毫不在乎。但是這個人究竟是誰呢？看他笑嘻嘻的樣子……呵！我想起來了，在漁洞溪吃飯的時候，那老豬桌上還有好幾個人，其中有個人，也站起來和我們打著招呼，正是此公。」亞雄點頭道：「對的，但究竟不是初會，一定以前我們還認得。」

兩個人正在議論著，後面來個穿青灰布短衣的人，赤腳草鞋，敞了胸前一排鈕釦，跑得滿頭是汗，趕到兩人前面，在褲帶上抽出一條布手巾，擦了汗，向他們笑道：「說的是剛才坐滑竿過去的那個黑胖子嗎？三年河東，三年河西，真是沒得話講！」他說一口南京腔，頗引起兩人的注意。亞英道：「你看我們窮了，窮得連人都不認識了。」那人笑道：「他的小名叫李狗子，江北人，以前是個賣苦力的。你們若是在城北住家，就會想得起他來了。如今是他要人抬了走，讓我們在後面用兩條腿追，沒得話講，沒得話講！」他一面說，一面搖著頭走了。

亞雄站著出了一會神，兩手一拍道：「奇遇，奇遇！我想起來了，他不就是我們寶安裡裡面，郭先生家裡的包車伕嗎？四五年工夫，他怎麼來得這一身富貴？你看，我們正討論著，馬也當休息一下的時候，恰巧他由身邊經過，好像他有意打趣我們。」亞英笑道：「果然是他，不過他笑嘻嘻的向我們點頭，倒沒有什麼惡意。」兩人說著話，牽了馬走，下得山坡，便是一個場。在場角的街頭上，有一爿小小的雜貨店，早有一個人迎出來，說著上海音的普通話，他道：「王老闆，回來了，貨呢？」亞英笑道：「路上就光了，那隻運笥的船，大概還在漁洞溪，明早我再去一趟吧。」亞雄笑道：「這位大哥，我在漁洞溪碰到過，竟是當面錯過了。」那人向亞雄看看笑道：「你說打聽姓王的，我早就告訴你了。你說的姓區的，我哪裡會知道呢？」亞英忙著將馬栓在門口路邊一棵柳樹上，將亞雄引到店裡後進來。

這裡是開窗面山的一間屋子，除了所謂竹製的涼板而外，其餘全是大的缸，小的甕，還有竹簍子竹籮等，堆得只有一個人側身走路的空檔。這些裡面所裝的，液體的油，和細粒的胡豆花生米，成疊的紙張，火柴盒，洗衣皂，屋梁上也不空著，懸了燈草和鹹魚。亞雄笑道：「這都是你們囤的貨了。」亞英道：「我哪有許多錢囤貨，不過屋子是我的罷了，這些貨都是那位上海老闆囤的，你不要看這些破罐破簍，本錢已是一萬多了。」說著，將涼板上的被縟牽了兩牽，讓亞雄坐下，自己卻坐在一簍花生米上。

亞雄周圍看看，那面山的窗子，既不大，又是紙糊了的，屋子裡阻塞而又陰暗，因皺了眉道：「雖然賺錢，這屋子住的也太不舒服。」亞英笑道：「你外行。作老闆的人，不需要陽光和空氣。他走進屋子來，看到什麼地方都堆滿了，心裡就非常痛快。我呢，一天到晚都在外面，休息也是小茶館裡，屋子裡儘管堆塞，那有什麼關係呢？你既不慣，我們一路出去坐小茶館吧！」亞雄道：「應該找一個地方慢慢談談。這地方雖然滿眼是錢，我這窮骨頭還是坐不住。」亞英笑著將身上的鈔票拿出來點了一番，依然放在身上，便和哥哥一路出去。兄弟二人喝喝茶，又在小飯館子裡吃了一頓午飯。亞英知道他不願進那堆貨房，又陪著他在場外田壩上散步。

忽然那上海老闆老遠的叫了來道：「王老闆，有人找你們好幾回了，快去吧！」他走到面前，亞英就問什麼人找他，回答說是位李經理，住在這裡「春山別墅」。亞雄聽了這話，倒是愕然，望著亞英道：「你認識哪裡的李經理？」上海老闆道：「李經理還親自來了一趟，說是請兩位區先生吃飯。這話若是早兩個鐘頭來說，我還不知道到什麼地方去找區先生呢。」亞英道：「我想就是那個李狗子吧？」亞雄笑道：「果然是他，我們就去叨擾他一頓，看他是怎樣發財的。」說著話，亞英就引了亞雄向春山別墅走來。

那別墅是在小小的山崗上矗立著的一幢洋樓。樓外有短牆圍繞了花圃，綠的竹子和紅的梅花，遠遠的看上去，已是很幽雅的所在了。走近了大門，灰漆磚牆門，閃在一叢槐樹陰裡。門上有塊橫石匾，寫著「春山別墅」四個楷字。在門外也可以看到裡面是花木蕭疏之所。兩人怔了一怔，都不曾向前，只見主人李狗子含笑迎了出來，直迎到二人面前，一一握手。他推著光頭，穿了套墨綠底雪花點子的薄呢西服，小口袋上垂了金錶鏈，滿臉的肉，都要胖得堆起來了。他笑道：「想不到在這裡遇到二位，我高興極了，特意去拜訪了一次，若不是這樣的請法，恐怕你們不肯來吧？老鄰居究竟是老鄰居，不要見外呀！我在四川，就是恨著一件事，老朋友太少，見了老朋友，就像見了親人一樣。」

亞英笑道：「我倒和李老闆相反，我見了熟人慚愧得很。」李狗子道：「二位先生不要緊，一個人的運氣有高有低，沒有不受香火的土地廟，牛屎在草地裡，大曬三天，也會發酵的。」亞雄看他穿了一身漂亮的西服，說出來的還是這一路言論，倒也很有點感觸，便默然的跟著走進了這別墅。

李狗子引他們上了一層樓，走进一間小客室裡坐著。這雖不像是正式招待客人的所在，可是設下有一套藍布面的沙發，圍著一張瓷面的大茶几。屋角上還有兩隻花架子，擺著兩盆鮮花。亞雄總聯想到李狗子在黃京拉車的情形，被他引進了這屋子，以為是走錯了路，及至他讓著客在沙發上坐下了，向窗子外喊著老王倒茶來，這才覺著並沒有錯。果然，這個別墅，好像也和他有點關係，有些主人的身分。在他一喊之後，有人送著香菸，李狗子將頭微擺了兩擺，表示了得色，笑道：「二位先生是老鄰居，凡事瞞不了，我自誇一句，好漢不怕出身低，我現在確乎有點辦法，將來我還有許多事要請二位先生幫忙呢。我的事，你們遲早會知道，我也就不用先說了。」

亞雄和他談論一陣子，由他日裡透出的訊息來分析，知道他是跟隨跑長途巴士作生意，在一年之內發財的，這事極其平凡，自然也不用驚奇。但是他自發財之後，已經不必再跑長途，他說好久沒有離開重慶了，生意方面倒是更發達，正需要人幫忙。他一提到需要人幫忙，就向著人笑，似乎含了很大的用意在內。亞雄在他沒有說明之先，自也不便追著去問他。那李狗子卻十分客氣，一定挽留著他們在這裡吃飯，除了很豐盛的菜，還有白蘭地酒，飯後切了兩盤水果，熬一壺咖啡在燈下吃喝閒談。但他所談的只是海防仰光的風土人情，每談到他切身的問題，就牽引了開去。

談了一會，李狗子看他弟兄有要走的樣子，便道：「大先生別忙，我還有話沒說呢！」於是取出兩聽大前門煙，交到亞雄手上，笑道：「在鄉下沒有什麼東西送人，請帶去吸吧。這在戰前，把這菸送人，是拿不出手的，到了現在，重慶是買不到了，算是表示我一點意思。」亞雄正要道謝，他搖著手道：「等我進城，再送點東西孝敬老太爺，這讓大先生帶著路上消遣。」

李狗子坐在椅子上兩手撐了大腿，說到這裡身子向上直起來，搖搖頭道：「我沒有知心的人，也沒有什麼朋友。認得我的人，原來都是比我好的，都知道我是在南京拉黃包車的，見了我混得還不錯，先在臉上現出了七分不服，再帶三分瞧不起，我準是碰一鼻子灰。從前在一處差不多窮的人，有幾個能到四川來？也曾碰到過兩三次，除了和我借錢，臉上是帶笑的，一背轉身，就罵我發了橫財。我有了錢了，可沒有了熟人。現在只有個褚子升，是老朋友了。我在漁洞溪看到二位，也怕是瞧不起我，後來我看你們和老褚談得很好，知道二位還念起熟人，所以我大膽去拜訪二位，又請來吃飯。你們賞光來了，我心窩裡都是喜歡的。雖然說好漢不怕出身低，可是出身低也是在外面混的人的致命傷。在熟人面前，最好永遠不如人家，越混得好，越是不討人家歡喜。實在說，我大概比兩位先生混得好，你們不嫌我是個車伕，肯和我一桌吃飯，又叫我一聲『李老闆』，這最好，不像那些窮人，見了我叫李經理，讓我不好意思。也不像那些不服氣的人，叫我李狗子。二位肯下點身分和我作個朋友嗎？」

亞英聽他這樣說，心裡倒深深受了感動，便道：「你很爽直。不過你自己也說了，好漢不怕出身低，過去的事，提它作什麼？」李狗子道：「不然我也不提起，因為二位先生是熟人，深知我的根底，我不說你二位難道會忘了嗎？我提起這話，也有點道理。我有事想求求大先生。」亞雄道：「你說吧，有什麼事找我？」李狗子道：「你看，我現在也是個經理了，走出去，身上是西裝，腳下是皮鞋，可是肚子裡一個大字不識，怎麼混得出去呢？還有和人來往的信。我現在請了一位文書先生替我代辦，他知道我不認得字，欺負得我不得了，一個月要花我兩千塊錢，還常常說不高興幹。大先生當公務員，那是很苦的，你能不能夠來當我的先生？你若是能來的話，除了公司裡送你的薪水之外，我每個月出兩千塊錢學費。」

亞雄聽了這話，不由得身子向後退了兩步，「哦喲」了一聲。李狗子接著道：「真話，我說出兩千塊，一定出這個數目，若是你不信，我先出半年的錢。」李狗子的第一句話已經讓亞雄聽著一怔，再聽他說出半年的學費，是二六一萬二。這數目太大了，一個小公務員，不但沒有拿這些錢的事，根本也很少對這個大數目發生關係。因之他除了輕輕「哦喲」了一聲之後，說不出什麼話來。

李狗子道：「真話，我不能拿著區先生開玩笑。只要像我那位文書先生說的話，一年之內教會了我寫信記帳，拚了分半個傢伙給他，我也願意。現時我才朗白，一個人若不認得字，那實在處處都受人家的氣。」亞英道：「一年之內教會寫信記帳，或者太快一點，但兩年之內，一年以上，那總是可以的，不過這種教法，必得用平民千字課那類的書。」李狗子道：「這類書我有兩套。單說這兩套書，我就花了五百元，你看我捨得錢捨不得錢？」亞英道：「何至於要這麼些個錢？」李狗子道：「也是那文書先生代我買的。他說這書在後方買不到，只有花大錢到人家手上讓出來。我明知道他有些敲我竹槓，我只要他好好替我辦事，我都裝糊塗了。」亞雄道：「李老闆這樣好學，志氣是很好的。我們是多年的鄰居，我應當幫你一點忙。只是叫我辭了機關裡的事，專門為你幫忙，我應當考慮考慮。」李狗子道：「我曉得大先生一定是怕辭了機關的事，生活沒有保證。這件事我可以請個律師來證明，訂下一張契約。」亞雄笑道：「這倒不必。我本來要在這鄉場上玩兩天的，既然有了這個約會，讓我先問過老太爺。我家現在疏散下了鄉，最好你能親自和我老太爺談一談，這事才好辦。」李狗子滿口答應了，親自送他二人到了家門口，方才回去。

當晚上區氏兄弟二人把李狗子這事商量了半夜，雖是奇談，卻也很覺有趣。亞雄也就決定次日回城，向父親商量下。第二天清早，二人剛剛由屋子裡出來，就看到李狗子拿了一根手杖，在店門口踅來踅去。亞英「哦喲」了一聲，說著：「李老闆，早！」李狗子笑道：「我還是那個脾氣沒改，天一亮就得起來，這真是賤命。我想請二位吃早點去。」亞雄道：「不必客氣。」力李狗子笑道：「也不會有什麼好吃的，無非是油條豆漿。」亞雄還說沒有洗臉，他就說願在門口等著。二人看他誠意，漱洗完了，只得與他同行。

李狗子請他們吃過了一頓早點，又送他們回來，路上走時，在身上掏出一個信封，信封上有歪斜不成樣子的一行字：「請交老太爺台收。」笑嘻嘻地兩手呈給亞雄。

亞雄接過來看了一看，有些不解，便問道「給誰的信？」李狗子道：「我聽說大先生搬家都是朋友幫的忙，我沒有趕上去出份力量，這裡補一份禮吧！」亞雄道：「呵！這不可以。」手裡捏那信封時，裡面厚厚的，正是裝著鈔票。李狗子道：「一點小意思，大先生若是不收，就是瞧不越我！」亞英道：「既是李老闆這樣說，你就開啟來看看，我們斟酌辦理。」亞雄便撕開信封，抽出來一看，乃是百元一張的鈔票，共總十張。

亞英笑著，拱了一拱手道：「這無論如何，不敢當。」李狗子道：「大先生，你不要以為這數目好聽，論起物價來，又做得了什麼事？這算我對老太爺一點孝敬。大先生拿回去，就這樣對老太爺說，老太爺若還記得起我，他一定肯收的。什麼道理，他也許肯說出來。若是老太爺不收，大先生退回到我公司裡去就是。」亞雄躊躇了道：「自然是我們家正用得著。但是我們家已往和李老闆並沒有交情，怎好……」李狗子道：「正因為已往談不上交情，卻想起了老太爺的好處，當年在南京一塊兩塊，在年節下曾賞過我。這恩典比起今日一萬八千還強。人不能忘恩，忘恩會雷打的。人心換人心，我就應當盡上一點孝敬。我已說了，老太爺不要，你給我退回來就是。」亞雄道：「報恩兩字談不上，但這也是你李老闆忠厚之處。我暫且收下，好歹讓我們老太爺作主吧。」李狗子聽說，才欣然轉去，約了隔日一定到鄉下去看老太爺。

分手之後，亞英引著亞雄到雜貨店貨房裡，也取了二百元交給他，因道：「有了李狗子這些錢帶回去，我本來可以不必帶錢回家，好讓本錢充足些。但我一文不帶回去，又顯著太不如人家一個車伕了。」亞雄笑道：「人家既是發了財，當然要遮掩過去的歷史，以後我們少說他車伕，免得說慣啊，在人前說出來有失忠厚。你不以為我這話過於勢利嗎？」亞英笑道：「不過我也當為自己著想。將來我當了經理，也希望人家不叫我趕腳的。」亞雄笑道：「那又焉知不可能呀！」兄弟二人說著，很高興的分了手。

亞雄身上有了一千二百元法幣，究竟比出來的時候要有精神得多，當日回到重慶，買了些家用雜物，並買了一瓶酒，想到鄉下是不容易買到牛肉的。次日早起，又趕到菜市買了三斤牛肉，順便買些下江豆腐乾、沙市鹹魚之類，一籃子裝了，回到宿舍，再將雜物拿著，竟是二十多斤重，半年沒有坐過人力車，這也就開了葷，坐著人力車到公共汽車站。車子上照例是擠的。亞雄守著法定的秩序，依次登記，依次換票，上得車來，只好站在車門旁，帶來的兩樣東西，放在腿縫裡夾著，感到異常不方便。他手攀車頂篷下的一根棍子，車開了，人隨著全車搖擺。車子經過了兩站，天賜其便，身邊的座位上有三個人下車，毫不費力就坐下了。但坐下之後，卻發現了面前站著兩個人，對這座位感到莫大的失望。一個是摩登少婦，身穿了絲絨大衣，扶著木棍的白手指甲上，塗了鮮紅的蔻丹。一個是白髮飄蕩的老先生，灰布袍上，套了青布夾馬褂。

亞雄看看這座位擠得沒有一絲縫隙，絕不能再擠下一個人去，便笑道：「我還可以掙扎，我讓個座位吧。」那摩登少婦聽了這話，便將眼來釘住了他。亞雄倒沒有理會，牽著那老頭子的衣襟道：「老先生，請你坐下，我讓你。」那老者「哦喲」了一聲，似乎感到意外。亞雄笑道：「這汽車上講不得客氣，我看你老先生實在不易支援。」這老人說了一聲「謝謝」，在亞雄起身的時候，他挨身擠著坐下了。那摩登少婦氣得掉過頭去。這麼一來，這位老先生卻益發感到讓坐的人是誠意尊老。

汽車到了最後一站，大家下了車，有兩位中年人迎著這老人，他特意引著過來向亞雄道謝。亞雄笑道：「老先生，你也太客氣了，在公共汽車上讓個座兒，這又算得了什麼呢？」那老先生道：「讓座的事雖有，讓座給白鬍老頭子的卻很少。」

亞雄拱了拱手，自提了籃子袋子走了。離著車站約莫一華里路，是他們遷居到鄉下的家，遠遠看到老太爺銜了一支旱菸袋，在屋子外面平地上來回的徘徊著。走到面前，區老太爺先道：「我算著你今天該回來了，你找到了亞英沒有？」亞雄笑道：「見到他了，他很好，請你老人家放心。」他們父子說話，早驚動了屋子裡的人，區老太太迎出屋子來問道：「你兄弟會面子？」亞雄一面進屋，一面報告與亞英會面的經過。卻見桌子上放了兩個白布包袱，已是扯開，又加上另外一隻大火腿。亞雄道：「這是哪裡來的東西？」老太太笑道：「你想不到吧？這是亞杰帶來的東西。他本來由海防回到貴陽，要回來的，因為有要緊的買賣，又到柳州去了。你看，每人一雙皮鞋。」說著，她掀開白包袱，果然是黃黑一大堆皮鞋。老太太笑道：「真是意外的事，他只去了這樣久，就託回重慶的朋友，帶回來許多東西。另外還有一千五百塊錢。要是知道這樣，憑什麼我不讓他早去當司機！」

老太爺聽到兩個因窮出走的兒子，都有了下落，也笑向亞雄道：「這真是那話，窮則變，變則通了。」大奶奶見丈夫帶了許多東西回來，心裡也高興，將劫火裡面搶出來的洗臉盆，舀了一盆水，水中放了一把茶壺，上面蓋著手巾，一齊放在旁邊竹子茶几上，笑道：「也就因為你不肯變，所以你也總不通。」說著在盆裡取出茶壺斟了一杯茶，放在桌上。亞雄洗著臉笑道：「你會覺得意外，我也要變了。」老太爺笑道：「我們大概是讓窮日子過怕了，見人家賺了幾個有限的錢，大家都要變節。」

亞雄洗了臉，站著喝了那杯茶，笑道：「我要讓大家驚異一下子。」於是在旅行袋裡摸出兩聽大前門紙菸，放在桌上。老太爺道：「這是你買的？」亞雄道：「若是買的，那就不足驚異了。這個倒是我買的。」說著又摸出一瓶酒來，放在桌上笑道：「是敬父親的。」老太爺笑道：「這很好，可是已足讓我驚異了。」說著，亞雄將帶回來的東西，分交給大奶奶與父母。老太太道：「這花了不少錢了，你哪裡來的許多錢？」亞雄道：「這當然是貪天之功，以為己力。亞英讓我帶回來的二百元，差不多讓我用光了。」

區老太爺透著很高興，並不怪亞雄浪費，將旱菸袋頭上那半截土雪茄，架在茶几沿上，擦了火柴，伸手去點著，大大吸了一日濃煙，噴將出來，然後倒捏了旱菸袋，將菸袋嘴子指點了他道：「難道你已經知道家裡收入了一千五百元？不然，你兄弟帶回來的錢，你不會不帶給我看看。」亞雄笑道：「家裡的事，我怎麼會知道？我身上可另有一個保障，教我只管拿出錢來花。」說著便將李狗子送的那個信封，由身上掏出來，兩手呈給老太爺。老太爺看到信封上寫得那樣惡劣的字，已經覺著有些奇怪了，及至抽出信封裡面的東西來看，並沒有信，卻是十張百元鈔票，因望了亞雄問道：

「這奇怪！誰送我這筆款子？」亞雄因把遇到李狗子的事說了一遍。老太爺道：「呵！他發了財，難為他還記得我。只要他有這番好意，那就十分令人滿意了。這錢卻是不便收他的。」亞雄道：「果然的，他為什麼很感激你老人家似的，一定要送這一份重禮呢？」老太爺笑道：「這事他當然不好意思說，可是在南京城裡當男傭人的，十個就有九個是這樣子，實在不足為奇。他和鄰居家裡的女傭人，有點風流韻事，卻和鄰居家裡男傭人打起架來。結果，是全部送到警察局裡。這種案子，警察局哪會把他來當什麼了不得的事情辦，拘留兩天，要他們取個保就算了。他主人恨他胡鬧，置之不理，是我到警察局裡保他出來的。保他出來之後，他又生了一身疥瘡，我借了五塊錢，讓他回江北休養。後來他重回到南京，歸還我那五元錢，我沒有要他的。不久就是『八一三』了。不想這點小事，他還記在心裡。只是當年他還我五元錢，沒有收，如今還我一千元，我就要了嗎？」亞雄道：「他還說，過兩天會到我們家來看老太爺的。假使老太爺不肯收他的，等他來了退還給他就是。」老太太道：「他發了多大的財呢？動手就是送人一千元。」亞雄笑道：「那簡直不容易猜測。」因又把李狗子那番招待說了一遍。並說在漁洞溪遇到開老虎竈的褚老闆，也是西裝革履，闊得很。」

一家人正說得高興，老太爺對老太太笑道：「酒呢，我已聞到一些香味，至於牛肉，你還是剛拿到廚房裡去紅燒，這一筆帳就記在我身上了。」說著哈哈大笑起來。區家這十餘小時之內，收進了兩千多元鈔票，立刻在家裡發生許多笑聲。這老兩口子，都是已逾花甲的人，竟有了少年夫妻的意味，開著玩笑，在他面前站著三十多歲的兒子與兒媳，也不能不認為是意外了。

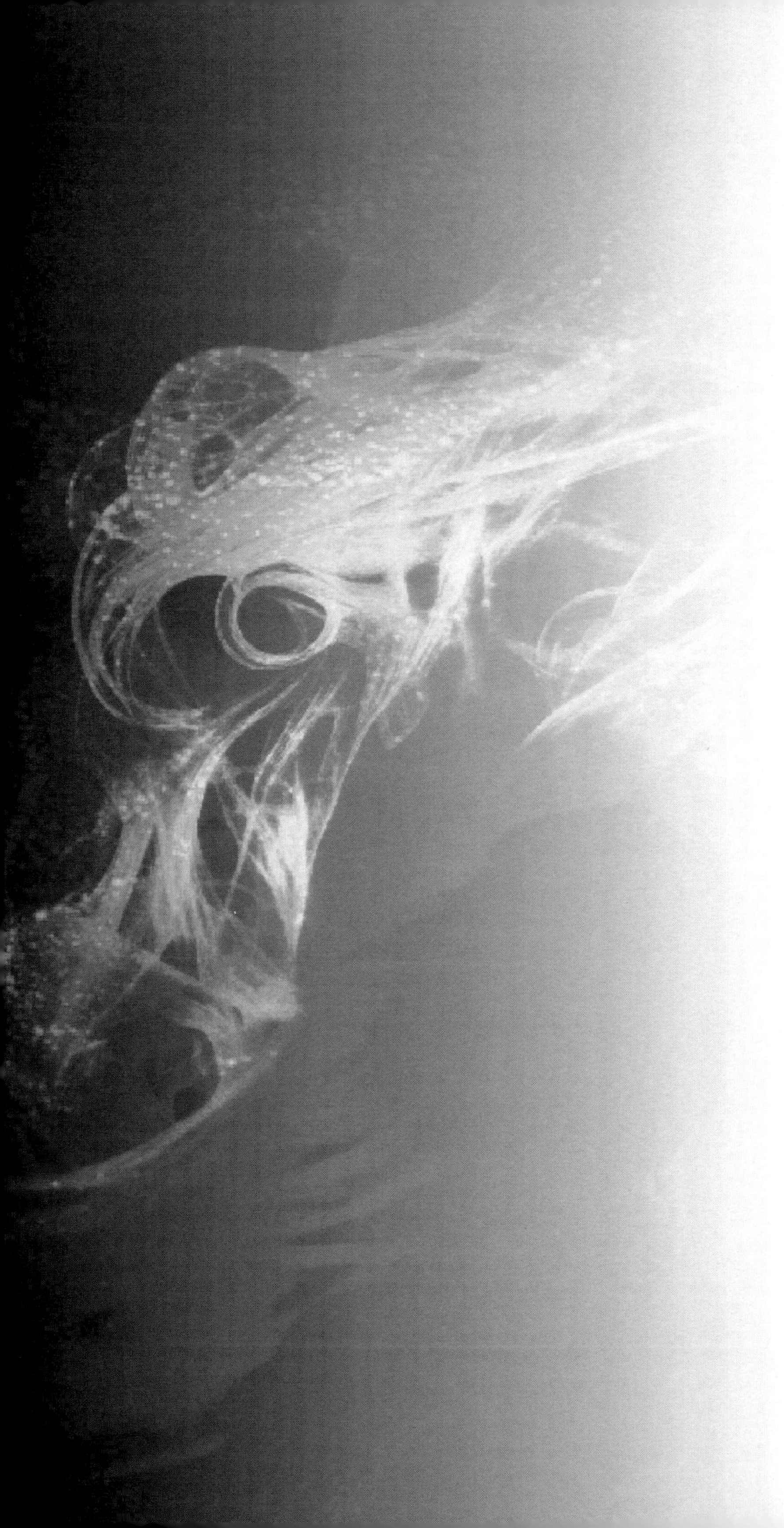

換球門

這天下午，區家老太爺極為高興，坐在白木桌上邊喝著酒，吃著亞雄帶回來的滷菜。恰好送報的人來了，掀開報紙來看，便是「東戰場我軍大捷」的題目，益發增加興致。因為他是東戰場的人，對於東戰場的勝利，感到關係密切。老太爺左手拿了報看，右手輪流的端著杯子，或拿著筷子，把一張報紙慢慢看完，那一搪瓷茶杯的大麴也就慢慢喝光，還端著酒杯子喝了最後的一滴，然後慢慢放下。看看那老伴，卻很久沒有出來。這酒是她斟的，算是一種敬意，可也正是一種限制。因為斟過之後，她已將酒瓶子拿去，說是代老太爺儲存起來。難道兒孫滿堂的夫妻，還能為了爭酒吃吵嘴不成？所以在習慣之下，也就這樣被統制慣了。平常酒量，恰好到此為止，不想再喝，可是今天受著鈔票的刺激，受著兒子有辦法的刺激，更因為那勝利的刺激，特別需要酒喝。年紀老了的人，在兒孫面前，要顧著面子，又不便叫老伴來加酒，因之將那空酒杯放在面前，不肯撤去，兀自靠近了杯子，兩手撐了報看。

約莫十分鐘，是個機會，區老太太由房裡走到外面這間屋子來了。老太爺便笑道：「太太，今天報上訊息很好，東戰場打了個不小的勝仗。」老太太隨便答道：「那很好，在家鄉的人，可以安心一點了。」老太爺笑道：「我特別高興，看過報之後，真要浮一大白。可是報來晚了，我已經把一杯酒喝去了九成九，哪裡能浮一大白？」老太太一看他滿臉的笑意，不怎麼自然，就料著他用心所在，便笑道：「究竟還剩下一成，讓老太爺慶祝一下子。若再晚來幾分鐘，那就只好喝白開水了。」老太爺將手撫摩了空杯子，笑道：「我現在酒量大了，這一茶杯竟不大夠。」老太太笑道：「酒癮也像菸癮一樣，你越不限制它，就越漲起來的，就是這樣也好，這樣的好酒，一頓喝光了，也怪可惜的，留著慢慢的喝吧。老太爺你的意思怎麼樣？」她笑嘻嘻的望了他，似乎帶一種懇求的神氣。老太爺雖然覺得十分掃興，在老伴這種仰望著的深情之下，倒不好再說什麼，可也不肯同情她這句話，兩手拿起報來，自向下看。其實他很有幾分酒意了。將一張報看完，在房門角落裡，找著了他的手杖，出門散步去了。

區老太太雖是把老太爺的酒量給統制了，然而過於掃了老太爺的興，自也過意不去。見他光著半白的頭，紅著面孔，拄了手杖出去了，而且還是一聲沒有言語，透著有點生悶氣，便悄悄的叫了亞雄出來，笑道：「不要盡在屋子裡逗孩子了，都是你生的是非，買了酒回來，你父親酒沒有喝夠，生著悶氣出去了。他的咳嗽是剛剛好，酒後兜風，回頭咳嗽又厲害了，你趕了上去陪著他散步。」亞雄笑著說了聲「是」，就追出來了。他見父親拿了手枝順了山坡大路緩緩的向下走，便抄了小路跑著幾步，到叉路口上一棵黃桷樹下等著。老太爺來了，亞雄便迎向前笑道：「你老人家出來，也不戴頂帽子？」老太爺看了他一眼，依然慢慢走著，回答道：「在你們眼裡看來，以為我是個紙糊篾扎的衰翁了，酒多喝一口，會出毛病，出門不戴帽子，也會出毛病！」亞雄只好在後面跟著，因道：「我陪你老人家走走吧。」老太爺勉強的呵呵一笑道：「越說越來勁了，我走路還會摔倒呢！」亞雄倒不管他同意與否，自在後面跟著，一面笑答道：「倒不是那話，我也想散散步，順便就和你老人家談談。——李狗子說的那事情，怎麼樣？」老太爺道：

「我不是說過了嗎？那錢我當然不能收。」亞雄道：「不是說那一千塊錢的話，他曾說要約我到他家去教書，我看倒並不是開玩笑，只要一答應，一萬二千元的薪水，馬上到手。除了買有獎儲蓄券中個三獎，哪裡有這樣容易的事？」老太爺說：「呀，居然有這事！你卻藏在肚裡，這會子才說。」亞雄一時沒有想到回話，老太爺也不響。父子兩人走了一段路，老太爺才緩緩說道：「以前發財是希望中頭獎，然而社會上想發財的人，胃口越吃越大，現在已把中頭獎的數目，視為不足道，縱然中了一個頭獎，也不夠過發財的癮，我們雖不至於像別人一般狂妄，可是也有這樣一點趨勢。其實便是李狗子所答應給你錢，如數給了，我們也談不上發財。若並不發財，犧牲了十餘年的公務員老資格，去給他教書，那未免不合算。」亞雄道：「我也就是這樣想著，假如一要改行，就徹底改行，以後不再走回公務員這條路了，請示你老人家一下。」

兩人談著，走到了一塊平坦的石坡邊。這裡有兩塊石頭，已被行人坐得光滑了，於是老太爺先坐下，就將手杖斜倚在石邊的一叢灌木上，望了一望周圍的環境，因道：「我並不是詩人，自古詩人多入蜀，這四川對於文藝家是的確另有一種啟示。我也就這樣想著，無論戰事是多少年結束，讓我在這四川不擔心家務，好好的賞識這大自然之美，高興時，自己作一兩首詩，陶醉自己。這自然是無關抗戰，但可以讓你兄妹四人，不為我衣食擔心，能為國家或社會多出點力，然而這就很不容易。」亞雄也坐下了，笑道：「你老人家這意思，在公的一方面，也不許我改行了。」

老太爺將放在灌木上的手杖，又放到杯裡，兩手抱了搓挪著，沉思了一會，因道：「我並非唱高調，但我們上了年紀的人，作事也必行其心之所安。你看以先亞英是服務社會，你和亞杰都是服務國家，亞男不必給她一個遠大的要求，而且她究竟為國家出著四兩力氣。如今亞英亞杰是自私自利了，你又要去自私自利。因為我二老下了鄉，你母親不願亞男在城裡混，兩三天內，她就要回來。這樣，我這個老教書匠，已往二三十年教人家子弟怎樣作人，怎樣作中國人，全是謊話。我覺得有了你兩個兄弟改行經商，你這個窮公務員，就忍耐著混下去好了。你自然苦些，我想以後的家庭負擔，讓你全免了肥。或者你兩個兄弟，還可以補貼你一點紙菸費。自然，你兩個兄弟，都因貧苦而改行了。如你所說，吃小館子可以吃炒豬肝，炒肉，還讓你繼繼吃豆芽蘿蔔，我有點不恕道。眼見我一依允你，馬上就可以收入一萬二千元，而我把愛國的大道理，單放在你身上，也覺不公。可是你們已得到國家最大的恩惠，沒有服兵役。退一步想，我作父親的，應該把你們和農村壯丁比一比，而在滿足之下，把心裡的話，對你說一說。我絕非唱高調，我是行其心之所安。亞雄，你仔細想想，我的話如何？」

亞雄聽了這一番話，看看父親鬚髮半白，穿一件深灰布棉袍子，越襯著他臉上的清瘦，沒想到他窮且益堅，老當益壯，還是這樣興奮，不覺肅然起敬，便站起來道：「爸爸這樣說了，透著我唯利是圖，很是慚愧。既然如此，我決定拒絕李狗子的聘約。只是我這個公務員，除了起草等因奉此，而外，也無補於國家。」區老太爺又放下了手杖，將手摸了兩下鬍子，點點頭道：「這也是實話。可是你要知道，起草『等因奉此』，也究竟需要人，而『等因奉此』，寫得沒有毛病的，尤其不可多得。若是起草『等因奉此』的人，都去經商，國家這些『等因奉此』的事，又向哪裡找人呢？我有個新的看法，自抗戰入川以後，這當公務員與作官，顯然是兩件事。你既然是公務員不是官，這和以前大小是個官以及官不論大小，能賺錢就好，那是兩件事了。你若是這樣幹下去，我以為對得住國家，也對得住親師。」

他這篇話侃侃而談，不但把當前的大兒子說感動了，卻也感動了兩位旁聽者。這兩個人，也是在外面散步的，聽了有人演講似的說話，便站住了聽。這時，兩人中走過來一個人，向區老太爺拱拱手道：「剛才聽到你賢喬梓這一分正論，佩服之至！真是何地無才？」亞雄看時，正是在公共汽車上讓座給他的那個老頭子，不過旁邊增加了一位穿西服的少年。亞雄道：「不想在這裡遇著你老先生。」那老人笑道：「我正因為看到你閣下，所以走上前來，想攀個交情，遠遠的聽到二位的高論，我就不想上前了。但是聽完了令尊這一番高論，我實在禁不住要喝一聲彩。現在這局面，雖然打著抗戰旗號，哪裡不是自私自利的表現？難得這位老先生，竟能反躬自問。」

區老太爺見這位老人鬢髮雖然斑白，但是衣衫清潔，精神飽滿，倒不是腐朽之流，便也客氣了幾句。那老人自己介紹著，他姓虞，蘭個兒子，兩個作了不小的官，一個兒子是武職，在前方。這西裝少年，是他的長孫，他喜歡生活平民化，所以常坐小茶館，偶然進城，也必定是公共汽車來去。

在汽車上見亞雄不讓座給摩登少婦，讓座給白髮老人，這事作得很公正，非趨時髦者可比。因為如此，所以願交個朋友。現在聽過這番話，更願交個朋友了。

區老太爺聽說他的兒子是作大官的，心裡倒有點躊躇起來。他想著我憑什麼和正號的老太爺交朋友？知道的是他來拉攏我，不知道的卻不說我趨炎附勢？便笑道：「那愚父子如何攀交得上？」虞老先生笑道：「你先生這句話，不知是根據哪一點而言？難道因為我有兩個兒子作大官？果然如此，那不是不敢高攀，而是不屑於俯就吧？」說著哈哈一陣大笑。區老太爺聽他說了這句話，自然也一笑應之。

虞老先生笑道：「實不相瞞，為了兒子們都賺錢，我成了廢人了，什麼事不用去幹，光是張嘴吃飯，伸腿睡覺。據人說，這就是老太爺的本分。人生在世，想熬到作個老太爺，那是不容易的。可是我倒生了一副賤骨頭，就不能享這種老太爺的清福。我不服老，倒很想出來作點事。可是我果然如此，全家人都以為有失體面，好像是說有了這樣作大官的兒子，還不能養活父親。他們卻不解這樣的作法，卻是把我弄成了廢人。」區老太爺連連的點著頭道：「虞先生這話，倒和我對勁。」他笑了一笑道：「如何如何？我們是很對勁吧？下午沒事嗎？我們同去坐一坐小茶館吧。」

區老太爺看這位老人，相當的脫俗，也就依了他的意見，一同去坐小茶館。一小時的談天，彼此是更談得對勁了，就成了朋友。虞老先生說年老人不用說和青年人交不成朋友了，便是和中年人也談不攏來，到底還是交個老朋友好。區老先生在城裡，往日卻也和西門博士常常談天，自從搬家了，失去這麼一位談天的朋友，再也捌不著第二個。新搬到這個疏建區裡來，正透著寂寞，既是有這麼一個談天的朋友，自也樂得與之往返了。到了次日，這虞老先生還比他更親切，親自到區家來約著老太爺去坐小茶館。

約莫一個星期後，原來在城裡找到一個機會教書的區亞男回歸來了。她覺得鄉下真是枯寂的不得了，尤其是每日報紙來得太晚，總要到黃昏時候才到，看慣了早報的人很有些不耐。因之她吃過了早飯，就到外面去散步。歸途中，她遙遠的看到西門德在別一條小路上，腋下夾了皮包，迎面舉起手杖，連連的招了幾招，大聲叫著：「大小姐，大小姐！」亞男笑道：「咦！博士！怎麼也到這裡來了？」西門德舍開了小路，拄著手杖，就在乾田裡迎上前來，笑道：「我是特意來看看你們的。」亞男笑道：「這可不敢當了，公共汽車是非常不容易買到票的。博士怎麼來的呢？」西門德在中山服衣袋裡抽出一方手絹，擦著額頭上的汗，因笑道：「我也知道這一點。昨晚上我住在城裡，今天天不亮，就到公共汽車站上去買票候車。哦！大小姐，還沒有看到今天的報吧！」說著在衣袋裡掏出一份摺疊著的日報，遞給亞男。這倒是投其所好，亞男立刻接過來兩手展開，看了幾行新聞題目。西門德倒不覺她慢客，自站在路邊等著。亞男草草的將報看了個大概，才笑道：「只管急於看報，忘記和博士說話了，請到舍下去坐坐，好嗎？」西門德笑著答應，請她引路。

亞男將西門德引到家裡。老太爺也覺得這位尊客來得意外，拱手笑道：「歡迎歡迎！怎麼有工夫到這裡來？」西門德夾住皮包，手捧了帽子和手杖，連連拱了幾個小揖，笑道：「專誠拜謁！」老太爺雖未必將這話信以為真，可是他在態度上，卻承認這是事實，因笑道：「正想和博士談談。可是交通不方便，料著是見面困難，博士來了，就極好了。在這鄉下玩一天，我們慢慢的談吧。」西門德也就跟著連說「極好」。

區老太太聽說博士來了，也出來招待一陣，大奶奶還是那樣，一手抱著孩子，一手提了茶壺出來。西門德起身相迎，拍著手，向小孩笑道：「小寶寶，還認得我嗎？孩子越長越好玩了。」於是，他將放在茶几上的皮包開啟，取出兩小紙袋糖果交給了小孩。大奶奶笑道：「博士還惦記他，買糖果給他吃。小寶，謝謝博士！」西門德笑道：「我想買一點別的，皮包裡又不好帶，帶著只這一點了。自我們分開以後，內人就常常念著這孩子。」大奶奶道：「什麼時候，也請西門太太到這裡來玩玩。」西門德毫不猶豫的，一日答應道：「那一定來的，雖然現在交通困難，可是她若一個光身人前來，那是毫不費力的。她雖是個女人，走路比我靈便得多。」

區老太爺倒不知道他是為了什麼要事，說話這樣客氣，又說他太太有來此的可能，便讓他在木椅上坐下了，自己在下手木椅上相陪。西門德在身上自取出雪茄來，點了火吸著，借了這吸菸的動作，他猶豫了若干分鐘，然後繼續說道：亞英亞杰兩兄，都有信回來了？老太爺笑道：「真是博士勸對了，他們這一改行，就改好了。亞英不過是個小販子罷了，比他當人家一個官醫助手，要強十倍，上小館子可以吃炒肉，也可以吃炒豬肝。」西門德笑道：「那麼，亞杰當了司機，是更時髦的職業，當然更不止吃炒肉吃炒豬肝了。」老太爺因把亞杰亞英的事略略說了一遍，並把有人出二千元一月請亞雄去當私人教授的話，也對西門德說了。

西門德聽了這些話，只管點頭，好像表示很羨慕的樣子，不住微笑。等老太爺說完，他笑道：「對的！我早已聽到這個訊息了。老先生見地很高，竟是肯犧牲小我，勸阻亞雄不要幹這件事。」老太爺道：「亞雄前幾天進城去的，博士竟是會著他了？」西門德道：「老先生，你自己還不知道呢，這件事已經成為佳話了。老先生不是在這裡認識一位虞老先生嗎？他的大令郎，把老先生這件事在紀念週上，報告出來，藉以勸勉他的部屬，以為當公務員的，都應該學亞雄接受老太爺這個說法。把自己和服兵役的人比一比，究係哪個安逸？這樣一比，就不必以當公務員為苦了。在星期一，我就遇到那個機關裡兩位朋友，先後把這事告訴我了。」老太爺笑道：「這倒真是不虞之譽。我在曠野裡和亞雄說著這話，根本不曾料到會有第三個人知道。不想竟是讓虞老先生聽去了。我們倒成了晚年的朋友，更不想到他的公子拿去作了紀念週的演講材料。有些機關，對於紀念週的演講，是感到困難的，沒有話說，偏要找話說，所以我那一番話也不過是給人家起草了一篇演講稿子而已，其實無足輕重！」西門德笑道：「可是在虞老先生那方面，一定是把區老先生的風格，大大的在兒子面前介紹了一番的。我倒有意和這虞老先生認識一下，老太爺可以給我介紹介紹嗎？」區老太爺倒沒有介意西門博士這裡有什麼作用，便笑道：「這位新的老朋友，倒是和我談得來，每日都在茶館子裡會面，你要會他，那很容易，回頭我們一路上小茶館去就是了。」西門德連說了兩聲「極好」，就不再提這事。

說了幾句閒話，西門德開啟皮包，取出幾支雪茄遞給老太爺，笑道：「老太爺嘗嘗，這是真呂宋菸，口味很純。」老太爺笑道：「你自己預備得也不多，留著自己慢慢用吧。」西門德道：「原因就是自己儲蓄的也不多，我覺著每天吸兩三支，不到一個星期就吸完了，遲早是斷糧的，倒不如分給同好一點，大家嘗嘗。老太爺你不要看我隨身就是這樣一隻皮包，我帶這幾支菸來，還是完全出於誠意。」老太爺對於呂宋菸，的確有點嗜好，博士如此說了，他將煙塞入棉袍大口袋裡，只取了一支在手，翻來覆去的看著，然後又送到鼻子尖上嗅上兩嗅。

西門德坐在一邊椅子上，對他這行為冷眼看了一會，笑道：「愛酒者惜酒，愛菸者惜菸，此理正同。可是老太爺要繼續吸呂宋菸的話，卻比我容易到手。」老太爺正將雪茄頭子送到嘴裡去咬掉了一點，便又將煙擱下，向他問道：「我可以容易的得著雪茄菸？博士此話是何所指呢？莫非以為亞杰可以和我帶來？你要知道由海防這條路帶英美的菸進來，是極不容易的。」西門德笑道：「不必那樣，你這位新的老朋友，就可以替你設法的。」老太爺道：「是的，他們家對運輸方面，可以取得到聯繫。可是這位虞老先生，個性極強，他自己坐公共汽車，來往都不肯要一張優待證，他自不會在運輸上面占什麼便宜。」西門德聽他這樣說，便沒有跟著說下去，只「哦」了一聲，便將話止住。

閒談之下，老太爺也曾問到博士的商務如何，他笑著搖搖頭，又嘆了一口氣道：「究竟我們念書人，玩不過那些市儈。雖是和他們在一處混著，賺了幾個錢，終日的和他們談些毫無知識的話，這精神上的懲罰，頗也夠瞧。我想還是另謀事業的發展吧。」老太爺已是燃著了雪茄，仰靠了椅子背，將菸枝放在嘴裡，欣賞那菸的滋味，聽了這話，便噴出一口菸來，似乎帶一點搖頭的樣子，因道：「難道博士還要重理舊業嗎？那麼，這好的菸味，可就嘗不著了。」西門德沉吟了一下道：「我打算辦一點小小工藝，而這工廠還要講個自給自足，兼著養豬種菜。」說著，他起身開啟皮包來，將一份油印的計劃書，交給區老太爺道：「老先生，請你指教指教。」這區老太爺生平就不大愛看公事，更也不談功利主義，對這種計劃書，根本感不到興趣。但是博士既交過來了，他也不能不看，於是左手夾著雪茄，右手捧了計劃書。

博士也覺得他有點隨便，將身體由椅子上偏過來，手靠了茶几，伸著頭道：「這絕非官樣文章。」老太爺點了頭說著一聲「是」。博士手指夾了雪茄伸過來，遙遙地指著計劃書道：「這是於國家，於社會，都有莫大關係的事，不僅是自己可以作一點事而已。」老太爺依然點著頭說著是。西門德只好伏在茶几上，靜等老太爺將計劃書看完，然後笑問道：「老先生，你覺得這篇計劃如何？可以拿得出去嗎？」

亞男在一邊看到，心裡想著，這位博士是何道理？只管把辦工廠計划來和父親商量？原來不想多事，但她見西門德只管把一篇計劃書嘮叨著，便插嘴笑道：「博士辦實業，倒來問著這二十四分外行的家父，你不問倒也好些，你問過了，反而會上了當，你還是少問他吧！西門德只管在茶几沿上敲著灰，沉吟著笑道：雖然……雖然……不能那樣說。」

區老太爺覺得自己女兒給人家這個釘子碰得不小，因道：「你也太覺你父親無用了。博士哪會就把他的偉大計划來問我，老朋友見面，不過把這事來作談話數據罷了。走，我們出去坐坐鄉茶館。」他故意把這個約會，引開了話鋒。

這個約會倒適合了西門德的意思，連說「極極好好。」於是老太爺取了一些零錢，和西門德走出來。

路上行走之時，西門德突然問道：「這個茶館，就是虞老先生常來的那家吧？」老太爺雖不是心理學家，可是他聽了這話，也了解他是什麼意思，因道：「是的，街上有兩三家好一點的茶館，我們都去。但也有個一二三等。必是認為一等的那家客滿，我們才去二等的那家，每日在街上彼此互找，總可以會著的。」西門德又不大在意的，順口說了兩聲「極極好好」。區老太爺想著，他倒極仰慕這位虞老先生，極力的想著一見，那就首先去找虞老先生吧。因之走第一個茶館沒有看到人，就改走第二家茶館，一直找了三四家茶館，依然不見虞老先生。還是回到第一家茶館來坐著。

西門德道：「也許是我們來早了，要不然，不能那麼巧，正值我們要會他，而他偏偏就不來。」老太爺道：「每日我們也是隨便在茶館裡相就著，大概總會來的。」西門德聽了這話，一直就陪了老太爺喝茶，直到三點多鐘，霧季是傍晚的時候了，區老太爺動議回家。西門德還問了一聲虞老先生今天怎麼沒有來。區老太爺這更斷定他是有意要找虞老先生有所商議，倒不能不介紹他去見面，便引了博士直向虞公館去打聽。據他們聽差說，老太爺進城去了，還有兩天才能夠回來。區老太爺「哦」了一聲，也就了事。可是西門博士聽到，倒有大為失望的樣子。當時回到區家去，受著區家優厚的招待，次日一早，就進城去了。

這日西門德忙了大半下午，才過江回得家去，老遠看見太太站在門口高坡上，向山下望著。這是他太太的習慣，心裡一有了什麼急待解決的問題，一定眼巴巴站在門口望先生回來。於是他老遠的掀起帽子來，在空中搖撼了幾下。到了面前時，左手拿了手杖撐在石坡上，右手在口袋裡抽出一方手絹擦著額頭上的汗珠，張了嘴呼叱呼叱只管喘氣。西門太太道：「你為什麼不坐滑竿上山來？這個錢你省不了，別的上面，你少花一點就是了。」西門德喘了氣道：「我原來想著，回家也沒有什麼事，一步一步慢慢走回來吧。可是看到你站在門口等著我，我又怕你有什麼急事，等著要向我說，所以跑了兩步，可是我這就不行得很。」說著，連連搖著頭。

西門太太皺了眉道：「可不是有了事嗎？錢家那一方面，漏出了口風，說是這房子不借給我們住了。」西門德道：「反正他們老早就有閒話了，只要他們不當面來請我走，我們落得裝糊塗。」西門太太道：「可是我們天天看著人家的臉色，也沒有什麼意思。」說著，大家走回樓上。她笑了一笑道：「我是個急性子人，見了面就該問了。你去找區家老太爺的結果，怎麼樣了？」西門德道：「不湊巧，那位虞老太爺進城了。」說到這裡，劉嫂端了一盆洗臉水來，嘴裡咕嚕著道：「給他房錢，他又不要，現在說我們這樣不好，那樣也不好，好像不願人家白住房子。」西門太太望了博士道：「你看，又是人家說閒話了吧！」劉嫂撅了嘴道：「他們說我們把水潑在地面上，不講衛生。」西門太太道：「你看這怪不怪，水不潑在地面上，潑到哪裡去呢？」西門德道：「這必是劉嫂潑在水溝外面，所以他們這樣說了。以後把水送到溝裡去潑就是。」他太太聽了這話，悶著沒作聲，在桌子抽屜裡取出一聽紙菸來，取了一支吸著。

西門德洗過臉，開啟皮包，取出兩個紙包放在桌上，笑道：「不要生悶氣，我給你帶來了你喜歡的東西。一包五香豆，一包鴨肫肝。」西門太太將兩個小紙包拿在手上，顛了兩顛，向桌上一扔，因道：「怪不得你放在皮包裡，就是這麼一點點！」西門德笑道：「你不要嫌少。我們這個月，不到幾天，已經在銀行裡提出一萬多塊錢來用了，可是收入呢，一個銅板也沒有。我們不能像已往作生意那樣用，應該有個限制。」西門太太道：「正是，我還不曾詳細問你。那虞老頭子，你沒會著嗎？」西門德道：「這也許要談一點命運論。事情一不順手起來，一切就都不湊巧，那位虞老先生偏是進城了，說是還有兩天回去，我又不便老在鄉下等著。我想過一兩天，你去一趟吧。」說著躺在沙發上，伸長了兩腿，在衣袋裡掏出一支雪茄來，嘆了一口氣，搖著頭道：

「我後悔不該認識錢尚富這批人，現在口胃吃大了，再回到從前那一份清淡日子裡去，有一點受不了。你是廣東糕點、蘇州甜食吃慣了。我呢？」說著把手上的雪茄舉了一舉，笑道：「現在的土製雪茄，我就不能上口！」

西門太太已經把鴨肫肝拿在手上，送到嘴裡去咀嚼，回轉頭來向博士望著，笑道：「你既然知道是這樣，就再找著生意作好了。以前你沒有作過生意，還可以找到姓錢的這類人搭幫，現在你已經是個小內行了，還怕找不到辦法嗎？」西門德已點著了那雪茄，吸著噴出一口菸來，笑道：「你猜我為什麼去找區老頭子？」西門丁太太道：「難道他會作生意？」西門德將雪茄指點著，向太太道：「你只曉得咀嚼鴨肫肝罷了。區家老三，現在跑長途巴士，公路上一定兜得轉。假如我們能拿出幾萬元來，和他作生意，一定不會蝕本，這是談小作。假如能和虞老頭子認識了，我們簡直可以在仰光買上兩部大卡車，連貨一塊兒運了進來。」

西門太太笑著哼了一聲，道：「你是將大話騙自己呢，還是將大話騙我呢？據我所知，一輛卡車要值十幾萬，你打算買兩部卡車，你哪裡來的這樣多錢？」西門德笑著點頭道：「你這話問得有理，就是為了沒有錢，我才去找區家老太爺設法了。假如那位虞老先生肯幫我一點忙，憑他一封介紹信，我們可以不花一個錢買進兩部卡車來。」西門太太道：

「這話我就不懂了。車子是外國的，外國商家可不管你是中國什麼人，他交出貨去，就要收你的錢，介紹信有什麼用？」西門德道：「戲法人人會變，各有巧妙不同。我告訴你一件事。有個朋友，平白的和人家機關裡訂約，賣十五輛汽車給機關，說明重慶交貨。但是要在重慶預付定洋三分之一。訂好了約，他就坐飛機到仰光去，在外商手上，定了十幾輛車子。這定錢，也正是買主給的全價三分之一。他把車子定好在手，就不怕無貨可運。因為仰光商家，在海裡搬上岸的貨，都是山一樣的堆著，只愁沒有車子運走。而那朋友的十五部車子，既是直放重慶，又是掛著公家的牌子，相當的保了險，所以大家搶著要租他的車子。未開車，他就收了許多款子，他除把車價開銷之外，而且辦了幾噸貨。車子很平安的到了重慶，卸了貨，將車子洗刷一番，交給買主，一文不短，將其餘的三分之二現款賺出。這一趟仰光，你想他賺多少錢？這件事，人人會辦，問題是哪裡找這種定貨的冤大頭去。」西門太太道：「據你這樣說，虞家路上有這冤大頭？人家不會直接在仰光託人買？」西門德道：「所以我說要找冤大頭了。我已經打聽得，有某處要買十二輛車子，也是重慶交貨。自然，訂約之後，可交定錢三分之一。那虞老頭子的大兒子，就管著這一類的事。假使他肯和我介紹一下，我就能在買主那裡取得鐵一般的信用，我們學著人家依樣畫葫蘆，賺他兩部新車子，還有什麼問題嗎？」

西門太太聽說，心裡也就隨著高興起來，繼續向丈夫打聽生意經。西門德對於這件事，已經私下想了個爛熟，太太一問，就全把主意說了出來。西門太太也是越聽越有味。最後就決定了主意，因道：「果然有這樣好的事，那是不能錯過了的。我到區家去一趟。據你心裡學博士的看法，錢過一萬，沒有人不愛的，我就老老實實和老太太大奶奶說明，生意做成，分他們一份乾股。憑這一點，她們也會慫恿老頭子和我們合夥的。」西門德笑道：「兵法攻心為上，我是一個窮博士，就要顧到窮博士的身分。你到區家去，可不能學著我，應該多帶一點東西，連老帶小，全送他們一份禮。這樣，他們拘了三分情面，你的話才容易說。」西門太太道：

「這我就得怪著你，前些時，他們搬家的時候，你一棍子打個不黏，不給人家想點辦法。女人都是小心眼兒，這時候我們去求她們了，她們不會給我們一個下不去？」西門德笑道：「這叫換球門。你沒有看到賽足球嗎？在東邊球門能贏的，換到西邊球門去，也不一定能輸。你對於太太們的交際手腕，我看著就很不錯。這回你到區家去，把拉牌友的手腕拿一點出來，我想準有幾分成功。」夫妻二人商量一陣，已經覺得事在必行。

不料次日上午，錢尚富派人送了一個紙條子來，說是城裡那個旅館的房間費，三股分攤，博士應當攤一股，共是三千餘元，請交來人帶回。他看了條子，手拍了桌子，連說「豈有此理」。西門太太接過條子來一看，因道：「以先要拉攏我們的時候，親自坐轎子來邀我們去住，如今用不著我們了，我們也不長住那裡，也要我們出錢。這樣的勢力鬼，不要理他！」西門德道：不理他不行，我口頭上客氣過，是說這個月要認一股帳的。而且我們還有許多事情落在他手上，和他翻臉不得，我們住的房子，還是他介紹的呢。而且這房子許多的家具，也是他的朋友的。這一股款子，我們只好出了，從今以後，我不到那旅館去歇腳就是。總有一天，教他們看了我西門博士眼紅。一說著，右手揑了拳頭，在左手掌心裡捶了一下，因道：「太太，你努力，我們要發一注財，比他們還有錢，讓他們再來巴結我們！」西門太太道：「哼！他們再來把我們當祖宗看待，我也不理了！」夫妻二人發了一陣子氣，沒有法子，還是拿出三千餘元鈔票來交給了來人。

這一份刺激，教西門太太再也在家坐不住，立刻過江，買了大大小小十幾樣東西，將一隻大包袱包了，便搭了公共汽車向區家來拜訪。她是個胸有成竹的人，僱人乘滑竿，直抬到區家門口下轎。正是亞男在門口閒望，迎上前笑道。博士言而有信，西門太太果然來了。西門太太提著大包東西，向屋裡走著，因笑道：「老德昨天回去，我著實埋怨了他一頓，到你府上來，為什麼不邀著我同來呢？我是個急性子人，今天一大早就過江了。老太爺老太都好？」亞男笑道：「比在城裡住那小客店，這裡是天堂了。」

西門太太在身上摸索一陣，摸出一枝自來水筆，塞到亞男手上，笑道：「我知道你很需要這個。這是中等貨，你湊合著用吧！」亞男「哦喲」了一聲，因道：「這可不敢當，現在一支自來水筆，是什麼價錢！」西門太太道：「這是老德的朋友，新自仰光帶來的，他本來就有兩支，要許多自來水筆作什麼？「說話早驚動了區家人，區老太太笑著迎了出來道：呵！西門太太果然來了。交通困難，路途遙遠的跑了來，我們真是不敢當！」西門太太先把她提的那一包袱禮物，放在桌上，然後笑道：「我本來還要帶點水果來的，是我們那位先生說，車子上太擠，將人安放下去，都有問題。因為他這樣說了，我只好少帶一點。老太太，你收著，別見笑。」說時手指了桌上的包袱。

區老太太連聲稱著謝時，大奶奶抱著孩子來了。西門太太一面問好，一面手拍了兩拍，作個要抱孩子的樣子，笑道：「小寶寶，還認得我吧？」於是解開包袱來，取了一盒子點心，交到小孩子手上，笑道：「西門伯母沒有帶多少東西你吃。」老太太道：「你看，大一包，小一包，許多東西，還說沒有帶多少呢！」西門太太笑道：「我真是把你老人家當了自己的母親一樣看待，既然來看你老人家，能夠空著手來嗎？我們同住一年多，受你府上的感化不少。我們兩口子每次拌嘴，總是由老太爺三言兩語的就說好了。老太爺呢？他老人家可好？」

亞男在一邊看到，心想，這位太太春風滿面的，無處不吹到，老老小小問了一個周到。一個多月不見面，來了竟是這樣的客氣，不免開始注意著她。心想丈夫來過了，太太接著就來，這絕不能無事，且看她說出些什麼來？老太太根本沒想到西門太太此來大有文章，笑道：「我們自搬到這裡來，生活安定得多，大家總算沒有天天為了米發愁。老太爺也是遊山玩水，坐坐小茶館，現在又是陪老朋友坐小茶館去了。」這句話是西門太太所最聽得進的。所謂陪老朋友，大概就是那位虞老先生，這倒正好託區家老太爺去說情，因笑道：「是的，誰都願意和區老先生談話交朋友。在這裡面，可以得著許多教訓。我和老德私下談話的時候，總是說老先生好。」

西門太太進門之後這一番恭維，將這位不大管閒事的大奶奶，都看得有點奇怪，只好笑著因話答話。於是老太太帶了孫子陪著西門太太閒話。大奶奶到附近街市上去採辦菜餚，以便招待來賓。談話中間，西門太太曉得大奶奶的行動，便向老太太笑道：「你府上有老有小，這女傭人是缺少不了的，現在三位少先生境遇都好些，也不該過於節省了。」老太太道：「我們搬家的錢，還是人家幫忙的呢，也不過上個禮拜，得著亞杰一點接濟，還不敢浪用。」

西門太太見亞男拿了一股洗染過的紅毛繩，坐在旁邊結小衣服，因道：「這是給小寶寶作的了。他叔叔順便回來的時候，給他帶一件新的回來就是，這舊毛繩穿到身上，可不暖和。」老太太笑道：「說到這一層，我告訴你一件笑話，亞杰來信，說是有人寫信託他帶東西的，也有人當面託他帶東西的，還有繞了彎子請出熟人來託他帶的，若一齊全辦到，也許有半噸重。他開的車子，可是人家的，有什麼法子夾帶這些東西呢？因為他這樣說了，我們也就不希望帶這樣帶那樣，反正他回來的時候，不會空著兩手的。」

西門太太和老太太對面坐著，手裡捧了一個玻璃茶杯，舉著待喝不喝的，眼光可射在她母女兩人身上。聽到這裡，放下茶杯，身子微微向前一伸，笑道：「這就是我們那位博士說的話對了。他現在也知道一點運輸情形，他說在這裡要想發財，必須開者有其車。你們亞杰，若是能開著一輛自己的車子，這就發了財了。」亞男笑道：「你倒說的那樣容易，你沒有打聽打聽，現在一輛卡車要值多少錢！我們要是有錢置輛車，把那錢到荒僻縣區去墾荒務農去，合了我們老太爺的理想，倒是個一勞永逸之計。」西門太太笑道：

「一輛車值多少錢？我怎麼不知道？不就是至少十來萬，至多二三十萬嗎？你不要看到價錢大，開車子的人，自己買車子的還真是不少。他們開車的人，哪裡又有這許多錢，還不是在運輸上變戲法嗎？」老太太笑道：「雖然人家都說司機發財，究竟錢上了二三十萬，拿出來不會那樣十分容易。亞杰是剛剛搭上這條路，更不必作這份夢想了。」西門太太道：

「那倒不盡然。有辦法的人，終究有辦法。」於是她將西門德告訴她買車子的故事，又轉述了一番。亞男笑道：「雖然這個辦法不是難做的事，可是哪裡有那樣愚蠢而又多錢的主顧，和我們來訂車子呢。」

西門太太正要告訴有這麼個愚蠢而又多錢的人，可是區家老太爺回來了。他已得了訊息，知道西門太太來了，進門就捧了手杖拱揖，笑道：「我們竟是一搬家，就未曾見面。西門太太發福了。」她笑道：「根本我就不願胖，這個日子長胖了，人家還疑心不知發了什麼國難財，吃著什麼特效補藥呢。」老太爺笑道：「博士自然不會發國難財，不過這幾個月以來，收入情形應該是比以前好多了吧？」西門太太道：「那瞞不了老太爺，還不是朋友大家幫忙嗎？將來還要請老太爺幫忙呢！」

她見老太爺進屋來，早就起身相迎。原來她除了那隻大布包袱，包著大批禮物之外，手裡還提著一隻手皮包的。於是把手皮包放在桌上，立刻打了開來，取出一小盒雪茄來，笑道：「這可不是外國貨，是朋友從成都帶了來的，請你老人家嘗嘗。」老太爺笑了接著，連說「謝謝」。因道：「博士上次來，分給我們的雪茄菸，我還沒有捨得吃呢！西門太太倒又送我這樣多菸，不留著博士自己吸！」西門太太笑道：「他的朋友怎麼把菸送他來呢？他就不應當也分送一點給最要好的老朋友嗎？」

亞男在一邊聽得，心想朋友罷了，還要加上「最要好」和「老」字，這位太太，今天是客氣得有點過分，她必定打了什麼主意來了。父親是個敦厚君子，可別為了情面，胡亂答應她的要求。這麼一想，等西門太太和老太太到屋子四周參觀去了，就悄悄的通知了老太爺。老太爺不但不介意，反而哈哈大笑起來。亞男覺得她的觀察是很正確的，竟沒有想到父親為了這事大笑，不免呆呆的向他望著。老太爺這才笑道：「你想，我們也不過剛剛吃了兩天飽飯，人家哪就至於向我們頭上來打主意？他夫妻都是富於神經質的人，有時過於興奮。你這樣去看，就沒有什麼錯誤了。」亞男再要說什麼，老太太又陪著西門太太來了。她想著父親說的也是，自己家裡並沒有什麼夠得上人家打算的，也不必過於小心，且看這位來賓有什麼動作。

當日晚飯以後，鄉下無事，大家又不免圍著堂屋裡一盞菜油燈光，喝茶吸菸，說著閒話。西門太太也是急於要知道區老太爺是什麼態度，談著談著，又談到司機發財的問題上了。老太爺點了一支土雪茄，銜在口角裡，微靠了竹椅子背坐著，透著很舒適的樣子，噴了一口煙，然後笑道：「在抗戰期間，我們能過著這樣的生活，已經很可滿意了。因之我寫信給亞杰，發財固然是人人有這一個想頭，但我勸他究竟是讀書的人，不可作喪德的事。」

西門太太坐在他對面椅上，正是全副精神注意聽著，看他怎樣答覆，聽了這話，便搖著手笑道：「這裡面有什麼喪德的事？」老太爺敲了兩敲菸灰，嘆了一口氣道：「西門太太，你是沒有到公路上去兜過幾個圈子。若是你也走公路，你自然會知道許多。你看公路上那許多丟在車棚裡的壞車子，你以為完全是它機件自己壞了嗎？我舉兩個例，譬如有些司機，要揩油，無論你管頭怎樣精確的計算，一加侖汽油走多少公里，他有法子把汽油節省下來，以便歸他所有。最顯明的辦法，就是汽車下坡的時候，把油箱緊緊閉住，讓車輪子自己去淌著。一天下多少次坡，他就可以節省多少次汽油。汽車到了站頭，照公里報銷汽油，公家明明白白的並不吃虧。可是在暗中，汽車老是不用油下坡，機件硬碰硬，擦損壞的程度就逐日加重了。這還是逐漸消耗的。更有一種割肉餵虎的作法，那就太狠。譬如有一輛商車，損壞一項機器，在公路上拋錨了。那司機看到有公司車子經過，就大聲喊著，短了一點東西，讓給我吧，我們出三千塊。這當然是個譬喻，其實出七千八千的有，出一萬兩萬的也有。這樣的喊著，當然不理會的多，正在走路，誰肯斷了自己的腿去接上人家的腿？可是錢財動人心，真肯這樣做的，也未嘗沒有。於是這種司機，就停下車子問著，短了什麼？然後看物說價，價錢講好了，那邊將錢拿過來，這邊將車子上的好零件拆下來，交了過去。為了這好車子容易交代起見，把那壞零件白送給賣主。於是壞車子配上好零件，開起走了，好車子接上壞零件，可停在公路上等候救濟。商車運的商貨，甚至就是太太們用的口紅香粉之類，自急於趕到站頭。好去換錢。那輛公車呢，本就是裝著別人的東西，與開車人無干，車子擺在公路上三兩個星期，那也沒有關係。他零件所賣的錢，足夠兩三星期花的。碰巧救濟車子在數小時後就來了，拖到了修理廠，公家自會拿出更多的錢來配上他所賣掉的那部分零件。車子壞了事小，那車子上所運的貨物，豈不誤了卯期？所以我說這事就有些喪德。」西門太太道：「真有這樣的事嗎？」老太爺道：「我也是在小茶館子裡聽來的話。既有人傳說，當然總也有這種事發生過。一個人作好人不易，學壞人卻只要你願意。所以我寫信給亞杰，總希望他學學好司機。」西門太太笑道：「可是要照我們那位博士所說，開者有其車，自己開自己的車子，無論是替公家運東西，或者運自己的東西，他一定愛惜自己的車子上的每一個螺絲釘，就不會有以上的事情發生了。若是亞杰開著他自己所有的車子，這些話還用得著老遠的老太爺寫信去叮囑嗎？」

區老太坐在一邊，便插嘴道：「他哪裡去找這麼一輛車子呢？」西門太太笑道：「誰的車子也不是天上掉下來的，還不是靠人力去賺來的嗎？別個能賺，亞杰為什麼不能賺呢？」說著她又把西門德講的故事，重新講了一遍。老太爺口銜了雪茄，點點頭道：「這是可能的。」西門太太聽了這話，不由得滿臉是笑。因向著他問道：「老太爺既然知道是有這些事的，為什麼不和亞杰想點法子呢？」老太爺笑道：「你看我在這疏建區裡藏躲著，哪裡有什麼法子可想？」西門太太道：「我們那位博士曉得老太爺認識的虞家，在運輸上大有辦法。老太爺可以把這事和他們談談。」老太爺將雪茄在茶几沿上輕輕敲了兩下，笑著搖搖頭道：「知子莫若父，我家亞杰，他沒有那樣大的手筆，可以在國外買進許多車子來。」

西門太太見說話更有機會可入了，便起身坐到桌子邊一張短凳子上來，更是和老太爺接近一點，笑道：「老太爺若是那樣說，我們來合夥作一回生意，好不好呢？老太爺哈哈笑道：合夥作生意，我還是拿貨物來合作呢？還是拿錢來合作呢？」西門太太笑道：「不開玩笑，不要老太爺拿錢出來合作，也不要老太爺拿貨出來合作，現在西門在商界裡混混，已經在仰光認識幾個作汽車生意的外商，而且打聽得現在有人要買十來輛車子，要在重慶交貨。假使老太爺能找個運輸界裡負責任的人，向買主介紹一下，我們就可以親自到仰光去買了車子送來。車子到了重慶，除了運的貨可得著許多運費不算，我們就可以多帶兩輛車子來。這兩輛車子的車價，已經包括在那整批的車價以內，我們將買主的車價拿到手，還了欠帳，不必特別多費一文，車子是我們的了。這兩部車子你一我一也賺他幾十萬。」

老太爺聽說，笑著噴了一口菸，因掉著文道：「女之匪艱，行之唯艱！」西門太太笑道：「老太爺覺得難在什麼地方呢？」老太爺道：「譬如說吧，就算這批車子是十輛，十輛車子要交多少美金給人家，才能開出仰光？買主難道能在仰光付錢嗎？既在仰光付錢，他自己就會向外商去買，何必經過我們作掮客的手？」西門太太笑道：「我剛才說的，不曾交代清楚。這裡訂了約買主應當付出三分之一的定洋。這三分之一的定錢，在當地已是離車價不遠了。同時在當地一定有辦法兜攬一些貨運，收到一批運費，就把車價給了。」區老太爺搖搖頭道：「這辦法不妥。便是在仰光，一輛好車也要二三十萬元，拿個十萬八萬定洋，不能就把車子開走。講到運費，也是沒有把握的事。同時，說到最後，如果事情真這樣容易辦，那他買主自己不會派人到仰光直接去買？這樣的大錢自己不賺讓給別人？」西門太太也是徒然聽著一番博士的高論，至於實在情形，她原是不知道，老太爺一提著扼要的問題，她就無法答覆，因笑道：「反正這樣作買賣，賺錢總是事實，不過我說不出詳細辦法來罷了。若是老太爺願意談談這個事，我讓老德再來一趟。」

區老太爺聽到此處，已經知道他們夫婦先後來此是為了什麼，這樣捕風捉影的聽到一點生意經的竅門，就想大發其財，未免可笑。可是她幣重言甘的鬧上這麼一番，人總是個情面，怎好過於違拂了？只得笑道：「好的，可以和博士談談，我也不怕錢多會咬了手的。」說著，哈哈一笑。西門太太想著，這件事和老太爺說，不會得著多大的結論，也就只說到這裡為止，回轉頭來向老太太道：「我們全不是晝夜打錢算盤的人，現在樣樣漲價，賺錢不夠用，月月鬧虧空，不去想點法子弄點錢來，那怎樣得了呢？」老太太笑道：「我是向來不管家的人，現在也是天天看油鹽帳，檢查米櫃，有時候自己都為這事好笑。我一家親骨肉，這樣留意，還怕誰拿了油鹽柴米去換錢不成？那全不是。心裡時時刻刻想著，油鹽夠吃多久，米又夠吃多久，不等斷糧，老早就得去打主意。我們家臨時想錢的法子，是來不及的。」

西門太太臉上表示了很慷慨的樣子，因道：「不敢多說，幾百塊錢我們還轉動得過來，以後府上要錢用，到我那裡去通知一聲就是。」亞男坐在旁邊，掉轉臉微微一笑，恰是給西門太太看到了，她神經過敏的想著這位大小姐一定是笑我，心裡在說：「為什麼我們住在小客店裡的時候，不和我們通融幾百元呢？」於是自己笑道：「上次府上住在重慶小客店裡的時候，你看，我們也是受著轟炸，心裡亂七八糟。我很埋怨老德少替區老太爺幫忙。」老太爺笑道：「過去的事，說他作什麼？而且博士在人事上，是很盡力的，那只怪我脾氣不好，辭了那家館不教。」西門太太道：「不教也好。」她脖子一揚，臉色一正，接著道：「那個慕容仁只是藺家一條走狗。他也沒有什麼好兒女，配請老太爺去當先生！」亞男笑道：「那姓慕容的，可把博士當好朋友咧！」西門太太鼻子哼了一聲。區老太太恐怕人家受窘，立刻提議睡覺，散了這個座談會。西門太太被招待著在亞男床上睡，和老太太對榻而眠，閒談著，她又扯上了託老先生介紹虞家，以便進行販賣汽車那件事。老太太究竟是慈祥的，見人家這樣重託，只得答應了她的請求，負責讓老太爺介紹。西門太太覺得沒有白來，才安然入夢。

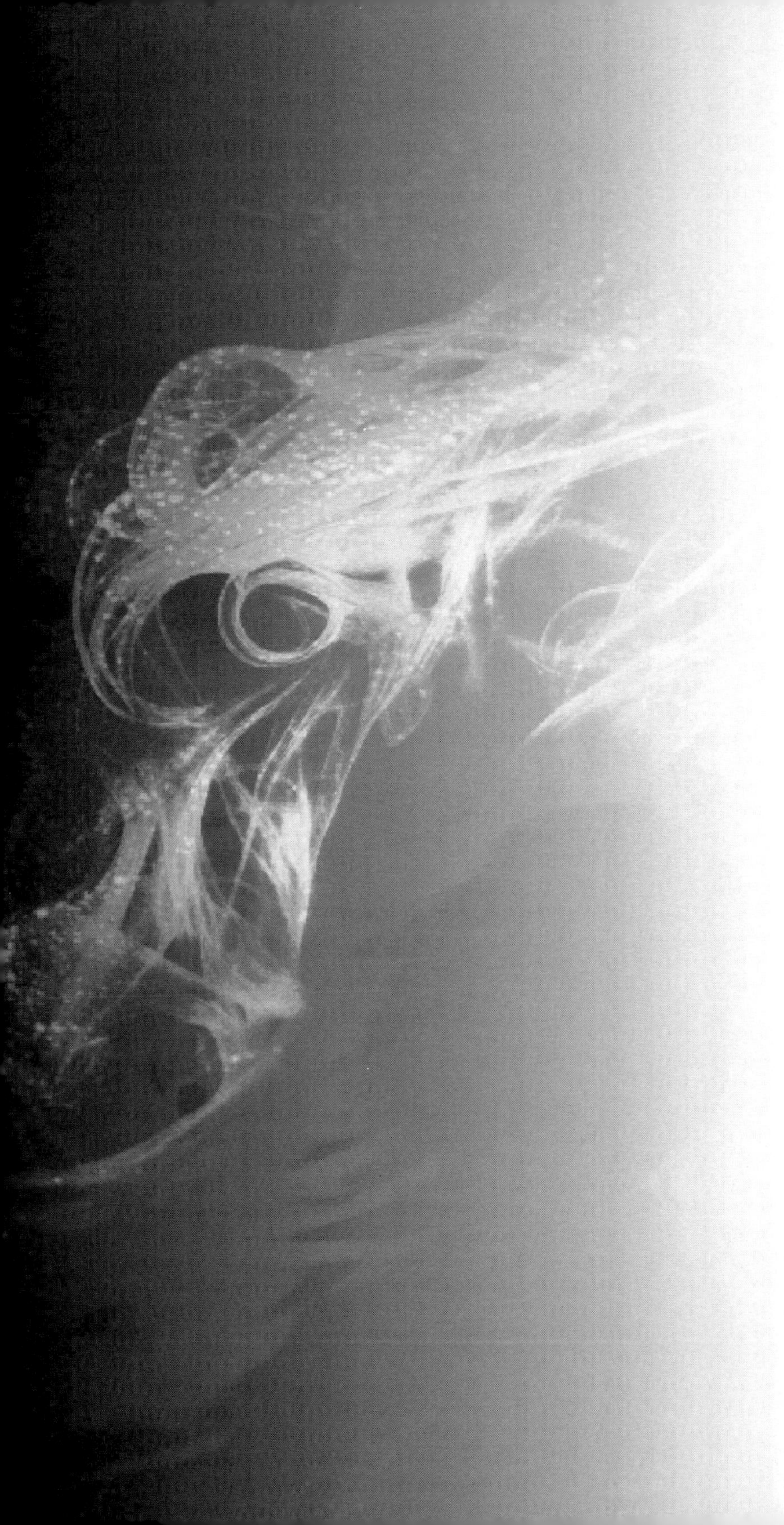

飛來的

次日，西門太太要等老太爺切實的回覆，當然沒有走。就是這日上午，大家正坐在堂屋裡閒談，卻見亞雄滿面紅光，笑嘻嘻的搶步走進屋來，笑道：「告訴媽一個意外訊息：二妹來了！」老太太道：「哪個二妹？」亞男在裡面屋子裡奔了出來道：「是香港的二姐來了嗎？」正說話時，已有一乘轎子的影子，在窗子外面一晃，卻聽到有個女子的聲音笑道：「不騙你們，這回可真的回來了。大伯和伯母都好哇？」說話時，那轎子已在門外歇下。

西門太太和區家作了很久的鄰居，就知道他們有個本家小姐，住在香港。亞男說的二姐，就是這位了。正這樣估量著，一陣香風，這位小姐已經走了進來。不用看人，那鮮豔衣服的顏色，老遠的就照耀著人家的眼睛。她穿了一件翠藍印紫花瓣的綢旗袍，花瓣裡面似乎織有金線，衣紋閃動著光。其次便是那一頭烏髮，不是重慶市上的打扮，頭心微微拱起一仔蓬鬆的髮頂，腦後是一排烏絲絞作七八綹，紛披在肩上，左手臂搭了一件灰鼠大衣，右手提著一隻棗紅色配著銀邊沿玻璃絲的大皮包，有一尺見方，顏色都強烈的刺眼。臉上的脂粉，指甲上的蔻丹通紅，這些裝飾，表現了十分濃厚的摩登意味她搶了進來，也不鞠躬，也不點頭，放下東西，兩手抓了區老太太兩隻手，身子連連跳動著，笑道：「大伯母，你老人家好？你老人家好？」說話時，亞雄轉身出去，提了一隻密線鎖口、銀邊牌配搭的紫色皮箱進來，另一隻手卻提了一隻蒲包。區老太太說了「好」，便替她介紹西門太太。區老太太笑道：「這就是我們常說的香港二小姐。」二小姐立刻和西門太太握著手，笑道：「亞男給我寫信，常提到你，我們是神交多時了。」西門太太一見她富貴之氣奪人，先有三分慚愧，又有七分妒意，如今見她和氣迎人，又是這樣一日極流利的國語，也就欣然說了一聲「久仰」。

二小姐又伸出手和亞男握著，笑道：「你個兒越發長高了，怪不得你信上說婦女運動作得很高興，已經不是一個小孩子了。大伯伯呢？」老太爺在屋子裡答應著，她就走進屋子去了。西門太太笑道：「你家二小姐，真是活潑得很！」老太太笑道：「她是香港來的小姐，那當然和這內地小姐不同。」不一會，老太爺和她同走出來。她笑道：「我知道你們在重慶的人，需要香港些什麼。我動身之前，就仔細的想了一番，要給大家帶些什麼。可是等我把東西買好了，左一包，右一包，就過重太多，帶不上飛機。」老太爺笑道

「香港的東西，怎麼要得盡？把整個香港搬來，也不嫌多。」二小姐笑道：「雖然那麼說，可是有便人從香港來，一點東西不帶，那豈不是望著積穀倉餓死人？」說著，將手拍了兩拍桌上放的那小皮箱，因笑道：「這裡面是百寶囊，什麼禮品全有！」又指了那蒲包道：「這裡面東西還得趕快就吃。亞男你去拿把剪子來，將這蒲包上的繩索剪開，我給你看些好東西。」

亞男立刻取了剪子來，將繩索一陣亂剪。隔著蒲包，已經嗅到了水果香與魚腥氣。及至開啟來，裡面又是些小簍子，首先看到的是一簍子香蕉，和碗大的蘋果。老太爺「哦喲」了一聲，笑道：「由飛機上帶了這樣的東西到重慶來，讓人家知道，那不要被人罵死嗎？」二小姐笑道：「不是我說句不恭敬的話，你老人家是鄉下人。我在香港就知道，比這平常的東西，由香港運進來的多得很哩！」刀老太太也站到旁邊來看，笑道：「香蕉倒也罷了，那是這裡所缺少的。蘋果在重慶也有了，倒煩你想的周到。」二小姐在簍子裡取出一個蘋果，舉了一舉，笑道：「有這樣好，這樣大嗎？」亞男笑道：「重慶的蘋果，是劉姥姥說鴿子蛋的話，這裡的雞蛋，也長的俊。那蘋果比雞蛋，

也大不了多少。」二小姐且不談蘋果，向她瞟了一眼，笑道：「你現在也看《紅樓夢》？」亞男紅著臉道：「我是什麼文學書都看的。」

二小姐又丟開了她，面向著區老太道：「大伯母，我們亞男妹妹，有了對象沒有？」區老太太笑道：「你這個作姐姐的不好，多年不見，見了面就和妹妹開玩笑。」二小姐笑著脖子一縮，又去解開另一隻小簍，裡面卻是幾塊魚，是大魚用刀切開的，已挖去了臟腑，另一隻小簍，又是幾十隻海蝦，她回轉頭來，向區老太爺笑道：「大概你們好多日子沒嘗這滋味了吧？」西門太太笑道：「二小姐是很能替重慶人設想的。」二小姐道：「大概這裡有錢所買不到的東西，都帶了一些來。我雖沒有到過重慶，重慶人到香港去的，我可會見多了，據他們口裡所說的，重慶所差的是什麼，我早就知道。」西門太太笑道：「據我所知，這裡迫切需要的是蜜蜂牌的毛繩，重慶雖然有，價錢貴，顏色還不好。」二小姐點著頭笑道：「這個我早已想到了，有，有，有！」老太爺笑道：「這樣有，那樣也有，你這回到重慶來，預備花多少錢？」二小姐笑道：「這半年來，你姪女婿改了行，作起生意來了，比以先活動得多。大概我半年這樣來重慶一趟，他絕不反對。」老太爺笑道：「你看，這位西門太太來作客，也是勸我改行作生意，我們還沒有得到結論呢！」二小姐聽說，滿臉是笑，向老太爺走近了一步，向著他道：「大伯，這辦法是對的呀！多少體面人，如今都作生意，我們為什麼保持那份清高呢？」老太爺笑道：「我哪裡還賣弄什麼清高？只是上了年紀，思想也不夠銳敏，哪有這本領和別人鬥法，況且，你也知道我的家境，哪裡有這能力？」二小姐笑道。

「在香港，跟著講生意經的人一處磨練磨練，現在很懂得些生意經。回頭可以和大伯談談。」

西門太太聽了這話，倒是正中下懷，這樣一來，大可以在這裡寬留兩日。聽這位二小姐的話，連在飛機上運輸都有辦法，國內公路上那更是不必談了。正好老太太也先說了，請西門太太不要走，大家談著熱鬧些。大家談了半日，二小姐和西門太太說的竟是很投機。談話之間，二小姐對於這屋子，首先不滿意，衛生裝置，這鄉下當然是不會有，窗戶上沒有玻璃，地下沒有地板，屋子裡的桌椅不是白木無漆，就是黃竹子的，一點也不美觀。因之論到亞男年紀輕輕的姑娘，頭髮剪得短短的，臉上也不搽點胭脂粉，身上穿件藍布褂子，也還罷了，腳上那雙粗布便鞋，粗線襪子，把人弄成了個大腳丫頭，實在不妥。亞男聽了她的批評，不說什麼，只是微笑。

二小姐哪裡肯放過？立刻拿出一雙皮鞋，一雙細羊毛襪，逼著亞男換了，又開啟一瓶香水，在她頭髮衣服上都灑了，還向她道：「女人愛美是天然，年輕輕的姑娘，弄得像老太婆一樣，作什麼？你本來很漂亮，用不著什麼化妝，布衣服也好，舊衣服也好，只要不和時代脫節，就很好了。」亞男笑道：「一句很好的話，倒被你這樣利用了！」她雖然如此說了，可是當二小姐把帶來的皮箱開啟，看著裡面全是衣料、鞋襪、化妝品、手錶，自來水筆、打火機一些小玩意兒，早已十分歡喜。後來談話之間，二小姐又說到香港許多好處，假使願意去的話，賺二三百塊港幣的薪水，不成問題。有了機會，再到南洋去一趟，一樣可以作抗戰工作，比在內地受這份苦悶，要好的多。這些話卻是亞男聽得進耳的，就也和二小姐繼續談下去。

西門太太見亞男都被這位二小姐說動了，這可見坐飛機來的人物，還是能引起人家羨慕與仿效的，這也就留意到他們是怎樣子在香港過活的。據二小姐說，她的先生林宏業，也不過在洋行裡當一名漢文祕書，原來是過著僅夠生活的日子。一年以來，受重慶朋友之託，常常代辦一點貨由幾個港口子帶了進來。其初是樂得作人情，後來和各方面混得熟了，知道很賺錢，與其和人家幫忙，何妨自己來？也就邀幾個朋友集合著股本，買一輛車，連貨一齊運了進來。原來是鬧著玩的，可是作了一回，就有了癮了。因為朋友湊股子的事情，賺錢有限，作了幾回，有點股本，現在想自己單獨來作這生意。自己買貨，自己買車子運。好在亞杰會開車子了，這車子就讓亞杰來開，也不怕出毛病。這次到重慶來，就是想來談談這件事的，順便打聽打聽這裡幾樣土貨的價錢，將來可以辦些貨，運出去，免得把貨價買外匯。而況買外匯要費很大的事。

西門太太沒想到這位小姐，比自己更能幹，竟是坐了飛機和丈夫跑腿，這倒不可失之交臂，應該向人家學習，因之二小姐說著什麼，都隨聲附和了。區老太太因為二小姐送了許多東西之外，又另外送了三千元法幣，說是給兩位老人家稍微補添一些衣服。老太太究竟是老太太，覺得這幾天，各方是太錦上添花了，心裡頭一高興，就叫亞雄到十里路外去趕場，辦來葷素菜餚，對二小姐和西門太太大事招待。西門太太和二小姐在一處，恨不得一天談上二十四小時，不但對裝飾上學了許多見識，就是在說話方面，也學了不少俏皮話。同時，老太爺也回覆了西門太太的信，已和虞老先生說了，他也很慕博士的大名，願意和博士談談。西門太太總算辦得相當滿意，便打算回去。

二小姐道：「我也是要進城去辦許多事。只是這公共汽車擠得太厲害，氣味又難聞，我打算坐滑竿去，我們一路走，也免得路上單調。」西門太太聽說，心裡可就想著：

「這樣遠的路坐轎子，兩個人恐怕要花好幾百塊錢，我可作不起這個東！」正如此想著，二小姐又向亞男道：「重慶城裡，我是人地生疏，大哥自有他的公事在身，我不能遇事找他，你得陪著我住幾天。我住在溫公館，究竟不方便，不過在香港的時候，和他們二太太見過兩面，這回又是同坐飛機來的。其實並沒有很大的交情，我是急於要在城裡找家旅館。聽說這裡新辦了一家專供外國人住的旅館，房錢是用美金算，真的嗎？」亞男笑道：「有法幣就行了，不過貴一點，你也不是外國人！」二小姐道：「我聽到溫太太說，重慶只有這家旅館可住。我問其他的呢，她搖了頭，皺著眉毛。」亞男笑道：「那是你們香港高等華人的看法。我們被炸之後，在小茶館樓上住過了半個月，身上也沒有少一塊肉。」西門太太是附和著二小姐說話的，她就分解著說：

「出門的人，本來辛苦，要住得舒服些才好。二小姐若是不嫌過江麻煩的話，到南岸舍下去住兩天也好。我那屋子自然比不上溫公館，可不是疏建房子，是一幢小小洋樓，家具也還整齊，令妹可以作證。」亞男笑道：「對的，他們那房子，也常住著飛來的人，可惜隔了一條江。」二小姐道：「這樣說，你更是要陪我進城去住幾天，免得我到處撞木鐘。」說畢，就吵著要亞男去找轎子。

她竟也猜得出人家怕坐轎子是什麼心理，在手提皮包裡取出三百元鈔票，交到亞男手上，笑道：「這些錢夠不夠？請你包辦一下。」亞男道：「你真有錢，放了公共汽車不坐，花幾倍的錢坐轎子。」二小姐道：「我常聽到去香港的人說，重慶路不平，只有坐滑竿最舒服，坐著可以，躺著也可以，下鄉進城，更有滋味，賞玩賞玩風景，還可以帶一本書看著，我想嘗嘗這滋味。」亞男道：「你可知道，滑竿下面，有兩個也是和我們一樣十月懷胎的動物在抬著。」二小姐笑道：「你又講你那一套平權平等了。我們不出錢，白讓他抬著嗎？」

她們是坐在屋子裡閒談，老太在外面聽到爭論，倒不願委屈了這位坐飛機來的姪女。心想，教她坐公共汽車，高跟皮鞋踩著黏痰，鼻子聞著汗臭氣，也許找不到座位，要站在人堆裡撞跌一兩小時。她這嬌嫩的人，自然不慣受這個罪。

於是向亞男道：「今天下午到鄉場上去，把滑竿定了，明天一早走，轎伕能趕個來回，也許肯去的。」說時把亞男拉到外面來，低聲道：「只當她自買汽油開了一趟小車子回城，那錢更花的多了。你一定要她坐公共汽車，把她身體弄病了，你負得起責任？」

亞男雖刁滿於二姐這一番狂妄的姿態，可是究竟是姊妹，而且她對於自己一家人，總是表同情的，也不便違反她的要求。當日在鄉場上，她果然去僱定了三乘滑竿，每乘五十元力錢，轎伕要求中午歇梢的時候，供給一餐午飯。亞男對於勞苦人兒，向來是表示同情的，雖沒有答應，卻也沒有堅決的拒絕。到了次日早上，二小姐還在床上沒有起來，就聽到門外有人大喊：「小姐，滑竿兒來了。」二小姐雖然匆匆起床，梳洗吃早點，也足消磨了一小時餘，方才出門。

當日大半下午，轎子抬到了牛角沱。坐滑竿的人，也覺得曲著身子太久了，筋骨不大舒服，便命令轎伕停下。西門太太在一路上就想好了，這一筆短程旅費，未免太多，自己不能強去會東，因之下滑竿的時候，故意閃開一邊，扯扯自己的衣襟，然後去清理滑竿後身的箱籠，亞男已經拿出那一百五十元法幣來，向那轎伕道：「你們在路上支用了二十元，算我們請你吃點心了，力錢我們還是照原議付給你們。」轎伕沒想到錢是由這位小姐手上付出，她可不是飛來的人，便滿臉堆出笑容來，彎曲了腰道：「哦喲！道謝一下子嘛！我們今天回去趕不攏了。」說著向二小姐道：「這位行善的太太，我們道謝一下子嘛！」二小姐見亞男代付了一百五十元，便在轎伕手上取回，另開啟皮包取了二百元法幣交給轎伕道：「好了，好了，拿去吧！」說著，把那一百五十元依舊還了亞男。

那溫公館所在地，是一幢新建築的西式樓房，樓下有一畝地大的花圃，鐵欄杆門敞開著，汽車水泥跑道，直通列樓下門廊外，那裡正停著一輛汽車。西門太太一看這份排場，心裡就想著，這年月住這樣闊的房子的主角，不是銀行界的，就是什麼公司老闆，這種朋友，如今認得兩個，總是有益無損的事。心裡這樣欣慕著，可是立時也起了另外一種感覺。那個拉二小姐的車伕飛跑向前，二小姐說了一聲就是這裡，他便將車子拉進了大門，順著水泥跑道在洋樓下停著。其餘兩輛車子，自然是跟著。西門太太低頭看看自己這身衣服，顯然是比著二小姐落伍太多，到闊人家裡去，是有點相形見絀的，她情不自禁的就退後了兩步。二小姐並未介意，直接的朝前走。亞男居次，西門太太最後。

那裡門房認得，有一位是和主婦由香港同機來的，便迎向前垂手立著。二小姐道：「二奶奶在家嗎？」他答道。

「在家，請進吧！」大家轉進屋子的門廊，橫列的夾道，左角敞著兩扇雕格白漆花門，那是大客廳，裡面是中西合參的陳設，紫皮沙發，品字形的三套列著，紫檀字格子和紫檀的琴台，各陳設了大小的古董，屋角兩架大穿衣鏡，高過人。在下江，這陳設也算不了什麼，可是在抗戰首都裡，全是鼻子擠著眼睛的房屋，用的都是些粗糙木器，哪裡見過這個？大家還沒有坐下，一個穿著新陰丹士林長衫的少年女僕，鞠躬迎著說，請裡面坐。西門太太看她還穿著皮鞋，帶著金戒指呢，把亞男比寒酸了。心想，這人家好闊，未免放緩了步伐。可是向旁邊穿衣鏡裡一看，有個婦人退退縮縮的樣子，正是走在後面的自己，現著不大自然，便連忙振作起來。

轉過了這大客廳，是一個小過道，便是這小過道裡，也有紫檀雕花桌椅配著。對過一個小些的客廳，遠遠望著，又是花紅柳綠的，布置得非常繁華。還沒有仔細看去，卻看到外面走廊上走來一個少婦，約莫三十歲，穿一身寶藍海鵝絨的旗袍，卻梳了個橫愛絲髻，頭髮攏得溜光，在額角邊斜插了一枝珍珠壓發，真是光彩射人。她笑嘻嘻的迎著人，倒不帶什麼高傲之氣，等著二小姐介紹過這是西門博士夫人時，她是十分客氣，伸手和西門太太握著，笑道：「久仰，久仰！」二小姐介紹著這是溫二奶奶，她們同機飛來的。二奶奶笑道：「怎麼說這話，在香港的時候，我們難道不認得嗎？怎麼一下鄉去，就是這多久？其實有警報也不怕，我們家裡有鋼骨水泥的洞子，非常保險。你不願躲洞子，也不要緊，我們家裡有幾個人，總是臨時下鄉的，等到掛了球，坐我們的車子下鄉去，從從容容的走，準來得及。」她說時一面走，一面引客繞過走廊，踏了鋪著厚地毯的扶梯，走上樓去。一路上遇到衣服穿得整潔的丫頭老媽子，她們全垂手站立在一邊。那一份兒規矩，卻是在重慶很少見過的。

溫二奶奶引著她們到樓上小客室裡坐著，這裡算是摩登一點，有了立體沙發和立體式的幾桌，外國花紙糊裱的牆壁上，卻有一樣特殊的東西，照射人的眼睛，乃是一架尺多長的玻璃像框子，裡面配著尺來長的半身人像，是位瘦削面孔的老頭子，雖然鼻子下面只有一撮小鬍子，看那年紀已在五十上下了。西門太太看看這地勢已經鄰近二奶奶的內室，這像片上的人是誰，已不言而喻。二奶奶不超過三十，她的先生卻是這樣年老。

西門太太正在這樣想著，二小姐卻問道：「五爺回來了嗎？」二奶奶抿嘴笑道：「我剛剛從香港回來，這兩天無論他怎樣忙，他也要回來的。請坐，請坐。」大家落了座，她又笑向二小姐道：「我料著你該來了，已經吩咐廚師給你預備下幾樣菜。」二小姐笑道：「改日再來叨擾吧。」二奶奶道：「你到了重慶來，我得作兒樣四川菜請你嘗嘗。他今天要到很晚才回來的，就是回來了，他也管不著我們什麼事。」二小姐道：「不是為此，我難道還怕見人嗎？我想早點出去好找家旅館。」

二奶奶站起來將手作個攔阻的樣子，因道：「什麼？你要搬到旅館裡去住？我們有什麼招待不周之處嗎？」二小姐笑道：「此話不敢當，我不過怕在這裡打攪而已。」二奶奶道：「我這裡空屋子多得很，你隨便住著，也不礙我什麼。我這裡用人湊合著也夠用了，抽調兩個人招待你，比旅館裡茶房好些。至於我這裡伙食，如不合口的話……」二小姐立刻兩手同搖著笑道：「言重，言重！」二奶奶道：「你嫌我們交情不深，搬到令伯家裡去可以，搬到西門太太家裡去也可以，你若搬到旅館裡去住，你簡直說我這裡不如旅館，我有點吃醋。」說著，將臉偏著笑了。

二小姐笑道：「這樣說，簡直教我沒的說了。可是你看我們同來還有兩個人。」二奶奶道：「西門太太，我不敢強留，怕西門先生在家等候，在我這裡便飯過了，我用車子送她回公館。令妹也就在我這裡屈居兩天，沒有什麼不可以的吧？重慶什麼都罷了，倒是話劇比香港好，明天有一處票友演的古裝話劇，這是個新鮮玩藝，有人送了幾張榮譽券來，我請三位看話劇。」西門太太在報上看到這話劇的廣告，心裡老早就打算了，對於這個新鮮玩意，一定要花幾十塊錢買一張中等戲票看看。現在聽到溫二奶奶說請坐榮譽座，這當然是最豪華的，便道：「是二百元一張的呢？是一百元一張的呢？你們自己也要留著兩張吧？」二奶奶笑道：「說到榮譽戲券，我們家裡竟是正當開支。在這霧季裡，幾乎每個星期都有幾張送到家裡來。我在香港的時候，我們五爺自己難得有工夫去享受一天娛樂，票子放在書桌抽屜裡，除了他兩位大小姐由成都來了，沒有人敢拿，錢是一文也少不了，戲可沒人看。這回又是五張榮譽券，人家算定了，在這裡賺一千元去。我除了請三位帶著自己，還多一張票呢。你三位不來，我也要把票子送人的。」

說時，女僕們已在桌上擺著茶點。西門太太看那乾果碟子，全是檸檬色的細瓷，上面畫著五彩龍。西門博士有這麼一隻茶杯，珍貴不過，說是因為外國人喜歡這一類畫瓷，所以這一類中國的細瓷，倒摩登起來。她便笑道：「二奶奶府上，真是雅緻得很，隨便拿出一樣東西來，都不俗，現在景德鎮的瓷器，是不容易到這大後方來了。」二奶奶笑著清大家用些點心，答道：「提起這一套茶點瓷器，是個笑話。戰前我在上海託人到江西去買瓷器，到了上海，我一次也沒用，就到香港去了。來來去去，少不了又帶到了香港。上次我回重慶來，聽說這裡少有好的瓷器，又把它帶了來。」

亞男忍不住問道：「這也是由飛機上飛來的？」二奶奶在碟子裡抓了一把香港帶來的糖果，塞到她手上，笑道：

「和這東西一樣，飛來的。我們五爺常指了這些碟子說，是出洋留學回來的國貨，打算霧季過了，把他們疏散下鄉呢！」亞男兩手接了糖果，情不自禁的嘆上一口氣，重重的咳了一聲。

區亞男是個天真尚在的女孩子，看著足以驚異的事，就要表示著她的驚異。溫二奶奶說乾果碟子都是飛機飛來的，比之那些想坐飛機都坐不到的人，這樣說來，有錢的人是太便利了。二奶奶坐在她對面，看到她那臉色，怎不知道她用意所在？便笑道：「說到物品由航空運來，好像就是一樁稀奇的事。其實你在重慶街上走兩個圈子，可以看到由香港飛來，的東西就多了。昨天我在一家摩登的咖啡館裡吃西餐。據他們的茶房說，不但罐頭食物是由香港飛來的，連刀叉和一些用的小器具，也是由香港來的。飛機儘管有人坐不上，可是坐飛機來往的人，有幾個是為了公事？無關抗建的物品，有什麼不可以載運的？」二小姐道：「航空公司作的是買賣。我們拿錢買票，就可以坐飛機。飛機一定要讓抗戰有關的人來坐，哪裡有許多客人買票？公司來來去去，放著空飛機飛，那要蝕光老本了。」亞男聽了這主客之間的話，顯然是沒有了自己說話的餘地，只好微笑。

大家說著話，電燈亮了。西門太太這時覺得應當謙虛一下，便向二奶奶道。「天色晚了，我還要過江到南岸去，先告辭了。」溫二奶奶笑道：「我們雖是初次想見，可是我留西門太太便飯，也是順水人情，只添一雙筷子，並不費事。既然不費事，這個順水人情倒是誠意的。西門太太為什麼不肯賞這個面子呢？」西門太太笑道：「我家裡住在南岸，晚上次去，比較費事。」二奶奶笑道：「論起重慶情形來，也許我知道得比各位要多一點。到了冬季，江窄了，住南岸的人，再晚些也可以坐到渡船回家。要不然，益發在舍下委屈一晚。」二小姐聽說，興致也來了，倒反代二奶奶留客。

她笑道：「既然到鄉下也去委屈住了幾天，溫公館這樣好的房子，就更可以委屈你了。明天早晨，讓亞男送你回去，對博士說明經過情形就是。」

西門太太紅了臉笑道：「他倒是不干涉我，我這回去見區老太爺，是有點要緊的事奉託他，他一定等著我的回信。」二小姐笑道：「你所要辦的事，我知道羅！」說著，向二奶奶把嘴一努，笑道：「真有事辦不通的，讓她對五爺說一聲，保證可以成功。要不然，你來和我們合夥作渝港兩地的進出口，也是一樣可以賺錢。我告訴你一個訊息，五爺最近作了一筆買賣，只兩三個禮拜，就賺了五百多萬。你有意作生意，不才如我，多少總可以幫點忙，你何必時時刻刻把博士的命令放在心裡呢？」她說到得意的時候，眉飛色舞，伸了巴掌輕輕的拍著胸。

那二奶奶等她把這篇話一日氣說完了，才笑道：「最近五爺搭股作了一筆生意，是有這事，可是他不過占其間十分之一二罷了。我們家裡這分開支，說起來你三位不信，除了香港不算，重慶成都兩處，城裡鄉下，每月總要四五十萬，若不作兩筆生意，這個家怎麼維持？」

西門太太聽了這話，心裡暗想，西門德總說陸先生會花錢，每月要花幾十萬，他還是一個財主，嫖賭吃喝，湖海結交，也許要用這麼些個。可是現在二奶奶說，她的家用，每月就要四五十萬，難道她家用錢，還會賽過陸家不成？心裡這樣一轉念，立刻也就有了她的新計劃，便向二奶奶道：

「二小姐是隨話答話。我家那位先生，是個書呆子，哪裡懂得什麼進出口？只因他看到別的朋友作生意，有了辦法，他也就跟著想作生意買賣。要讓書呆子賺了錢，那就人人會作生意了。」二奶奶笑道：「那也不盡然。若是運氣好，碰到機會，一樣的會發財。我就告訴你們一個書呆子發財的事，算是我們一個遠親，在抗戰這年，大學畢了業，原來也算青年一番熱心，見入川的朋友，多為了住房子發生困難，就在郊外把自己的地皮劃出了一塊，打算建築一座新村，供給大家住，他老太爺是個土木工程家，說要蓋房子，就當自己採辦材料，對瓦木匠包工不包料，這樣才比較踏實一些。這樣計劃了，也只僅僅籌備了六七千元，買些木料五金玻璃之類，瓦木匠找好了，圖樣也畫好了，就要動工。不想這冬天，老太爺一病不起。到了第二年夏季，又趕上轟炸。這位青年遠親，就把蓋屋的計劃中止了。到了冬季，他上昆明去一趟。」

這是二十八年的事。二十九年回到重慶，工料漲了十幾倍，他是個書生，沒有力量再照原來計劃蓋房，只把原買的二三千元木料賣出去，以免霉爛，可就是這樣，他已賺了好幾萬元了。他手上有點活錢，家裡又可以收幾擔租谷，便沒有作什麼事，陪了孀母鄉居，自己弄點地，研究園藝，閒著就看看家傳的幾箱書。再為著原來是學農業的，曾有人約他去教書，他因為當不了教授，沒有去，越發把城裡所有的木器家具，完全搬下了鄉，表示堅決鄉居。他老太爺手上買的一批五金材料，有玻璃七八箱，洋釘十幾桶，電燈電線四五大箱，一齊也搬下鄉。當時本來想賣掉，因正趕上轟炸期，找不到囤貨的主顧，他鄉里的家，好在是在江邊，他便用木船全搬了回去。東西放在樓上，沒有理會它，自己正在研究四川能否種熱帶植物，如香蕉椰子之類，也忘了打聽市價，就是這樣拖到現在。最近有人想起了他藏有大批五金材料，勸他出讓，他這才開始打聽價錢，打聽之下，他自己也嚇了一跳。

原來他猜想材料價值，他快成百萬富翁了。

二小姐笑道：「真有這等事，這可成了鼓兒詞了。」亞男笑道：「你是少見多怪，在大後方，睡在家裡發大財的人多著呢。就說我們屋後那一片山場吧，是緊鄰著一家作官的別墅的，當大旱那一年，窮百姓痛哭流涕，向那官磕頭，要把山地賣給他，請他隨便給幾個錢度命。他卻情不過，幾百塊錢買一座山頭，買了十幾座山頭，算作一番好事。到如今，那裡成了疏建區，又鄰近公路。不用談山下地皮值錢多少了，就是那山上的樹木，也要值幾十萬。那個作官的躺在家裡幾年，就發了不可猜想的財，連搬洋釘子的工夫，都沒有煩勞一下呢。有人說，那官拾了便宜，他倒說好心自有好報，落得他誇嘴。」二小姐笑道：「這些新聞，我在香港也是聽到過的。只是將信將疑。但是信的成分，還是占多數。若是不相信，我也不會坐著飛機到重慶來了。」二奶奶道：「是呵！關於作生意的事，我也想和你談談，來合一回夥，你當在我們這裡暫住兩天，以便取得聯繫。」二小姐笑道：「你這個商界鉅子的二奶奶，還要和我合夥嗎？」二奶奶移到她身邊那張沙發椅上坐著，將手拍了二小姐的大腿，低聲笑道：「我是真話，五爺作五爺的生意，我作我的生意，我是不公開的賺幾個錢，作個賭本也是好的。」說著嗤的一笑。

西門太太笑道：「作什麼生意呢？可以攜帶我一份嗎？」二奶奶笑道：「如何如何？我說請你在我這裡住一天吧？」二小姐向西門太太道：那麼，你就後天一大早回去吧，今晚上我們收收無線電，聽聽話匣子，明天晚上聽話劇。」二奶奶笑道：「打個小撲克也可以。」西門太太一進這溫公館，就覺得相當舒適，既是主人這樣殷勤挽留，那就樂得答應了。在重慶市上認識這樣的闊奶奶，還有什麼吃虧的嗎？心裡這樣想著，卻無故的將肩膀微抬了一抬，笑道：「我是極愛趕熱鬧的人，只是要到後天一大早才能回去，這未免太打攪了。今天回去，明天再來，好嗎？」二奶奶笑道：「愛趕熱鬧，那我們就對勁，別的話就不用說了。」說著，就向茶几邊的牆上一按電鈴。

老媽子隨著進來了。二奶奶道：「你把廚師找了來，我有話問他。」老媽子應聲而去。不多一會，一個身繫白布圍裙，手臉洗得乾淨的白胖廚師，走了來，在這小客室門口站著，沒有進來。二奶奶道：早上告訴你預備的菜，都預備好了沒有？廚師垂手道：「預備好了，也買到了魚。」奶奶回頭向二小姐道：「你別笑話。這幾年在重慶請客吃飯，買魚卻是個問題。而廚師也以買到了魚為光榮。這話若在香港當客面說出來，那不笑掉人家的門牙嗎？」說著又再掉過頭向廚師笑道：「人家是由香港來的人，你和人家談魚鮮，那還不是關老爺面前耍大刀，你倒是規規矩矩作幾樣四川菜……呵！我又得問一聲了，三位是不是都吃辣椒的？只管叫廚師作四川菜，他就要放些辣椒的。」說著，向西門太太三人一望。二小姐笑道：「我不怕辣椒，吃四川菜若不吃辣椒，那是外行！」西門太太笑道：「我和大小姐更是不怕辣椒，在重慶兩三年，訓練也就訓練出來了。」二奶奶回過頭來，將手向廚師一揮，因道：「去吧，快點作，時候不早了。」廚師答應著去了。西門太太看了她這一番排場，心裡就想著，這樣住家過日子，在物價高漲的今天，要多少錢來維持？在這裡盤桓一兩天，也好拉上了交情，替西門再找一條路子，弄一點手段給慕容仁、錢尚富那班小子看看。當時就安了這顆心，陪著二小姐在溫家。

不到兩小時，老媽子就來相請，說是飯已預備好了。二奶奶引著她們下樓，經過大客廳，到鏤花格扇的小客廳裡來。小客廳被綠呢的長帷幔隔斷了，那帷幔半開，看到那邊天花板下，垂的電燈白瓷罩，點得雪亮，燈下一張圓桌，四周圍了小圓椅，走進去看，正是一間特設的餐廳。這餐廳倒有外面大客廳那樣大，除了這張圓桌，偏右有套大餐桌，椅左角，一架屏風，一個穿白罩衣的聽差，站在那裡等候支使。

二小姐道：「原來樓下還有這樣一個大餐廳。」二奶奶笑道：「我沒有叮囑他們，他們就把飯開在樓底下了。」二小姐站著將高跟鞋在地板上擦了一下，笑道：「地板這樣光滑，可以跳舞了。」二奶奶笑道：「根本就是舞廳。原來我們這裡還放著一架鋼琴，是一家學校託了最有面子的人，出了五萬元保險費，請借給他們用到戰後。學生又派了四名代表到我家來請求，我們這位五爺，要的就是這份面子，他受了人家一番恭維，就把這鋼琴送給人家了。」她一面說著，一面邀請大家入座。

西門太太看看這白桌布上，放了真的象牙筷子，細瓷杯碟，中間是一隻面盆大的黃黝寶光彩花盤子，上著頭一大菜，十錦拼盤。這拼盤有點異乎尋常，一眼看去，便見有龍蝦，有鮑魚，有蘆筍，有雲腿，有乳油魚片，其餘的自然也不是凡品了。這時，有個女傭人沿了桌子走著，向杯裡斟酒。二奶奶向女傭人道：我告訴廚師了，叫他弄點拿手四川菜，你看這盤子裡全是罐頭東西，別在人家面前賣弄有香港貨，人家貴客就是由香港來的，趕快告訴他去。」女傭人答應著「是」。酒斟完了，二奶奶舉著杯子讓酒。

二奶奶又笑道：「是自己浸的橘精酒，不醉人。」接著用筷子挑動盤子裡冷葷，笑道：「今天廚師有點丟人，頭一樣菜，就是罐頭大會。」西門太太向來愛吃鮑魚蘆筍，又喜歡吃乳油淋的東西，鮑魚蘆筍乳油都是重慶難得的珍品，不料這位女主人過謙，竟是再三的說不好。這樣，自是不值得吃，因之吃了幾筷子鮑魚，也只好停著筷子。但是雖沒有吃得夠勁，心裡卻羨慕得夠勁。當這滿重慶把罐頭當為豪舉的時候，她倒以為不能見客。想她們家富豪得反常了。

這一點感想，似乎亞男頗為同情，她抿著嘴微笑了一笑。但她不像西門太太這樣受著拘束，倒是很隨便的大筷子夾了冷葷吃。二奶奶笑道：「大小姐倒喜歡吃這些罐頭食品。讓我找找看，家裡還有沒有，若還有好一點的，我送大小姐幾罐就是。你不要看我們來去飛機便利，這些東西，還是託汽車來往的人帶的。上個星期，我們五爺就付出了五萬以上的款子，託人帶東西。」西門太太很驚訝的問道：「就買這些罐頭？」二奶奶道：「不，我說的這批款子，是買紙菸的。因為如此，五爺就決定弄幾輛車子跑跑。」西門太太笑道：「五爺經營點商業，不是直接運輸的吧？」二奶奶道：「飛行運貨，不易得著機會，也很招搖。為了人情，也許人家合組公司，他參加點股子。可是他說這樣作進口生意，起貨卸貨，報關納稅，過於麻煩。」西門太太道：「還另有作法嗎？進口生意，無非是車子和飛機而已。」二奶奶笑道：「戲法人人會變，各有巧妙不同。」她這樣說著，並沒有交代個所以出來，正好廚師送上了一盤磨芋鴨子。二奶奶將筷子點著盤子裡笑說：「這是真正的四川菜，請大家嘗一點。」大家嘗著鴨子，就把這話鋒牽扯過去了。

可是西門太太聽了這話，又增加了一番知識了。進口生意一賺幾百萬元，卻不必靠飛機汽車運貨，難道他們靠人力挑了來？不對，那還是要裝貨卸貨。要不然，他有仙法，請六丁六甲用搬運法由香港堆疊裡搬到重慶堆疊裡？可是天下不會有這件事。她心裡好生疑惑，又不便在席上扯開話鋒向下追問，只好悶在心裡。

飯後，二奶奶引著各位女客上樓，仍在小客室裡坐著，女僕將熬著的普洱茶，用賽銀的瓜式銻壺，提了進來，由壺嘴子裡帶了騰騰的熱氣，斟在茶几上紫砂泥的茶杯裡。那杯子敞著口，像半個球，外面是淺紫色，裡面上著乳白色的釉彩。這普洱茶，是黑黃色，斟在裡面顏色配得很好看。西門太太兩手捧了紫砂泥的茶杯碟子，托起來看看，笑道：「溫公館裡，件件事都很考究，喝國產茶，就用國產茶具。」二奶奶笑道：「這也是我們以前在上海買的宜興陶器，現在出一百倍的價錢，也買不到了。其實我們自己喝茶，卻也隨便不過。待起客來，把漆黑的普洱茶斟在玻璃杯子裡，那未免有失雅道。」西門太太笑道：「在溫公館作客實在是舒服得很！」說著，望了二小姐。二小姐笑道：「可不是？只是打攪主人一點。」二奶奶道：「打攪什麼，我自己並沒有動手斟一杯茶。在重慶沒有什麼有趣的事，若不找兩個朋友談談笑笑，更寂寞死了。我是個好熱鬧的人，實在不願回到重慶來，可是到了霧季，空襲少了，若還留在香港，我們這位五爺，是不依的。西門太太以後若是過江來，只管到我們這裡來玩，最好先打一個電話給我，我可以在家裡等著。」西門太太笑道：「有了這樣一個好朋友，我為什麼不來？我今天和區家兩位小姐進城，原是要趕過江去的，竟是沒有走成。若是真過南岸去了，失掉了攀交這個好朋友的機會，那才可惜！」她說著這話，滿臉是笑，透著十分歡喜，表示結交的意思更為懇切。而她更迫切的希望是要問問她的溫五爺不運入貨物來，怎麼會大賺其錢。可是這屋子角上，就是一架無線電收音機，這二奶奶坐的沙發正靠近收音機的箱子，她順手將箱子上的電機扭著，立刻裡面放出了一陣嘈雜的音樂聲。

二奶奶笑道：「妙極了，收到了北平，我們可以聽聽好戲。」亞男道：「不要聽吧，那些偽組織和敵人的宣傳，聽著有什麼意思？」二奶奶笑道：「照著鐘點算，宣傳已經過去了，現在光是廣播京戲，等他再宣傳，我們再轉著換一個地方就是。」她口裡說著，走到收音機前對好了波度，立刻屋子裡唱起戲來。西門太太料著在人家高興的時候，不能再去追問什麼，只得把心裡悶著的疑問擱下。到了十一點鐘，溫五爺回公館了，大家向二奶奶告退，二奶奶吩咐女傭人，送著三位女賓分房安歇。

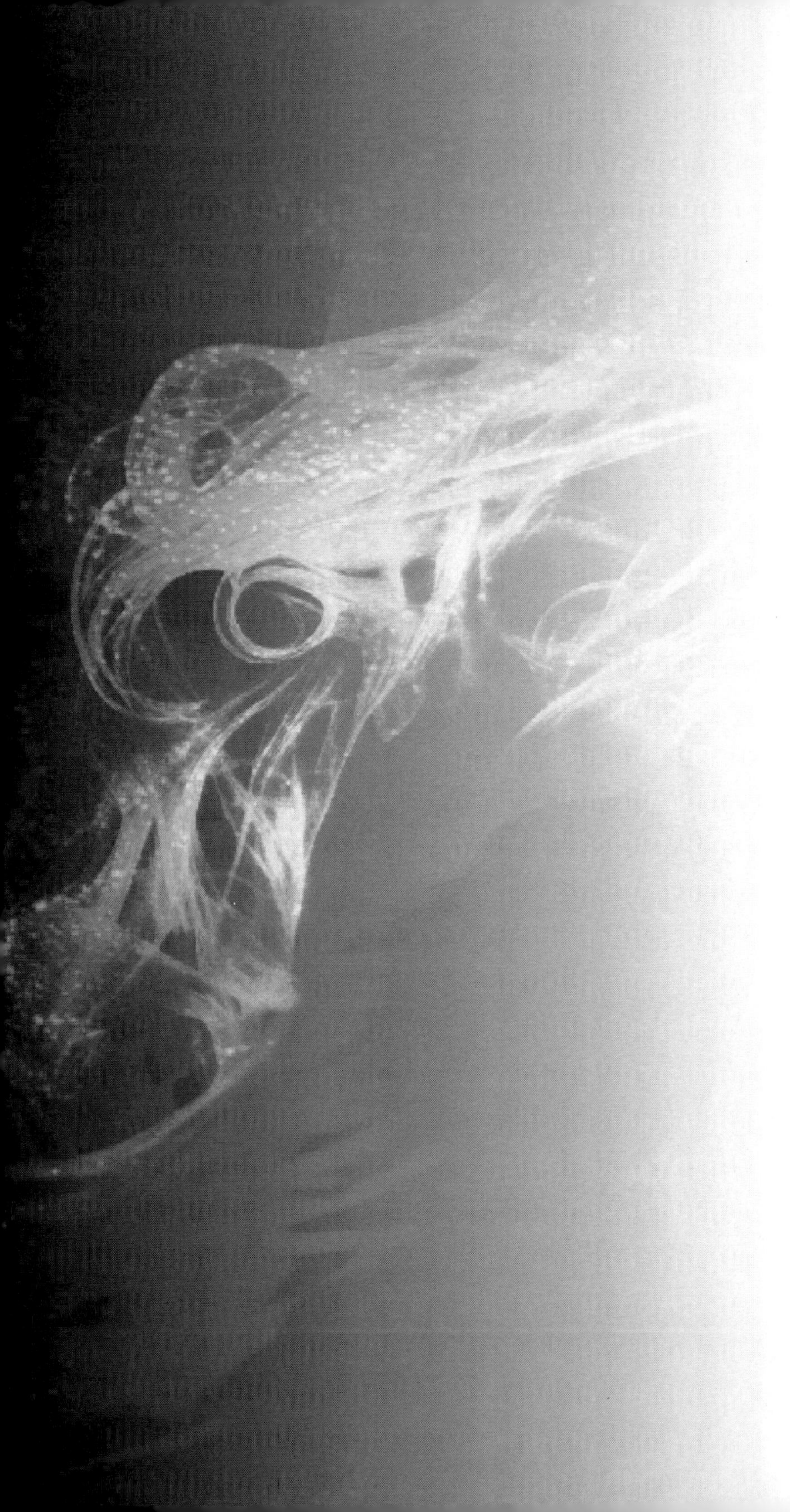

洗澡

雖然一切很舒適，到了次日早上八點多鐘，西門太太一睜開眼睛，卻見亞男坐在床面前一張椅子上，因笑道：「起來得這樣早？」亞男笑道：「你看我是賤骨頭，起慣了早，有這樣舒適暖和的屋子，應該多睡一會，可是天一亮我就醒了。在床上清醒白醒兩小時，直等老媽子進房掃地，我才起來，洗過了臉，我又坐著喝了一杯茶，看看我二姐睡在床上，還很香，我又不願去喊醒她，所以來看看你，不想你也是睡了沒有醒。」西門太太笑道：「我也是老早就醒了的，看到主人家的人，都沒有起來，我又睡了。」亞男道：「起來起來，我們到樓下去看報。」

西門太太被她吵著起來，梳洗過了，陪著她下樓去看報。溫公館訂有各種報紙，都放在樓下書房裡。這裡有一個松木書架，略略的放著幾部中西裝的書籍，和一副寫字桌椅，其餘依然是一種客廳式的布置。寫字桌上擺了幾份報，兩人各取了一份，便坐在沙發上來看。

約莫十來分鐘，西門太太聽到簾子外客廳裡有人說話，好像是來了客，有人道：「還是請你告訴二奶奶，我們來了，等著她的吩咐呢。若是別的事，我們也不敢來驚動，這行市是一天有好幾個變化的，失掉機會，那是怪可惜的。」接著聽了女僕道：「那我就去通知二奶奶吧，若是有事，她會起來的，請二位等等。」女僕走了。有人道：「你老兄這一寶押中了，怕不會賺個對本對利？我是受二奶奶之託，打聽五金行市，她是想買進呢？還是有貨？我也不大清楚。她是叫我務必早上來一趟，不想遇到了老兄。」西門太太在有意無意之間，心裡就想著，這又是生意經，倒值得研究研究。

於是手裡呆呆的捧住了那份報，斜躺在沙發上，靜靜地再向下聽去。

這時，另一個人道：「二奶奶昨日對我說，也願意作一筆小小的生意，打算用幾十萬塊錢，先試試，以不通知五爺為原則。女太太們的錢，不是隨便可以拿出來用的，若是把她的本錢蝕了，怎麼交卷？為了穩當起見，就在重慶市面上洗個澡吧！」西門太太想著，在上海的時候，常常聽到人說，某人？浴了一回，那不是好話？浴就是普通話洗澡，二奶奶要在重慶洗個澡，這話似乎不妥當。因之更細心的向下聽去。又一個人道：「你看準了什麼貨物？」那人道：「我仔細想了一想，幾十萬款子，什麼貨物不好收？但為了洗澡起見，必定找容易脫手的，還是紙菸吧。」又一個人笑道：「紙菸的市價，這兩天很疲，你不要到了手之後，有跌無漲。」那人笑道：「這幾天疲弱下來的原因，我打聽出來了，是衡陽來了一批貨，這裡壟斷的坐莊商家，要煞一煞價錢，故意把菸價連跌兩天。等到把這批來貨收買光了，立刻就要漲的。這事已經有了三四天了，恐怕不會再疲下去。今天早上的菸市，只有兩三百元的小波動，可說已經穩定，要收貨就是今明兩天，到了幾天之後，恐怕就要上漲了。我知道有兩個行莊，已在開始動手大作，我們有的是辦法，何必在重慶市上和人爭這點臘肉骨頭，所以我沒有鼓動這件事。但是二奶奶二三十萬小做，幾箱貨的進出，無論在誰人手裡搶過來，憑著二奶奶的面子，人家也只有讓一步了。」又一人笑道：「也還不至於有錢收不到貨，要人讓什麼？但是衡陽這批來貨，不見得是最後一批貨，若以後再有貨來，這菸價豈不還要向下跌？」那人道：「以現在交通而論，有車子，也輪不到運紙菸進來。最近是不會有大批運到的，目的既是在洗澡，那就好辦。到了相當的時候，就丟擲去，還能等到衡陽來第二批貨嗎？而且這幾箱子貨，不必動手，在人家堆疊房裡放著，就是錢交給人家了，過幾天取貨，人家總也沒有什麼不願意。在幾天之內看情形如何，行情俏起來，說句丟擲，說不定堆疊主人就買了回去。」又一人道：「這倒是一著好棋，不過怕賺頭不大。」那人笑道：「這就實在難說了，也許對本對利，也許弄個一二成，自然弄一二成，那不成其為洗澡，但比存比期不好的多嗎？」

西門太太把這些話一聽，才恍然二奶奶說的不用飛機汽車運貨，一樣可以作進口生意，大概她說溫五爺一賺幾百萬，也是洗澡這路生意。但聽這兩人說，他們的生意，又是走到內地去作的，並不在重慶，不知道又是怎麼樣子一個作法？心裡如此想著，自願把這些生意經繼續聽了下去。卻聽到二奶奶聲音，笑道：「對不住，勞你二位久候了。」接著，主客周旋了幾句，說話的聲音低了。

西門太太正想聽她說什麼，卻見二奶奶掀起門簾子進來，點著頭道：「二位怎麼起得這樣早？我太疏忽了，也沒有起來招待！」西門太太道：「我們是鄉下人，天亮了就要起來。府上傭人招待得很好，真是向來有訓練。」二奶奶道：「還有訓練呢？教二位餓著肚子一大早上。」她說話時隨手拿起一張報來，翻了一翻，這裡面似乎有了她所要知道的新聞，兩手捧了報，對著廣告欄看了一看，然後向兩人道：「請到樓上去吃些早點。二小姐也起來了，大概等著二位呢。」

西門太太聽了，怕是她不願意自己在樓下聽去她的生意經，只好上樓去。果然上得樓來，區家二小姐已經在小客室裡等著，隔壁有間小餐廳，圓桌上擺下幾個葷素碟子，女僕用托盆託了三大碗雞湯麵放在桌上，笑著請三人用早點，說是二奶奶有點事和客人商量，請太太小姐不要客氣，她失陪了。二小姐笑道：「我們恭敬不如從命，我知道她在忙生意經。」西門太太就相信自己所料的益發不錯，這日自安下了心在溫家受著招待，以便得些生財之道。

當日晚上是陪了二奶奶一路去看票友大義務戲。這是古裝話劇兼帶歌舞的。其中有個女主角，是個悲苦人，二奶奶看得非常同情，幾乎要掉下眼淚來。她只管說這個女主角表演得好。西門太太笑道：「這位小姐，是個藝術信徒，放著現成的太太不作，要玩票，京戲話劇全來。犧牲了她的家庭，反是過著窮苦浪漫的生活。」二奶奶道：「你怎麼知道的呢？」西門太太道：「她是我們那位博士的學生，我怎麼不知道呢？她和她未婚夫解除婚約的時候，我曾代表我們那位博士去勸過她的，到了現在她也許有點後悔吧。」二奶奶道：「那不管她了。今天她在戲台上的表演，讓我掉了不少眼淚，只憑這一點，我相信她就是好人。現在你和她有沒有來往？」西門太太很興奮的站起來道：「你有意思和她談談嗎？」二奶奶笑道：「好的，好的！」西門太太在她家住了一日夜，極願意結交這麼一個朋友，只愁沒有給二奶奶可以服務之處，既是二奶奶這樣喜歡女票友，卻是自己替人家最好的一個服務機會了，便毫不躊躇地向後台走去，去了很久，她才悄悄的回到座上來，低聲向二奶奶笑道：「第四幕她沒有戲，這一幕完了，她就會來。」二奶奶因台上已在演戲，自不便說話，向她點了點頭。

這場戲閉幕了，滿戲館子電燈大亮，二奶奶拿出皮包裡的粉鏡粉撲匆匆的向臉上撲了兩撲香粉，立刻站了起來笑道：「到後台先拜訪人家去。」西門太太道：「不用去了，她聽說溫五爺的太太，要和她談談，她高興的不得了。」說到這裡，她突然在頭上伸手出來，向前面招了兩招，人隨著站了起來，又回過頭來向二奶奶笑道：「她已經來了。」

正說著，一個穿藍布長衣，外套青呢短大衣的女子，走了過來。她似乎有意將臉子遮蓋一部分，頭髮散著披在肩上，大衣領子微微聳起，把臉腮掩了幾分。她走了過來，西門太太立刻攜了她的手，向大家介紹著道：「這是青萍小姐。」又把三人一一的向青萍介紹著，尤其介紹著二奶奶的時候，鄭重的道：「這是溫太太，二奶奶，我們的好朋友。」青萍笑嘻嘻地點著頭，連說：「久仰，久仰！」

她們坐的是最高票價的榮譽券座，照例是坐不滿，二奶奶身邊就空著一個座位。二奶奶握著她的手，讓她坐下。二奶奶這時就近看她，見她皮膚雪白的，沒有一點疤痕，約莫二十上下年紀，長圓的面孔，兩隻大大的眼睛，簇擁著兩圈睫毛，比在台上還要好看，心裡越發歡喜。

西門太太見她們很是對勁，便向青萍湊趣道：「青萍，你明天上午有工夫，可以到溫公館裡去玩玩。」青萍笑道。

「我一定去。」二奶奶道：「若是今晚就可以去的話，我們同車子去，就住在我們那裡，這三位都住在我那裡。睡覺的地方，不成問題，大概我們出來了，廚師總會預備一點宵夜的，到我那裡吃點心去，好不好？」青萍客氣了兩句，倒沒有辭謝。二奶奶很是高興，戲散後，大家坐著一輛汽車，便同回到溫公館來。這已經是一點鐘了。二奶奶請她們吃過了宵夜，由青萍報告些戲劇界的新聞與故事，大家都聽得很是有趣，直談到深夜三點多鐘，方才安歇。青萍小姐由二奶奶另招待到一間屋子裡去安歇。西門太太還是在原處睡下。

次日西門太太起來，已是十點多鐘了，本待要回去，因為二奶奶不曾起床，究不便不告而別，依然和亞男同到樓下去看報。經過外面客廳的時候，見一個穿藍布罩袍的中年漢子，像個生意買賣人，獨坐在椅子上像等候什麼似的，卻也沒有怎樣去介意，且和亞男看報。

不到半小時，二奶奶來了，她在外面客廳裡，先笑道：「賈先生，要你久等了。那張帳單子，我已看到，我很滿意，賺了錢，請你吃西餐。」西門太太聽了，心想這又是生意經，老在這裡聽著，二奶奶會疑心有意偷聽訊息，便隔著門簾子叫了一聲「二奶奶」。

二奶奶應聲進來了，笑道：「又是主人比客起得還遲。」西門太太道：「我早就要回去了，因為主人沒有起來，我不便走。」二奶奶手指上正夾了一支紙菸，她銜在嘴角裡吸了一口，噴出煙來，眉飛色舞的笑道：「今天中午我請青萍小姐吃飯，你應當作陪客。」西門太太道：「我也叨擾得太多了，不能再打攪！」二奶奶笑道：「我說了是請你作陪客，這回你不必領我的情，二來呢，我今天很高興，一回到重慶來，我就作了一筆賺錢的生意。雖然賺的不多，一頓飯，反正也吃不完。」

西門太太見她很興奮，料著她不把這喜事瞞人，便笑道：「你在家裡作太太，會作買賣賺了錢？」二奶奶笑道：「五爺幾個朋友，從前兩日起在市面上收紙菸，他們是幾百萬的幹。昨天早上不有兩個人來會我嗎？他們因為沒有作上大數目的生意，小數目又懶得幹，而且還不願意望著那一部分人發財，便商得了我的同意，借了一點小面子，請他們代收三十萬元的貨，支票是我昨日開出去的，貨由他們算。這批收紙菸的人，竟受了我一竹槓，照前日收貨的價目讓了我三十萬元的貨，這已是占了不少便宜了。誰知今天早上的菸市，一漲就漲個小二成，三十萬元的資本我已賺了五、六萬了。外面這位賈先生，就是代我跑路的，他來告訴我，他們還在市面上收貨，菸價只會漲不會跌，預料這一星期之內我可以賺十萬元。我是鬧著好玩的，不想真會賺錢。」說著笑嘻嘻的聳了兩下肩膀。西門太太道：「真是難者不會，會者不難。昨天來的兩位先生，頗有本領。」二奶奶笑道：「你說的是，昨天來的那兩個人嗎？這二三十萬的小玩意，他們根本不放在眼裡，大賭一場，也許就可以贏這麼些錢，自然也可以輸這麼些錢，不過有一位是五爺的幫手，他自己並沒有錢，他昨天已到內地去了，又是一趟大傲。」

二奶奶說得高興了，一口氣說了許多，她見亞男手裡捧了報不看，睜了眼向自己注視著，這才省悟過來，她是一位談婦女運動的小姐，怎好在她面前大談其作投機生意？臉上不禁微微泛起了紅暈，立刻把話鋒轉了，向西門太太道：「不管怎麼樣，你應當吃了午飯再走。青萍小姐是你介紹給我的，我正式請她吃飯，你倒不在座，這是哪裡話！新人進了房，媒人拋過牆了。」西門太太笑道：「你可是交朋友，不是娶新太太。」二奶奶笑道：「假若我是個男子，無論有多大犧牲，我也要和她結婚的。」亞男站起來把嘴向外努了一努，低聲道：「外面還有生客。」二奶奶笑著，伸了伸舌頭。

這麼一來，剛才那段話自然牽扯過去。二奶奶依然請她們先上樓，她自己和那個來人談了十幾分鐘的話，方才來陪客。這時，那青萍小姐在樓上小客室裡，正和大家談得熱鬧。二奶奶進房來，青萍迎上前去，握了她的手笑道：「我要走了，在這裡叨擾了你一宿。」二奶奶笑道：「我沒有說請你吃飯嗎？陪客都請好了，你這主客，倒要走？」青萍還握了二奶奶的手，微微的將身子跳了兩跳，笑道：「作主客不敢當，作主客不敢當！改日再來叨擾。」二奶奶向她臉上注視了一番，笑道：「你應該不是昨日舞台上那個角色，身體是自由的吧？也許你有好的異性朋友，可是朋友究竟是朋友，你瞧你師母還不怕你老師管著，在我這裡玩了三天了。難道你這個學生，倒是那樣怕異性朋友！」

青萍將身子扭得股兒糖似的，鼻子裡哼著道：「我不來，我不來，二奶奶說我！」二小姐笑道：「二奶奶，你看你新認得這小妹妹，向你撒嬌了。那麼，讓她回去一趟，改請吃晚飯，讓她下午再來吧！」二奶奶道：「我們這裡晚飯遲，怕趕不上她的戲，以吃午飯為宜。不要緊，人是我留下了，我知道那位大導演是……」青萍聽了這話，兩手握了二奶奶的手，越發嬌得厲害，笑道：「二奶奶開我的玩笑，我不依！我不依！」西門太太笑道：「你看二奶奶這樣喜歡你，你就依了她的話吧！」二奶奶真的一把將她拖到大沙發椅子上坐下，摟住她的肩膀，笑道：「可憐的孩子，讓你老大姐多多心疼你一點吧！」於是大家一陣狂笑。

那青萍小姐也有兩隻耳朵，她怎麼不知道二奶奶是重慶市上最有錢的人！人家這樣見愛，她就拚了不玩票演話劇，也不能拂逆了二奶奶的盛意。當日就在二奶奶家吃午飯，直到傍晚才走。

西門太太是下午三點鐘才告辭的，臨別，二奶奶約了過一兩天一定來。西門太太正巴不得這句話，也就滿口答應了。到家的時候，西門德躺在屋子裡沙發上，捧了一本書看，板著面孔睬也不睬。西門太太不慌不忙，將家裡事情料理了一番，斟了一杯茶坐在下手椅子上，向他瞟了一眼，笑道：「喲！這個樣子，還在生我的氣呢。我不是為了想大家好，我還不出去應酬這多天呢。整日跟在闊太太後面拍馬屁，你以為我是甘心情願嗎？」西門德依然看他的書，隨口問道：「哪裡來的什麼闊太太？」西門太太鼻子哼一聲笑道：「人家撥一筆零頭作生意，賺的錢也夠我們吃一輩子呢！」

於是將遇到區家二小姐，被拉到溫家去，因之認識了二奶奶的話，草草說了一遍。

西門德將書扔在茶几上，挺著坐起來，向她問道：「你這話是真的？」西門太太道：「你就可以認識陸先生、藺二爺，我就不能認識溫二奶奶嗎？你和陸先生、藺二爺，還談不上交朋友，只是和他手下人混混罷了。我和溫二奶奶，可真是朋友。」於是又挑著溫家招待的事情說了幾樣。西門德道：「縱然她待你不錯，也不過招待不錯而已。」西門太太笑道：「哼！我若請她幫一點忙，準比你所找的朋友強，不談她溫五爺一賺幾百萬元，就是她自己幾天之內，洗一個澡也要賺上十萬八萬，你說我交的這個女朋友，會壞嗎？」西門德笑道：「果然有點路數，洗澡這個名詞，你也學會了。這樣的事，不能不算是祕密，她怎樣肯把這祕密告訴你呢？」西門太太更不忙了，把捧的那杯茶喝了，笑著把溫二奶奶那些動作詳細的說了。

西門德將手一拍大腿，笑道：「對勁，對勁！錢滾錢，就是這麼回事。我們和慕容仁這些人滾了一陣子，還沒有弄上十萬……」西門太太瞪了他一眼，低聲喝道：「你叫些什麼？你怕人家不知道嗎！」西門德笑著把聲音低下了一低，才道：「要在戰前，一個人手上有個三五萬塊錢，慢說吃一輩子，就是吃兩輩子，也有了。現在我們一個月開銷好幾千塊錢，手上保持的這幾個存款，能作得什麼事？物價再要漲的話，恐怕不到一年，你就用完了！」西門太太道：「我會用光！你說我們家裡，哪個用錢多？你說我用錢多，我也承認，以後這樣辦，大概銀行裡還有八九萬元，我們平分，你那部分我一個不用，我這部分，拿去洗洗澡……」

西門德哈哈大笑，走到她身邊，將手拍了她的肩膀道：「呵，你有了闊朋友了。就要丟開我了。可是我若把虞家那條路子打通，能買一二輛車子回來，我還可以發財呀！」西門太太道：「你若能夠打通虞家那條路子，你也不要我到區家去了。」西門德道：「據你說：區家二小姐很贊成這件事，那很好。哪天我們辦一席豐富的酒席，請她過江來玩玩，益發託託她。」

西門太太將脖子一扭，鼻子聳著，笑道：「那也是我的女朋友呀！」西門德笑道：「我運動運動你，今天我知道你一定會回來的，老早就叫劉嫂買了一隻大肥雞回來，把板栗紅燒給你吃。鯽魚也買得了，還是乾燒呢，還是煮蘿蔔絲呢？都聽你的便。而且我還叫劉嫂向對過張家太太通了一個信，今天下午你去打八圈。」西門太太道：「不！我回來給你一個信。六七點鐘我還要到溫家去。」

西門德瞇了眼睛，握著她的手搖撼了幾下，笑道：「你出去了一個星期，好容易盼望得你回來了，今天晚上你又不在家！」西門太太擰著他的胖臉腮，然後兩手將他一推，笑道：「這樣大年紀了，老夫老妻的，也不怕人笑話！」西門德坐到對面椅子上，哈哈笑道：「老夫老妻的怎麼樣？難道人倫大禮，也不要了不成？」西門太太笑道：「你這是什麼狗屁博士！在外面是作投機生意，好賺錢，在家裡是和太太講人倫大禮，你忘記了我們是在抗戰時期嗎！」西門德笑道：「好！你和我來這一套，要講那一套大道理。要是那麼著，慢說吃紅燒雞，乾燒鯽魚，稀粥也許沒有得喝！」西門太太道：「紅燒雞，乾燒鯽魚，我還沒有吃呢，你就先誇上嘴了。那麼，我還是不吃你的，我立刻過江去。」西門德是個研究心理學的人，婦人家的做作，有什麼不了解，尤其是自己太太的心理，研究有素。太太這樣洋洋自得，那絕非偶然，必須留她在家裡好好訓練一番，然後可以讓她出馬，抓住一條發財的路子。太太和溫二奶奶訂的是明天的約會，今天也不能真的過江去，這不過作一點樣子給丈夫看而已。當日，西門太太果然沒走，到張公館打了八圈牌，回家吃一頓很可口的晚飯。博士並親自出去買了十幾枚大廣柑，給太太助消化。西門太太經先生十餘小時的指導，也就知道要怎樣抓住溫二奶奶這位財神。

次日下午三時，西門太太又到溫家去，她依了博士的指示，先到青萍小姐宿舍裡去，預備約著她一路去看二奶奶。

可是她並不在家，向人打聽，說是她到溫公館吃午飯去了。心裡想著，自己怕人家是傻子，不會向財神爺家裡跑。這樣看起來，把在戲台上作戲的人，看成了鄉下姑娘，自己才是一個傻子呢！二奶奶有這樣一個開心人在身邊陪著，不知道可肯在家裡老老實實住著。於是不敢在街上徘徊，直接的向溫家去。這裡已是熟地方，用不著通報，徑向裡面走去。還在門外，就聽到樓下大客廳裡開著留聲機，正唱跳舞音樂電影。且不驚動誰人，走向客廳裡來。見餐廳裡門攤幔垂下，留聲機在那裡面響著，掀開帷幔一角，將半邊臉向裡張看，見裡面電燈大亮，餐桌已經抬開，二奶奶自當男人，摟著青萍小姐在光滑的地板上跳舞。留聲機在牆壁下茶几上。區家二小姐架腿坐在一張小沙發上，笑嘻嘻地看著。只是不見亞男，想是她有事去了。

西門太太笑道：「好哇！你們太會玩了。」二奶奶聽了，停住了跳舞，將手拍了胸道：「你看，嚇了我一跳。」二小姐起來，抓住西門太太的手，笑道：「極好，極好！我們也來配上一對子。」西門太太笑道：「那真對不起！我不會這玩意。」二奶奶將留聲機關閉了，笑道：「夠了，兩條腿已經過了癮了，我們上樓去打小牌去。」西門太太笑道：「我們也沒有那樣大膽。」二奶奶望了她道：「你怕什麼？有人敢到這裡來抓賭？」西門太太笑道：「不是那話，我是手長衫袖短，攀交不上。千幾八百的輸贏……」二奶奶向她搖著手笑道：「再要說這類的客氣話，我就要罰你，你看你的學生，她是個精窮的藝術家，她也沒有說過你這些話。」說著，她一手挽了青萍小姐，一手挽了西門太太，回頭向二小姐道：「去，我們一路上樓去。」這樣，大家鑽出、帷幔來。

卻見前天那位穿藍布罩袍的人，從沙發上站了起來相迎。二奶奶便不牽挽著客，迎上前兩步，向他問道：「今天訊息如何？」那人望了一望在面前的女賓，卻沒有說話。二奶奶笑道：「不要緊，這都是我的好朋友，有話只管說。」那人笑著低聲道：「他們今天已經停止進貨了。」二奶奶站著呆了一呆，又昂頭想了一想，因道：「我們這一點東西，當然跟著人家的大批買賣走，他們若要把貨丟擲去，我們就跟著丟擲去吧！」那人笑道：「我不過這樣來給二奶奶一個信，並不是今天停止進貨，今天就丟擲去，我們總得把貨多囤兩天，囤到價錢穩定了的時候再丟擲去。不過據我打聽，他們協記字號，雖然進了幾百箱貨，可是他們並不能抓住市場，若是有人在這兩天丟擲，價錢還要鬆動。若是二奶奶願意把穩著做去的話，明天丟擲去也好，把法幣拿回來，我們可以另作一批買賣。」二奶奶笑道：「那一批買賣還沒有作完，又打算作另一批買賣了。」那人笑道：「那自然了，我們不能把五六十萬款子，在家裡白放著。」西門太太站在一邊，聽到他隨便一句報告，就知道二奶奶那三十萬元法幣，在幾天之內，就是對本對利，變成六十萬了。變成了六十萬還不足，又要拿去再買貨，再將本滾利，這哪裡是洗澡，這應當說是湼餡黏糯米粉滾湯糰，越滾越大。

二奶奶對於那人的話，也還沒有答覆，卻見一個聽差，匆匆走來了，向那人道：「協記來的電話。」他「哦」了一聲，彷彿若有所悟，就隨著那人出去了。二奶奶笑道：「等一等吧，看他們的電話說什麼。」說著就在沙發上坐下來。

不多大一會，那人走回來了，他向二奶奶笑道：「他們來了電話……」說著又望望客人，二奶奶道：「你只管說！」那人道：「他們得了訊息，西安有貨要到，決定立刻丟擲去。二奶奶這股，可收回六十八萬，問是要支票，還是要現款？」二奶奶且不答他的話，向西門太太笑道：「賺了個對倍帶轉彎，錢出去，錢進來，並沒有用飛機汽車搬貨，這就叫洗澡。你不是外人我不瞞你，你現在懂了嗎？」

西門太太得著這一番教訓，聞所未聞，不僅是知道了天下事有許多巧妙，而且十分有趣。聽了二奶奶的話，笑嘻嘻的望了她。二奶奶笑道：「你望著我作什麼？我有什麼話騙過你嗎？」力青萍小姐從中插嘴，兩手握了二奶奶的手笑道：

「二奶奶，你這個澡洗得痛快吧？可不可以讓我們跟著出一身汗？」二奶奶手扶了她的肩膀，輕輕地拍了她幾下，笑道：「好的，好的！你要什麼？還是要衣服穿呢？還是要吃點呢？讓我買個洋娃娃給你玩呢？」她一面說著，一面又摸摸她新梳的一雙小辮子。青萍笑道：「你以為我不好意思玩洋娃娃嗎？你就買兩個小洋娃娃，給我試試看。」二奶奶笑道：「你們窮藝術家，欠缺著什麼，我知道的，回頭我開張支票給你就是。」青萍笑道：「我和你鬧著玩的呢，真的，難道我向二奶奶借錢？」奶奶挽了她的手笑道：「不許叫二奶奶，要叫我二姐。走，我們上樓打牌去。」說著笑嘻嘻地帶了一群女賓上樓。

傭人們早已在小客廳裡擺開了場面。青萍站在牌桌子角邊，望了二奶奶笑道：「姐姐要我陪著打牌，我自然遵命，可是我沒有帶瓜子胡豆來。」二奶奶一時沒有懂得她的意思，望了她道：你還要一面吃胡豆，一面打牌嗎？「青萍笑道：我輸了，把什麼錢給呢？記得小時候，過年和小朋友擲骰子玩，就是輸贏著分得的花生豆子。」二奶奶將手掏了她一下臉腮道：「你和你老姐姐來這一手。」說著，自到臥室去了。不多一會，提著一個小提包出來，將袋子開啟，掏出一沓鈔票，大概有一千幾百元，向她手上一塞道：「日羅！拿去當花生豆子吧！」

青萍接著她的鈔票，倒不推卸，向她笑道：「這不成了我有心敲你的竹槓嗎？」二奶奶笑道：「你二姐洗個澡，一星期，就敲人家三四十萬，你就算敲我一下竹槓，這勁頭子也小得很，我毫不在乎。何況是我明知道你沒錢，要你打牌，我不給你墊賭本，誰給你墊賭本？」青萍向她勾了一勾頭，算是謝了的意思，笑道：「那也好，但別把你這錢輸光了，多在腰裡收著兩天，去去窮氣。」

西門太太在一邊看著，覺得二奶奶的氣派果然不同，不想無意之間，給青萍闢了一條生財之道。論起自己夫婦，對她的印象根本就不好，西門德還常說，這水性楊花的女人，應該讓她多嘗些苦味，不料反是引她嘗著大大的甜頭，心裡這樣想著，不免呆了一呆。

二奶奶已經在桌上的牌堆裡挑選出了東西南北風，要拈風打座，看了她笑道：我知道，西門太太又該客氣兩句了，牌大了，打不起，是不是？「西門太太笑道：你說破了，我倒不好意思再說。」二奶奶將手和攪著牌，笑道：「來吧，來吧，我和二小姐商量著，要你合夥，作一票生意，若是成功了，打這樣的小牌，夠你輸一年半載的。」西門太太聽了，滿臉是笑，笑得肩膀顫動了幾下，問道：「什麼生意？沒有聽得你先和我說過呀！」二小姐坐在她對面，也在手摸著牌，皺了眉道：「打牌吧，現在不談這些。」

西門太太雖覺二奶奶是不可拂逆的，但她時刻想履行兩門德那個計劃，要得著虞家的幫助到仰光去，承買大批汽車。虞家這條路線，不能直接，還要仰仗區家，仰仗區家，就要這位香港來的紅人作保。因之二小姐也是不可拂逆的。

心裡一橫，想著預備著兩三千塊錢奉陪一場，送個小禮。便笑道：「二小姐性急什麼，性急是要輸錢的！」二小姐道：

「昨晚上給二奶奶陪客，輸了小一萬，今天還會輸許多嗎？」西門太太聽了這話，倒抽了一口涼氣，兩三千塊錢奉陪，還差得遠呢！

二奶奶倒沒有理會她的態度，卻向青萍笑道：「你不要信她陪客，看陪什麼客，和你打小牌，也要來一兩萬的輸贏，那不是開玩笑！你要能打那樣大的牌，也不會蹦蹦跳跳，到台上去賺那碗苦飯吃了。」青萍笑道：「你別瞧我窮，我倒是不怕輸！」二奶奶道：「好哇！你倒埋沒了我這番苦心，願意打大牌，你能保證贏嗎？」青萍笑道：「我有我的算盤，贏了自然是更好，輸了呢，我把我自己作押帳，押在溫公館當丫頭，你看……」說著她將手向屋子四周指了幾指，按著道：「這樣好的房子，過著舒服的生活，有人運動還運動不到手呢！」二奶奶笑道：「哦！你還有這樣一個算盤。可是有一個問題，你沒有顧慮到，我們家這位溫五爺，頂不是個東西，假如他家裡有了這樣一個漂亮丫頭，他拿出主人的家法來，我不能和你保險，他若是硬要收房……」青萍兩手正在摸牌，這就丟了牌鑽到二奶奶懷裡來，抓住她兩手，將頭在她懷裡亂滾，鼻子哼著道：「你占了我的便宜，我不依你！」二奶奶卻只是格格的笑。二小姐笑道：

「你這麼一個進步的女子，卻是這樣小家子氣。你還是打牌，還是打滾？若是打滾，我就退席，我還要出去看個朋友。」經她這樣的說了，二奶奶才推開青萍，坐下來正式打牌。

這牌好像是有眼睛，專門輸著沒有錢的。八圈的結果，青萍將二奶奶給的賭本，都輸光了，西門太太也陪客，陪了一千五六百元。她算是如願以償，果然送了一個小禮，心裡雖然有些可惜，但是想到要和二奶奶交朋友，並託她幫忙發財，就不能贏她的錢，教她掃興。反過來說，要她高興，就怕送禮送得太少了。因之在表面上，對於這一場輸局，竟是坦然處之。

霧季的天氣，八圈牌以後，早已深黑了，大家自然是在溫公館裡吃夜飯。光陰在二奶奶這樣的人身上，往往是成了累贅，怎樣才能消耗過去呢？在香港那不成問題，看一場電影，看一場球賽，那是極簡單的娛樂，隨便也可以消磨大半日，其餘的有趣場合，多得很。到了重慶，就沒有了辦法，只有話劇一項，是比香港更新鮮一點的。此外甚至可徘徊片刻的百貨公司，也找不到一所。二奶奶為了這個，每日都得打算一番。這一天，正因為和青萍在一處瞎混，把這件大事忘記過去了，一直到吃晚飯以後，大家坐在小客廳裡喝茶吃水果，才把這事想了起來。她坐在沙發上，拍腿哦了一聲道：「是我大意了，我們這大半夜怎麼樣消遣呢？」

西門太太抬起手臂來，看了一看手錶，笑道：「已經九點鐘了，坐一會子，我們就可以睡覺。」二奶奶連連的搖著頭道：「這哪裡可以！我不到一點鐘，不能睡覺。」二小姐笑道：「今天我本來要去看票友的義務戲的，被你一拉著打牌，我就忘了。」二奶奶笑道：「好！我們去看京戲。我們五爺，就是個戲迷。他說重慶雖沒有什麼名角，可是各處到重慶來的票友，行行俱全，值得一看。」青萍坐著微笑，沒有說去，也沒說不去。西門太太笑道：「我是不論京戲話劇都願意看，可是今天晚上總是白說，已經把戲唱了一半了，還可以買到四個位子的票嗎？」二小姐笑道：「我一個人去不成問題，亞男在那裡當招待員，她必定會找個位子我坐。青萍，你也不成問題。」西門太太道：「怪不得不看見她，她又服務去了。那麼，大家去。義務戲總是這樣的，榮譽券座位上，空著許多椅子。」二奶奶道：「我們家五爺，每次義務戲，總要分銷幾張券，到他辦公室上去找找，也許現放在那裡呢。」說著她立刻起身向書房裡走。去不多一會，她手拿兩張戲票笑嘻嘻的走了來，笑道：「去吧，去吧！我這裡有兩張票。二小姐是可以找著她妹妹想法子。只差一個位子，怎麼也可以對付過去。」說時見女僕站在面前，便向她道：「到外面對小張說，開車子，我們去看戲。對廚房裡說，我們也許要到一點鐘才能回來，點心弄好一點。」西門太太笑道：「既是要去聽戲，我們立刻就走，不必化妝了。」二奶奶將手掌在臉腮上拍了一下，笑道：「撲點粉吧，五分鐘內可以出門。」她這樣說了，其實這幾位太太小姐，並非超現實的女人，女人出門，所要辦的事情，她們都得辦。一直混過十五分鐘，還是開特別快車，方才料理完畢。

一車子坐到戲館門口，當這來賓擁擠已過的時候，門禁已不是怎麼森嚴，半數的糾察和招待員，都已去聽正登場的好戲，坐在門口的收票員，遙遙望到四位華貴的女賓，坐了一輛漂亮汽車前來，料著絕不會是聽白戲的，先就沒有存檔查的心。務至二奶奶到了面前，交過兩張榮譽券來，就笑著點頭道：「四位？」二奶奶道：「還有兩張票子在招待員區小姐手上。」查票員「哦」了一聲，絲毫沒有加以攔阻。二奶奶由一位穿西服的招待員，引到最前面的榮譽座上。果然，西門太太的話不錯，還很有些空位子。她們自由自在的找到位子坐了。青萍照例是和二奶奶挨著坐。

這時亞男才從人叢中走過來招待，笑道：「你們坐吧，這幾張榮譽券的來賓，他們根本沒有工夫看戲。眷屬又在成都，今天是第二天了，這位子一直空著。」她交代了這句話，轉身就走。西門太太道：「你也在這裡坐吧。」亞男將手指指胸面前懸的那綢條子，依然走了。這時，台上唱著全本「雙姣奇緣」，正演到「拾玉鐲」那一段。那個演花旦的票友，年輕貌秀，描摹鄉姑思春的那些動作，刻劃入微。全座的男女來賓，看得入神，聲息均無。

這時有一兩聲咳嗽，由場中發出。西門太太回頭看時，有兩個老頭子坐在身後。其中一個就是區老太爺。他也看見了，向她點了個頭。她看著戲，忽然想起來，區老太爺雖然可以銷兩張票，也不會整百元的拿出來坐著榮譽座，必是另一個老頭子請的。那另一個老頭子又非別人，必是虞老太爺。有這個機會，今天最好是請區老太爺介紹一下了。這麼一想，她倒無心看戲，只顧暗中打主意，要怎樣去和這位老太爺談上交情。

這「雙姣奇緣」唱完，下面是一出武戲，已將近十二點鐘，一部分來賓離座了，她也就離開了座位，到戲館的門廊前去站著，預備半路上加以截攔。誰知她這番心理測驗，卻沒有測得準確，她等了有半點鐘上下，戲館子裡已經快要停戲了，這兩位老先生，卻依然沒有出來，她又怕得罪了二奶奶，只得又走了回來。她進入戲場的時候，兩眼先向區老太爺那座位上看去，還好，他們還是安然坐在那裡，於是她也回到座位上來。

這時，亞男也在旁邊空位上坐著，西門太太便問道：「大小姐，和令尊在一處的，是虞老太爺嗎？」她答說「是的」。西門太太笑道：「你引著我去介紹一下吧，老德要和虞老先生談談，我趁便去先容一聲。」亞男道：「散了戲再過去吧。老先生們聽戲，聽得正有趣，不要打攪他們。」西門太太看到二奶奶也對自己望著，這話就不便追下去了，只得又忍耐了一會子。

戲唱到快要完的時候，座位上總是鬧轟轟的。西門太太看到看客都大半站了起來，就站著向亞男道：「去吧去吧！回頭人家走了。」又向二奶奶道：「我和兩位老太爺說幾句話，馬上就來。」亞男看她那份情急，笑了笑，引著她走過去了。二奶奶向二小姐道：「我也本應當和令伯去見見，可是這戲座裡亂嚷嚷的，我不去了，明天見了令伯，代我致意。」二小姐笑道：「你倒不必客氣，我自己也沒過去打招呼呢！西門太太是要見那位虞老先生，其實這也不是接洽事情的時間和地點。」二奶奶道：「果然的，我看她有什麼急事似的。」二小姐笑著，咳了一聲道：「她妙想天開，想到仰光去販買一批車子。她自然沒有那樣大的資本，想替人家包販一批，要借人家的力量與資本，作成這筆生意，然後她從中落下一兩部車子。依我想，這樣便宜的事，不容易撿到。可是她的博士推算出來，只要這位虞老先生的令郎能夠在運輸上和他想點辦法，他認為就可辦到，所以她夫妻兩人，都想認識虞老先生。現在虞老先生就在這裡聽戲，她為什麼不藉機會認識一下呢？」二奶奶道：「原來如此。我也彷彿聽到人說過，這辦法有人作過，可是人家得不著比他更大的好處，人家為什麼要幫他發財？」二小姐道：「我也是這樣想，而且我這位伯老太爺，又是個吃方塊肉的人，作投機生意的事，要請他從中作個介紹人，那也是問道於盲的事。」

兩人說著話，這滿戲場的人，都已走光，空蕩的椅子叢裡，但見西門太太站在旁邊座位上，和兩位老先生絮絮叨叨說話，一面說，一面點頭鞠躬，像是十分客氣。二小姐道：

「怎麼老是談話，這戲場裡人，快要走光了。」便站著連向她那邊招了幾招手。西門太太這才和那虞老先生鞠了一個躬，然後走過來。笑向二奶奶道：「對不住，我讓你們二位久等了。」二小姐笑道：「這虞老太爺很客氣的樣子，一定可以替博士幫忙的。」西門太太道：「我也沒有那樣冒昧，一見人家老先生，就請人家援助，我只介紹我們老德和他談談。」二奶奶沒有作聲，只是帶了一點微笑。

西門太太恐怕二奶奶誤會，到了她們公館裡，就笑向她道：「這作投機生意的事，我們還是幹不來，自有了這個意思起，心裡就掛上這一分心，晝夜轉了念頭，總怕失去了機會。不像二奶奶這樣安安穩穩在家裡住著，一賺就是好幾十萬。」二奶奶笑道：「我也不過是鬧著好玩，若真要作生意，像我這個樣子，自由自在住在家裡，自然是不行。我知道，你在進行著一件什麼事，你只管去辦，辦不通的時候，我另替你想法子吧！」當晚夜深，宵夜已畢，各自安歇，不再談論。

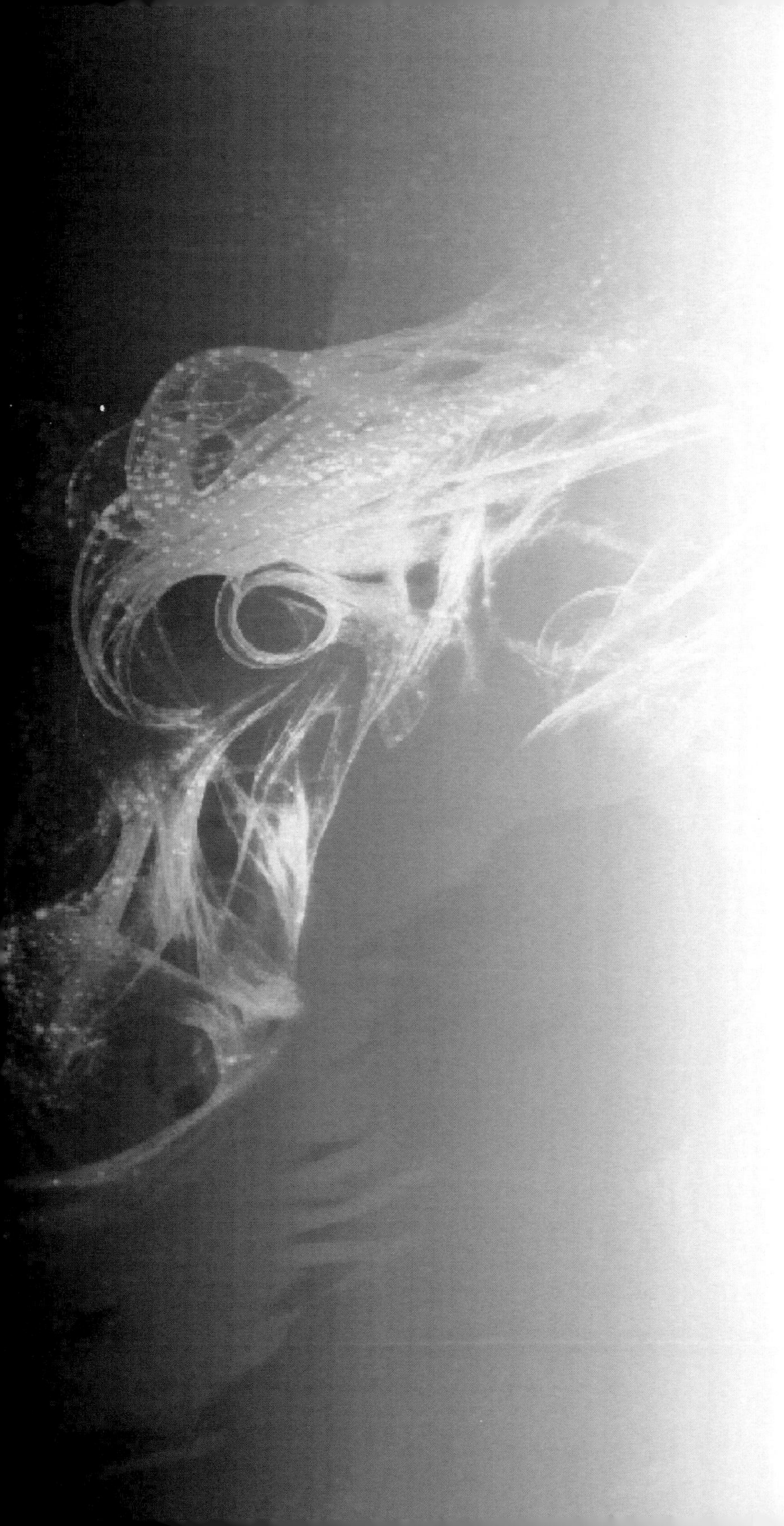

對比

第二天，西門太太趕回到南岸家裡，卻見西門德伏在辦公室上寫信。因道：「這一大早起來，你就來寫信，寫信給誰？」西門德放下了筆，先看著太太臉上有幾分笑意，便道。「訊息不壞吧？二奶奶要給你作成一筆生意了。」西門太太將手裡的皮包，放在茶几上，在上面拍了兩拍，因道：「你以為帶了這裡面一點東西去，就夠得上搭股份嗎？」她口裡說著，走近了辦公室，見上面一張信紙，是接著另一張寫下來的，第一行只寫了幾句，乃是：「合併薪水津貼，以及吾兄之幫助，每學期可湊足一萬五千元，就數目字言之，誠不能謂少……」西門太太道：「這一萬五千元有什麼稀奇呢？你信上還說誠不能謂少！」

西門德在抽屜中取出一支雪茄，點著火吸上了，架腿坐在圍椅上，微笑道：「我難道不知道這一萬五千元是不足稀奇的事？可是這在教育界看來，依然是一樁可驚的數字。劉校長在兩個禮拜以前，就寫了信來，要我到教育系去教心理學。他信上說，正式薪水和米貼每月可拿到二千元，他再和我找兩點鐘課兼，又可湊上數百元。每學期可以有一萬五千元的收入。他雖然是好意，這個數目教我看起來，還不如我們轉兜一筆紙菸生意，一個星期就有了。這樣一想，我簡直沒有勁回他的信。一天拖延一天，我就把這事忘了。昨天晚上，我一個人在燈下看書，想起了這事，在友誼上說，應當回人家一封信，又怕一混又忘了，所以今天早上起來，沒有作第二件事，立刻就來回這封信。不想你回來得這樣早，又給我打上一個岔。」說著把雪茄放在菸灰碟上，拿起硯台沿上放的筆來，笑道：「不要和我說話，讓我把這封信寫完。」

西門太太道：「先讓我把這訊息告訴你，昨晚上我會到虞老先生了。今天上午，他在城裡不走，約你到虞先生辦事處去會面。」西門德正伸了筆尖到硯池裡去蘸墨，聽了這話不由得將筆放了下來，望著她問道：「你約的是幾點鐘？」西門太太道：「他說在今天上午，無論什麼時候，都不離開那辦事處。」西門德看看桌上擺的那架小鐘，已是九點鐘，於是凝神想了一想，以一點鐘的工夫渡江和走路，到辦事處就是十點鐘了，便將毛筆套起來，硯池蓋好。西門太太笑道：

「你不回覆劉校長那封信了？」西門德將未寫完的信紙和已寫完的信紙，一齊送到抽屜裡去，然後關上。笑道：「反正不忙，今天下午再把這封信寫好吧。」西門太太笑道：「你不是不要我打岔，好把這封信寫起來嗎？」西門德道：「談入本題吧！你和虞老先生談了一點情形沒有？」西門太太道：「好容易在戲館子裡捉住一個機會，請區老先生介紹過了。哪裡有工夫談生意經？我這樣子作，二奶奶就在笑我了。一個作太太的。能夠初次和人家見面，就談起商業來嗎？那位老先生一臉的道學樣子，就是你今天去見他，也要看情形，不能走去就談生意。」

西門德和太太談著話，已把大衣穿好，手上拿了手杖和帽子，走到房門口，笑道：「這還用得著你打招呼嗎？區老先生是不是和他住在一處？」西門太太道：「我沒問。你最好請請客。」西門德帽子放在頭上，早已將手杖戳著樓板，近一響，遠一響，人走遠了。西門太太退到欄杆邊來，見她先生已出了大門，便自言自語的笑道：「世事真是變了，我們這位博士，鑽錢眼的精神，比研究心理學還要來得努力。」西門德出了大門，果是頭也不回，一直趕到江邊。這次輪渡躉船上，比較人少，他在前艙，從從容容的，找到一個位子坐下。

今天有個新發現，見這裡有個販賣橘柑的小販，有點和其他小販不同。那人身上穿了一套青布襖褲，雖也補綻了幾處，卻是乾乾淨淨的，鼻子上架了一副黑玻璃眼鏡，一頂鴨舌帽子，又戴得特別低，那遮陽片，直掩到眼鏡上，擋住了半截臉，西門德覺著這個人是故意掩藏了他的面目，分明是一種有意的做作。他這樣想了，越發不斷的向那小販打量。

那人正也怕人打量，西門德這樣望著，他就避開了。

不多一會，有一個穿短衣的胖子，匆匆走了來，在艙外面叫道：「小李，你今天記著，兩天沒有交錢了，今天不交，就是三天。這樣推下去，我們又要再結一回帳了！」西門德順了聲音看去，那說話的人穿了一套工人單褂褲，小口袋上拖出一串銀錶鏈子，手指上夾了大半支香菸，臉上紅紅的，塌鼻梁，小眼睛，越是讓這面部成了一個柿子形。只是在兩道吊角眉之下，又覺得他在這臉上，劃下了一道能強迫人的勇氣。

那小販很說謙和的迎上去兩步，笑著答道：「嚴老闆，你放心，無論如何，今天晚上，我會給你送錢去。不騙你，我病了兩天，今天是初上這個碼頭作生意。」那人將夾了紙菸的手指，指著他道：「你今天晚上，若再不送錢來，我也有我的辦法！」他說話時，沉下了臉腮上兩塊肥肉，和那兩道吊角眉，背道而馳，正是緊張了這張臉，更不受看。那個小販道：「我說話，一定算數，在這個碼頭上作生意，敢得罪你老闆嗎？」那胖子哼了一聲道：「有什麼得罪不得罪，殺人抵命，欠債還錢，你欠我的債，你就當還我的錢，別的閒話少說。晚上我們見！」說著他舉起了拳頭在鼻子旁邊向外作兩個捶擊的姿勢，然後走了。那小販呆呆在艙裡站著，望了那人遙遙走去，伸著脖子嘆了一口氣。

西門德坐在一邊，看出了神，越看他越像是熟人，便喊了一聲買橘柑，向他點了兩點頭。那小販眼鏡遮不下全臉，透著有點難為情的樣子，只好走了過來。到了面前，西門德看到他肌肉有些顫動，臉上的面色，泛著蒼白，分明是要哭，可是他，還是露著牙齒笑了。他鞠著躬，低聲叫了一聲「老師」。西門德道：「哦！你果然是李大成，你不念書了！」李大成道：「老師，我沒臉見你，你一上躉船，我就看見你了。可是……船來了，老師請過江吧。」說著他扭身要走。

西門德一把抓住他橘柑籃子道：「別走，我要和你說幾句話。」這時來的渡輪，靠了躉船，等船的人，一陣擁擠，紛紛向船口擠去。西門德依然抓住了橘柑籃子，等艙裡人全上渡輪了，西門德見這艙裡無人，才低聲問道：「你怎麼弄成這個樣子？你令尊現在……」李大成將籃子放在艙板上，一手託著黑色眼鏡，一手揉著眼睛，很悽慘的答道：「他……過世了。」西門德道：「他是到四川來了，才去世的嗎？」李大成道：「到四川來了兩年多才去世的。老師，你想我父親才只有我一個兒子，家鄉淪陷了，孤兒寡母，無依無靠，我怎麼還有錢念書！」西門德道：「你父親死了，機關裡總可以給點撫卹費。」李大成慘笑了一笑道：「老師，你以為拿了撫卹費，我們可以吃一輩子！不瞞你說，我父親的棺材錢，還是同鄉募化的。我父親死的時候，倒是清醒白醒的。他說，早曉得要死，不如死在前方，丟下三個人在前方討飯，也離家鄉近些！」西門德道：「丟下三個人，還有一個什麼人呢？」李大成彎下腰去，檢理著籃子裡的橘柑，低聲答道：「還有一個妹妹。」西門德道：「那我明白了，你是為了家裡還有兩口人的生活，不能不出來作買賣。」李大成蹲在艙板上，輕微的「哼」了一聲。

西門德道：「那也難怪。你一個人作小生意，除了自己，還要供養一大一小，怎麼不負債！剛才那個人和你要錢，你借了他多少債？」李大成道：「哪有好多錢，一千五百元罷了，只夠現在闊人吃頓飯的錢。這一千五百元，還是分期還款。每天還三十元，三個月連本帶利，一齊還清。」西門德道：「三三得九，三九兩千七，他這放債的人，豈不是對本對利？」李大成突然站了起來，拍著兩手道：「誰說不是？你看，我每日除了母子兩個人的伙食，靠這一籃橘柑，哪裡能找出三十元還債？所以我母親也是成天成夜的和人洗衣服補衣服來幫貼著我。她一個老太太……唉！」他說到這裡，垂下頭，臉上有些慘然。

西門德聽了這話，心裡頭也微微跳動了一下。因望著他道：「你妹妹有多大？她可以幫著你們作點事嗎？」李大成被他這樣一問，臉色更是慘淡了，他的嘴唇，又帶了抖顫，向西門德低聲道：「我們養活不起，她到人家家裡幫工去了。」西門德道：她多大了？能幫工嗎？「李大成頓了一頓，向躉船艙裡看了一看，這時，過渡的人，又擠滿了一艙。他提起果籃靠近了西門德一步，眼望了自己手上的籃子，低聲道：唉！押給人家作使喚丫頭了，替我父親丟臉！」說時，在那黑眼鏡下面滾出了兩行眼淚。他將不挽籃子的手，捏著袖頭子去揉眼鏡下面的顴骨。

西門德聽了這話，想起一件事來，記得在南京的時候，李大成的父親，為兒子年考得了獎，來道謝過一次，西裝革履，一表人物，沒想到他身後蕭條到這種樣子，便也覺得心裡一陣酸楚。在他這樣發怔的時候，第二次渡輪又要靠躉船了，因握著李大成手道：「我非常的同情你，我現在有點事情，要過江去一趟。今天晚上五六點鐘，你到我家裡談談。你不要把我當外人。我是你老師，而且不是一個泛泛的老師。」說著因把自己的住址詳詳細細告訴了他，李大成見他十分誠意，也就答應了。

西門德渡過了江，已是十點多鐘，他沒有敢耽誤片刻，就向虞先生的辦事處來。大凡年老的人，絕不會失約的，虞老太爺和這位區老太爺，找了一副象棋子在臥室裡下棋，等西門博士。門房將名片傳進來了，他為便於談話起見，約了在小書房裡想見。他的大令郎，頗盡孝道。為了老太爺常進城，把自己的辦公室，擠到與科長同室，騰出一間臥室和一間小書房，給老太爺。所以到老太爺這小書房裡來，必要經過虞先生的辦公室。

西門德經過那門口時，正好虞先生出來，西門德曾在會場上見過他，一見就認識，立刻取下帽子來，向他點頭道：

「虞先生，你大概不認識我吧？我是西門德。」虞先生「哦」了一聲，伸手和他握著笑道：「久仰，久仰！家嚴正在等著博士，改日再約博士暢談。」西門德很知趣，聽了這話，知道人家事情忙，沒有工夫應酬，也就說了一句「改日再來奉訪」。這虞先生見他如此說，益發引著他到老太爺小書房裡來，他自去了。

區老太爺已先起身相迎，就介紹了和虞老太爺談話。西門德見這間小書房，布置得很整潔，兩隻竹書架，各堆著大半架新舊書，有兩張沙發式的籐椅，鋪了厚墊子，還有一張長的布面沙發，沙發上還有個布軟枕，就想到虞老太爺的兒子，頗為老人的舒適設想。一張紅漆辦公室上，除了筆硯而外，有一瓶鮮花，一盒雪茄，一把紫泥茶壺，一盤佛手，糊著雪白的牆壁，只有一副對聯，懸在西壁，寫的是「乾坤有正氣，富貴如浮雲」十個字。正壁也只懸了一軸小中堂，畫著墨筆蘭石。北壁下面是籐椅。一副小橫條，寫了八個字：

「老當益壯，窮且益堅」，下款書「卓齋老人自題」。西門德很快的已看出了這位老太爺的個性，加之這位老太爺穿了大布之衣，大布之鞋，毫無作現任官老太爺的習氣，心裡更有了分寸了。

虞老太爺讓坐之後，先笑道：「區老先生早提到博士，我是神交已久的了。博士主張不分老少，自食其力，這一點，我正對勁，很想識荊呢！」西門德只好順了老太爺的話談上一陣。心裡猜想著要怎樣兜上一個圈子，才可以微微露點自己的來意。正好虞老太爺向他遞來一支土雪茄的時候，他拿著雪茄看了一看，笑道：「老先生喜歡吸雪茄，我明天送一點呂宋菸來請您嘗嘗。」虞老太爺笑道：「哦！那是珍品了！」西門德道：「不！進口商人方面，要什麼舶來品都很方便。」虞老太爺嘆了一口氣道：「這現象實在不妙。我就常和我們孩子說，既幹著運輸的事業，就容易招惹假公濟私，兼營商業的嫌疑。一切應當深自檢點。」西門德笑道：

「那也是老先生古道照人。其實現在誰不作點生意？」虞老先生坐在籐椅上，平彎了兩腿，他兩手按了膝蓋，同時將大腿拍了一下道：「唉！我說從前是中華兵國，中華官國，如今變了，應該說是中華商國了！」西門德道：「正是如此，現在是功利主義最占強，由個人到國家，不談利，就不行！」虞老先生手摸了鬍子，點頭道：「時代果然是不同了，那沒有什麼法子，你沒有錢，就不能夠吃飯穿衣住房子。國家沒有錢，就不能打仗，更不能建設。」

西門德聽了這話，心中大喜，這已搭上本題的機會了。

正想借了這機會，發揮自己要談功利的主張。只見一個勤務匆匆忙忙的走進屋子來，沉著臉色道：「報告老太爺，有了訊息了，處長說，已經吩咐預備小車子送老太爺和區先生下鄉。」

虞老先生曾在南京和長沙受過幾次空襲的猛烈刺激，對於空襲，甚是不安，平常不肯坐公家汽車，一是警報，倒是願受兒子的招待，於是立刻站起來道：掛了球沒有？「勤務道：訊息剛到，還沒有掛球。」他便向區老先生道：

「趁著時間早，我們下鄉吧。」西門德看這樣子，根本不是談話的機會，便向老先生握著手道：「那麼，晚生告辭，改日再談。」那虞老先生點著頭，連說「好的好的」，說著他已是自取了衣架上的大衣和帽子。博士看了他那一份慌亂，和區莊正點頭說聲「再會」，也只好匆匆的走出了辦公室。

大街上走路的人，還是如平常一樣的來往不斷，似乎不見什麼異樣情景，且僱了一輛人力車，坐到江邊。因為一切如常，也就沒有什麼思慮。倒覺得人生在世，多少倒有點命運存焉。費了許多周折，好容易才得著機會和虞老先生會面，不想沒有談到幾句扼要的話，又被這空襲的訊息所打斷。他一面沉思著，一面走路，下了碼頭，走上渡輪，還是繼續地想，不知不覺地，在船艙裡人叢中站著。忽然聽到岸上轟然一聲，接著躉船和渡船上，也轟然了一聲。在轟然聲中，抬起眼皮來看人，才知道是大家同聲說了一句「掛球了力。就為了這個，渡輪雖然是離開躉船了，還有人由躉船那邊向渡船上跳過來。」

最後一個跳過來的是位摩登女郎，她一手夾了大衣，一手提了皮包，腳下還穿的是半高跟皮鞋。當這渡輪離開躉船，空出尺來寬江面縫隙的時候，她卻大著膽子向這邊一跳，將提皮包的手抓住渡輪船邊的柱子。雖然她跳過來了，可是她兩隻腳，還只有一隻踏在船邊上，那一隻腳，還架空提著呢。在船上看到的人，都不禁轟然一聲的驚訝著。西門德看到，也暗暗的說了兩聲「危險」。可是她也很警覺，身子向前一栽，預備倒在船艙上，以免墜落到江裡去，這樣，她被船艙壁撐住了，不曾倒下。那第二隻腳，也就落實的踏著渡輪艙板了。過渡的人，看到她是一位漂亮而摩登的女郎，大家都不忍罵她，只是彼此接連的說著「危險」。那女人也紅著臉，站了喘氣，向她面前幾個人，作了一個勉強的微笑。

在她這一笑之時，西門德正由人叢中走了過來，輕輕的「咦」了一聲。她笑道：「哦！西門老師。」說著，收了笑容，向他行了個鞠躬禮。西門德道：「青萍小姐，有兩年不見面了。你好？」她走近了一步笑道：「師母沒有和老師說過嗎？我要來看老師。巧得很，在這裡遇到了，免得我問路了。」西門德對她周身上下很迅速的看了一遍，發現她全身華麗，花格綢的袍子，青呢大衣，手上戴著寶石金戒指和小手錶，領襟上還夾了一枝自來水筆。青萍似乎看出了老師的審查態度，臉上微紅著，伸頭向艙外看了一看，回轉頭來道：

「還是掛一個球。」西門德道：「沒關係，我那裡洞子好得很。」青萍點頭道：「我曉得，重慶好房子，是包括洞子算在內的。我早就想來，可是總被事情纏住了」。西門德低聲笑道：「你現在認了一個有錢的乾姐姐。」她笑道：「怎麼這樣說？老師總是老師，就怕老師嫌我不成器，不肯認我。」

西門德向艙外一看，見船已快靠躉船了，便道：「提起這話，過幾分鐘，我指一個人你看看。」青萍見老師臉上的笑容，帶了幾分嚴肅的樣子，便望了他，連問幾聲淮，西門德笑道：「也許你不認識他了。」青萍道：「是誰呢？我的記憶力相當不錯。」西門德道：「不用問，到了那時再說。」青萍也並沒有把這個問題看得怎樣重，站在輪渡艙裡，且和老師說些閒話。

十多分鐘，輪渡已靠了江岸，因為已是掛預告警報球的時候，過渡的人，都急於登岸，好去找一個躲空襲的地方。

因之輪渡一靠躉船，人就搶著向艙口上擠。西門德一手抓住青萍的衣服，且向後退了兩步，因道：「不要忙，只是十來分鐘的工夫就到了。我家有洞予可躲。」青萍笑道：「我什麼樣子的空襲都遇到過，我不怕。」西門德聽她如此說，就越發從容的等著。一直等到船上人已走盡，然後和她走上躉船。

到了江灘上，博士四週一望，擺零食攤子的人，正在收拾籮擔，行人也沒有停留的，因道：「我要引你見見的這個人，沒有機會了，掛了球，他不會來了。再說吧！」青萍猜不出他是什麼意思，且隨了他走，走了大半截江灘，又聽到人聲轟然一下。西門德道：「放警報了。」看那江灘上的行人，都昂頭向迎面山頂上看去。那裡正有一座警報台，山頂一個丁字木架上，是掛球的所在。這時，那上面掛了一隻長可四五尺的綠燈籠。這是解除警報的表示，所以大家都在歡呼。這樣，兩人越發從容的走去。

當面就是一重六七十級的坡子，博士是無法對付，正四下的看著，忽然笑著招手道：「李大成，來，來，來！正找你呢！」隨著這聲音，走過一位提橘子籃的青年。他叫了聲「老師」。看到青萍，怔了一怔，身子還顫動了一下。西門德笑道：「彼此都認識嗎？」青萍道：「李大成，老同學呀！」李大成苦笑著，點了點頭道：「黃小姐，你還認得我，我落到這步田地，沒有臉見人。」青萍對他望著，正也有些愕然。西門德就把他的境遇，簡單說了幾句。青萍點點頭道：「這樣說，密斯脫李倒是個有志氣的人！」他沒有回答什麼，低頭「唉」了一聲，長長的嘆口氣。

西門德道：「我正要詳細的知道你的情形，難得又遇到老同學，都到我家裡去暢談一番。」李大成低頭看看自己衣服，又看看青萍，搖頭道：「老師，我改天去吧。」博士道：「為什麼？」他道：「我太窮了，替老師和同學丟臉。」西門德道：「只要不傷人格，師生有什麼不能見面之理？窮，難道是有傷人格的事情嗎？」青萍也笑道：「若是那樣想，慚愧的倒應當是我，我顯然沒有你這樣吃苦耐勞。」李大成點了點頭。微笑道：「好吧，我跟著你們去。」他隨了這話，跟在二人後面走著。

西門德回家這一截山坡，是他肥胖的身體所最不耐的事，可是自己若坐上轎子，這位女高足同意，男高足絕不肯提了販橘柑的籃子，去作一位乘客的。若是和女高足坐轎，讓男高足……他正自焦愁著，路邊歇著轎子的轎伕，攔住道：「西經理，西經理，我抬你回公館。」他們認得博士這老主顧，但不知道他是博士，也不知道他複姓西門，每天見他夾了皮包來往，又住在那富商的洋房子裡，就以為他姓西，是作闊生意的經理。

西門德將手杖撐著斜坡上的沙土地，有點喘氣，他搖搖頭道：「不坐轎子。」青萍走在一旁看到老師吃力的樣子，便笑道：「老師還是坐轎子去吧。」兩個轎伕迎著青萍，彎著腰道：「大小姐，大小姐，我抬去。」李大成很知趣，便走上前一步道：「老師和黃小姐坐轎子去，我放下籃子，隨後就到。」青萍未加考慮，因道：「那麼，大家坐了轎子去。」

這路邊停了一排轎子，穿著破爛衣褲的轎伕，三三兩兩，站在土坡上。在他們黃蠟的面孔上，都睜了兩隻大眼，看誰需要他的肩膀當馬背。其中有個年老的，在這一群裡，似乎已在淘汰之列，像一個病了十年的周倉神像，臉上的黑鬍子，像刺蝟的毛，圍滿了尖臉腮。他兩手抱在胸前，護著有限的體溫，不讓他跑走。兩隻肘拐下破藍布襖子的碎片和破棉絮，掛穗子一般在風中飄搖著。他將兩隻木桿似的瘦腿，一雙赤腳在沙土上來回顛動。希望在運動裡生點熱力。

但他的眼睛，依然在行路人裡面去找主顧。

這老人見這位摩登小姐，這樣說了，有點饑不擇食，跑了步迎著李大成道：「賣橘柑的下江娃兒，來嘛，我抬你去。」這一句「賣橘柑的下江娃幾」引得所有土坡上的轎伕群，轟然一陣大笑。有一個穿得整齊而身體又壯健的轎伕，笑道：「王狗兒老漢，你抬這下江娃兒去嗎？要得嘛？他沒有錢，送你幾個橘柑吃！」於是其餘的轎伕們，看著李大成和王狗兒老漢，又是哈哈一陣大笑。王狗兒老漢回轉臉來，向大家瞪了一眼，嘰咕著道：「笑啥子！這下江娃兒是這大小姐的老傭人，大小姐會替他付轎錢的。」這老頭子一句善良的解釋，像刀子戳了李大成的心一樣，他站不住，幾乎要暈倒在沙土坡上了。

西門德已看出李大成這份難受，便退後一步，拉了他的籃子道：「我們慢慢走吧，談著也有趣味些。」青萍自理會得這意思，便在前面走著。李大成默然隨了老師同學，同到西門公館。進得大門。博士通身是汗，紅了面孔喘氣。李大成終於忍不住心裡那句話，向他苦笑道：「為了我，把老師累苦了。」

西門德將夾皮包大衣的手，帶拿了手杖，騰出手來，取下帽子，在胸前當扇子搖。他由院裡進屋，還要上樓，只聽他的腳步踏在板梯上，一下一下地響著，可以想到他移動腳步的遲慢。到了他書房裡，他將手裡東西，抱在懷裡，便坐在沙發上，身子往後一靠，向兩位高足笑道：「身體過於肥胖的人，是一種病態，二位請坐，不必客氣。」

李大成把他的小販籃子，先放在辦公室下，然後來接過西門德的帽子、大衣、皮包、手杖，都掛在牆角落裡衣架上。安排好了，在桌子角邊站著。青萍本來在一旁椅子上坐著的，看到同學這樣講禮節，她又站起來了。西門德道：

「你們坐下，我們好談話。」說時，劉嫂兩手端了兩玻璃杯茶進來，將茶杯放在桌上，先把兩手捧了一杯，送到青萍手上，然後再捧了一杯到西門德手上。

博士已知道她有了誤解，不願說破，只好起身把茶杯放在桌上，轉敬了李大成，向他笑道：「你喝茶。」偏是這位劉嫂還不理解，她道：「你怎麼把橘柑帶到屋子裡來賣？」李大成笑邀：「我不賣，送給你主人家吃的。」西門德道：

「別胡說，這兩個都是我學生。」劉嫂向著賣橘柑的下江娃兒和那帶金戒箍穿呢大衣的漂亮小姐，各看了一眼，逕自去了。

西門德脫了中山服，露著襯衫，兩手提了西服褲腳，再在沙發上靠下，向大成指著椅子道：「你坐下，這年頭，只重長衫不重人。對她這無知識的人的說話，不必介意。」李大成笑道：「其實，她並沒有錯誤，我本來是個賣橘柑的。」青萍看到他沒有坐，自己坐下了，又站了起來，因向西門德道：「我進去看看師母去。」西門德笑著搖搖頭道：「假如她在家，聽了我們說話，那就早出來了，大概她又打小牌去了。坐下坐下，我們來談一談，趁此並無外人，我可以替大成商定個辦法出來。」李大成見青蘋頗是不安，便在桌子邊坐了，聽了老師這話，只微笑著嘆了一口氣。

青萍道：「剛才在路上談著你那些困難，我還不得其詳。大概最大的原因是眼前經濟情形太壞了。你可以告訴我，我也可略盡同學之誼。」李大成搖搖頭沒作聲，西門德就把他借了一千五百元的債，天天籌款還債的事，說了一遍。青萍道：「這個放債的人，就是下江所謂放印子錢的手法了。倘若不到期，要還清他的錢，那怎樣演算法嗎？」李大成笑道：「借這種閻王債的人，誰有本領不到期還得清？就是要還清，放債的人也不願意。」西門德道：「那沒有這種道理。他能逼你藉著債，讓他慢慢來訛你嗎？」大成道：

「借這種債，半路還錢的人也有，多半是請人到茶館裡去臨時講盤子。大概債主子收回了本錢的話，利錢可以打個折頭。若沒有收完本錢，那麼，除了以前還給他的不算，你總要一把交還他那筆本錢。」青萍兩眼凝望著他，肩峰聳著，很注意的聽下去，接著搖搖頭笑道：「我不懂。」大成道：「當然難懂，我舉個例吧：我借那姓嚴的一千五百元，議定每日還三十元，三月還清，現在不過按日還他二十天，只有六百元，對原來本錢，還差的遠。若要一筆了事，就得除了那二十天，每日白還了他三十元不算，現在一筆還他一千五百元。又比如說借人家一千五百元，約定每日還三十元，三個月還清，共總得還他二千七百元。還過了五十天，就達到本錢一千五百元了。那麼，所差一千二百元，可以打個折頭，預先一筆還他。我是只還了二十天的人，只有照第一項辦法，除了白還六百元之外，現在得一筆還他一千五百元。」

青萍點點頭道：「我明白了。」西門德燃上了一枝雪茄吸著，噴出一口菸來，嘆口氣道：「這樣的債，你借他幹什麼？真是飲鴆止渴。」那青萍小姐卻沒有說什麼，站起來把她放在茶几上的手提包取了過來，開啟，她半側了身子，拿出兩疊鈔票，捏在手裡，趁放下皮包的時候，向前一步，靠近了西門德，低聲笑道：「老師，我幫他一個忙，可以嗎？」說著將鈔票悄悄塞到她老師手上。西門德瞥了那鈔票一眼，全是五十元一百元一張的，倒愣住了，望了她道：「這是多少？」青萍道：「除了替他還清那筆款子而外，另外送二百元給他令堂買點葷菜吃，不成敬意。」

李大成「呵」了一聲，站了起來，兩手同搖著道：「那不敢當！那不敢當！」青萍向他笑道：「驚訝什麼？這數目到如今已不足為奇，只夠有錢人吃頓館子罷了。」西門德將鈔票數了一數，果是一千七百元，便走著送到李大成面前，因道：「她既有這番好意，你收著。」他並不伸手接錢，倒向後退了兩步，垂了兩手，搖搖頭道：「這個我不能接受，我不便接受。」西門德望了他道：為什麼不能？又為什麼不便？」他望了屋子裡的兩個人，笑了一笑。青萍向他點點頭道：「我諒解你的話，可是我倒可以坦直的說一句，我拿出這些錢來，並不妨礙到我的生活，也絕不有玷你的人格。這樣好了，你不願無緣無故接受我的義務，那就算借款得了，你借別人的是借，借我的也是借，這總可以。不過我不要利錢，我也不限你什麼時候還清，沒錢，到戰後再還我，也不要緊。」西門德道：「她這種說法，就說得很透澈了。你還有什麼不接受嗎？要不，我從中作個證明人，證明你是向她借錢，不是要她白幫助。」

李大成看到老師臉上，義形於色，有點面孔紅紅的，這倒不便再堅持自己的意見，只好將鈔票接過，向青萍點了個頭道：「黃小姐，那麼，我就感謝你的盛意了。我現在沒有什麼報答你的。你在輪渡上來往，有什麼大小行李捲，要人扛的話，我多少可以盡……」青萍笑道：「別再這樣說下去了。我們有這樣一個好老師在這裡，我們得藉著老師的幫助，繼續地把書念下去。」

西門德笑道：「那麼，黃小姐你也打算念書？」青萍抬起手臂來，看看她的手錶，低頭沒有作聲。李大成道：「黃小姐，現時在哪裡工作？」西門德剛說了一個「她」字，青萍立刻接了嘴道：「過去瞎混，現時我在一家大公司裡弄到一個書記的位置，大概一兩天之內，我就要上工去了。你若是不願這樣繼續下去的話，也可以去找個書記之類的工作。」

李大成想說什麼，望著她看了一看，又把話忍回去了，只是笑笑而已。他想著自己跟著老師來到公館，那是偶然的事，青萍小姐，隨著老師一同過江來的，也許還有什麼重要的事，急待商議。他便把籃子裡橘柑一齊放到桌上，笑道：

「老師，這可不成敬意，聊表寸心而已。留著你解解渴，我暫告別，過一兩天再來。」西門德也怕青萍有什麼話要說，只好由他走了。

西門德在他去後，第一句話，就誇著她道：「你實在仗義，我有愧色！」青萍搭訕著看看牆壁上掛的中國畫，一面笑道：「其實，我也是借來的錢。不過我和溫二奶奶很說得來，有了機會，還可以向她借。」

正說著，西門太太在屋子外面笑道：「稀客，稀客！貴客，貴客！」她滿面春風的走向前來，握著青萍的手，因道：「我沒有想到你會來，要不然，我要到江邊去接你了。」青萍笑道：「那豈不折煞了我？刀西門太太笑道：你老師還歡迎著你一路渡江嗎。我為了你來，牌都放下了。」青萍笑道：「那更不敢當！師母在哪裡打牌？我能去嗎？師母還是繼續打牌，我去看牌好了。」西門太太笑道：「今天我的牌，全是一種應酬作用。」說著把聲音放低了一些道：「我們連房子帶家具，都是人家借給我們的。並沒有租錢。這位房東太太，就好打牌，我們是牌友。為了我們常在一處打牌，交情還不錯，她先生老早不願我們住下了，就為了太太說不好意思，沒有向我開口。區老先生那裡有一幢小洋房，只賣五萬元，我就想買了來。」西門博士在旁插嘴笑道：

「你想買了來，錢呢？」他太太道：「把這票生意作好了，就有錢了。」青萍聽了這話，心想，一個人要變，變得就這樣徹底。西門老師向來是很清高的，如今是夫妻合作，日夜都計劃著賺錢。不但心裡這樣想，而且口裡還不斷說出來。

那溫五爺一賺幾百萬，終日逍遙自在，也不見他和人談過一句生意經。她這樣想著，坐在老師當面，不免呆了一呆。西門太太道：「你想什麼？打算要走嗎？我們這裡雖沒有溫公館那樣舒服，既來之，則安之，怎麼委屈，你也在我這裡寬住一夜。你別看我們是窮酸，只要一票生意作成功了，我們也可以好好的招待你一陣。」青萍想到她心裡唸著的話，嗤嗤的笑了起來；但為了這一笑，她倒怕老師會疑心，只得在此留住下了。

這日晚上，博士夫婦正招待青萍小姐吃晚飯的時候，先聽到窗子外面有人說了一聲「還在這裡」。大家正覺得這句話來得突然，都停住了筷子，向外望著，只見李大成引著一位四十歲上下的婦人走了進來。她雖是穿一件舊藍布大褂，可是渾身乾乾淨淨，並無髒點，短短的青髮，也梳得光滑不亂。她先站在門口，李大成搶先一步，點著頭道：「老師，這是我母親。這是老師，這是師母，這是黃小姐。」他站在桌子邊，一個個指著介紹給他母親。這位太太，一人一鞠躬，對青萍行禮的時候，還特地走進了一步，說道：「承黃小姐幫我們一個大忙，我真是感激不盡，特意來向西門老師打聽，黃小姐住在哪裡？我們好去面謝。在這裡那就更好了……」但「更好了」之後，她也說不出個什麼下文來。

博士笑道：「一切不必客氣了，全不是外人。李太太大概還沒有吃晚飯……」李太太點頭道：「老師，你請坐下用飯，我們叨光黃小姐這款子，請那姓嚴的吃過一頓小館子了。」青萍道：「那麼，債算還清了。」李大成笑道：「不但把債還了，這頓飯還是吃得他的。因為我說起老師住在這裡，那姓嚴的說，怪不得你有錢還債，西門經理是你老師，住在那高坡上洋房子裡的人，誰不是家產幾百萬，幾千萬的人？你要發財了，我們交個朋友吧。」這一說，大家全笑了。

於是博士請他們母子在小書房裡先坐著，他們自去吃飯。這黃小姐愛的就是個面子，見大成母子親自冒夜來謝，她十分高興。飯後，到房裡來陪客，因問道：「李太太，我聽說，你還有個小姐。」李太太聽了這話，臉色動了一動，眼睛裡似乎含有一包淚水，立刻搭訕著咳嗽兩聲，背了電燈光，牽理著自己衣襟，嘆了一口氣道：「真是慚愧，送到人家作使喚丫頭去了。我倒不是押了，也不是賣了，只是放在人家幫點小工，混口飯吃。大概和人家另借了二三百塊錢，和她作了兩件衣服穿，作了半年工了，就是不還主人家的錢，把她接回來，人家也說不出什麼話來。只是回來之後，就多了一個吃飯的人了。」

西門太太被青萍的豪舉刺激著，義氣勃發，這時也在屋裡坐著，她立刻接嘴道：「李太太，你若是為了怕添一日人吃飯的話，把你小姐放在我這裡住著好了。我喜歡出去打個小牌，讓她來給我看看家好了。那筆小款二三百元，我代你還了，這裡到你家裡近，你隨時可以叫她回去。」李太太站了起來道：那太好了，我怎麼感謝你呢？「西門太太在衣袋裡一摸，摸出一疊鈔票，笑道：今天打小牌贏的，還不到三百元，你拿去吧。最好你明天就把她引來。」

李太太將手輕輕擦著衣襟，笑著望了兒子道：「你看怎麼辦？」李大成坐在一邊笑道：「那我們只好拜領了。」李太太鞠著一個躬，把餞接了過去。西門德口銜雪茄，坐在旁邊。他看到人家左一點頭，右一鞠躬，就聯想到當年和李先生握手言歡，也是一表人物。一個人的身後，不免妻子託人，怪不得有些人這樣想，總要有點遺產。他微昂了頭，口銜雪茄，這樣想著，頗是有點出神。

西門太太恐怕他有點誤會，便笑道：大成是你的學生，這位小姐也就等於你的學生，你覺得我這辦法委屈了人家嗎？「西門德笑道：難道我還有什麼不同意的嗎？我想救人須救徹，放在我們家裡還是我教她的書呢？還是你教她的書呢？不教書留她在家裡看門，人家也會疑心我們是使喚丫頭。所以我的想法，我也盡一分力，替她找個學校念書，最好是工讀性的。」青萍道：「那更好了，這件事最好讓區亞男去辦。她是一個在社會事業上活動的人。」

李太太坐在一邊，聽到他們都願意幫助自己孩子，雖說人家這種同情心是應該感激的，轉念一想，為什麼得著人家這樣同情，不免有些慘然，只得苦笑，望著大家。西門太太回過頭來問她道：

「李太太對於我們這類建議，還有什麼不同意的嗎？」她看了看她的兒子，才笑道：「只怕我們承受不起。」

西門德道：「大成，我也有點事託你，你明天替我送一封信到區家去，順便就把令妹的事託一託大小姐，為了一日之間，可以趕上來回的汽車，你可於明天大早到這裡來取信，對這件事沒有問題嗎？」李大成道：「若老師有事差遣我，今晚上我都可以去。若為舍妹的事，倒不必那樣忙。」西門德道：「若是如此，你明天早上八、九點鐘到我這裡來就是了。」李太太母子謝了一番，告辭而去。

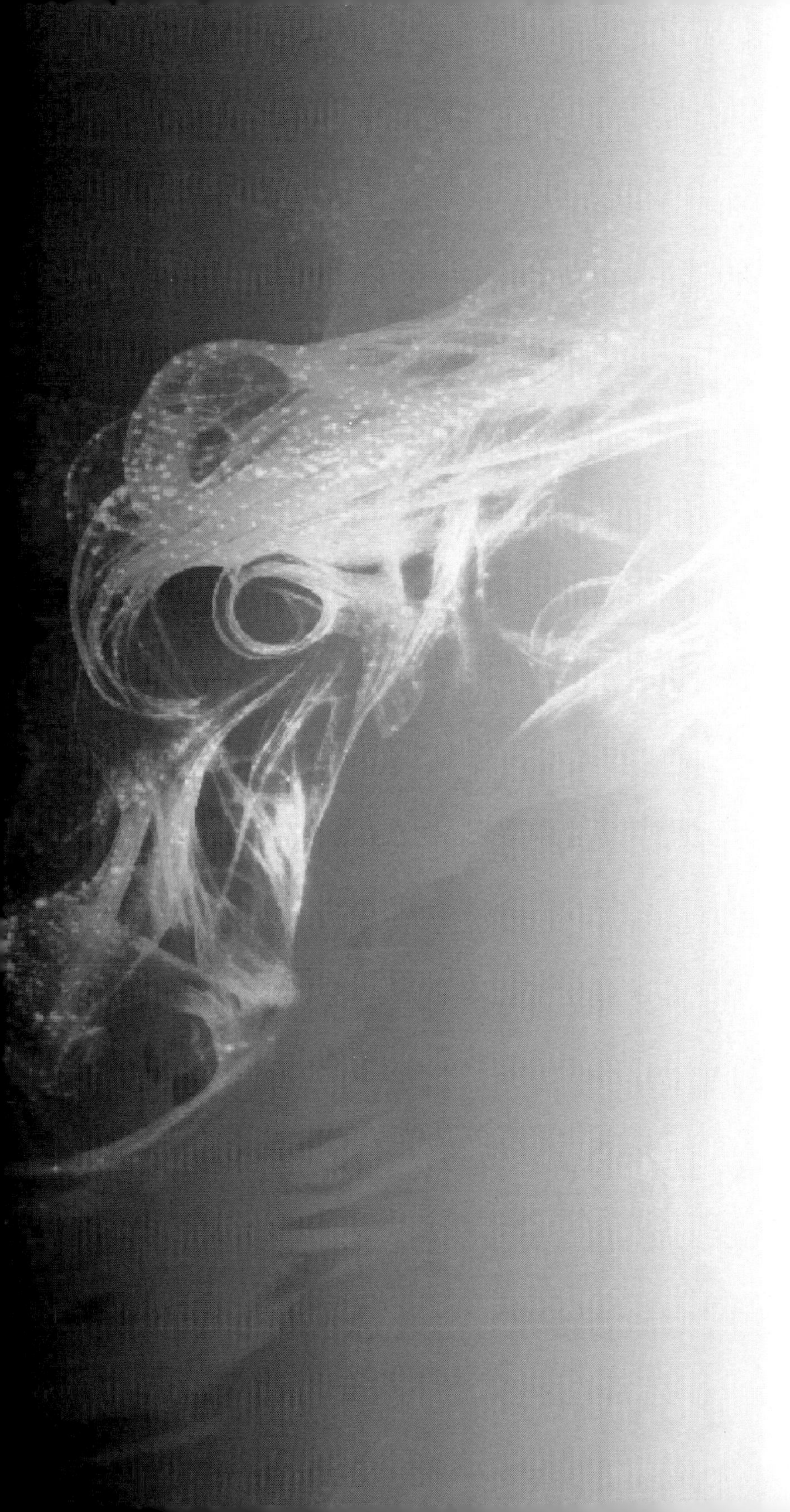

叫你認得我

次日早上，大成如約來拿信。他把家裡僅存的一套黑灰布褲褂，罩在短衣上面，下面又穿上他補過兩次底的黑皮鞋，這已不是昨天在江邊賣橘柑的窮小販了。西門博士交給他信件，又吩咐了一些話。李大成聽話已畢，走出書房，正要下樓，黃小姐由裡面屋子裡走出來，正是晨裝初罷，脂粉滿面，長髮梳得烏雲簇擁，手裡提著皮包，笑道：「密斯脫李，我們一塊兒走。」

大成有些感到不自然，向後退了一步，望著她道：「黃小姐也到區家去？」力她道：「不，我是過江。你回來得早的話，可以找我去，我請你吃頓小館子。」他笑道：「多謝，可是黃小姐不必叫我密斯脫李了。我老早不是學生，這樣稱呼我，我倒有些慚愧。」西門夫婦在一旁都笑了。

青萍笑道：「其實我這樣稱呼你，是該接受的。我還記得我們同學時候那番友誼，一叫你，就把往日的稱呼叫出來了。」西門太太道：「你們往日的友誼很好嗎？」她說這話時，臉上帶著很濃的笑意，向兩人看了一眼。李大成道：

「不……」他剛說了一個不字，立刻覺得是不應當否認的，豈能當了同學，而說沒有友誼，於是將那個「不」字拉長了尾音。接著道：「不過是同學之誼而已。」西門太太很俏皮地向他使了個眼色，然後向青萍笑道：「你們同學也很多啊！」青萍小姐究是個滄海曾經的人，倒並不覺得有什麼不順適，只是笑了一笑。李大成呆站在房門口，卻是不能繼續把話說下去了。

西門德便來解了圍，笑道：「大成，昨天說了沒有什麼幫忙的，黃小姐在輪渡上來來去去，可以和她提提行李。現在不用提行李，你護送過江吧！」大成受了人家那樣大的恩惠，自然是無可拒絕，就在前面走著。他在路上走的時候，回頭看到黃小姐穿得這樣華麗，再低頭看著自己這樣寒素，只有默然的行著路，相隔一丈多遠，並不說什麼話。青萍遙遙在他後面，倒微笑了幾次。直到上了輪渡，兩人方在一處坐著。

青萍笑道：「密斯脫李，你瞧，我又這樣稱呼了。」大成也笑了，點點頭道：「那也沒關係。」青萍道：「我們同學的時候，糊裡糊塗過著活潑的青春，哪裡會知道有今日之事！」大成道：「可是這話不應當你說呀！你依然是活潑的過著青春呀！」青萍整理著自己的衣襟，嘆了一日氣，於是彼此默然著好久，沒有說話。

輪渡靠了重慶碼頭，青萍才道：「大成兄，你可以跟我到溫公館去一趟嗎？我想亞男也許在城裡。」大成道：「這區家大小姐，也是在溫家作客的？」青萍道：「不，她那脾氣，有些古怪，不肯和我們在一處混。可是她這也是對的。」說著話，兩人在人叢中擠上了岸，她在江灘上站了一站，見附近無人，接著幾分鐘以前的話道：「有時候，我想到亞男是對的，你見到她就知道了。不過我算完了，我就這樣混下去吧！」

大成站在江灘上面，面對著她，見她帶了幾分懊喪的情緒，倒不知其意何在，怔怔的望著，不知說什麼好。她忽然笑道：「是了，你瞧，我說話說出題外去了。她有個本家姐姐，是住在溫家的，她如在城裡，她姐姐會曉得的。」大成道：「老師是叫我送信給區家老太爺，我當然要把信送到他家。至於舍妹的事，也不忙在一天，將來再託她好了。黃小姐叫轎子上坡去吧，我還要去趕班車，先走一步了。」青萍看著他，想了一想，抬起一隻手，理了幾下頭髮，點頭道：

「那也好。」大成點了點頭，提快步伐跑上了登岸的幾十丈坡子，回頭看她還在江灘上站著發呆。經自己回頭一望，她倒是抬起手來，將一條手絹在空中揚了幾揚。大成揮了揮手，自去趕他的路。

這日到了區家所住的疏建區，照了信面上所開地點，向人打聽，走入了到山坡上的小路，行人稀少，遇到了分岔路，就不免站著躊躇起來。就在這個時候，看見一個穿厚呢大衣的少年，踏著一雙嶄亮的黑皮鞋，由正面踱著步伐走來。只看他兩手抄在大衣袋裡，走路很是從容，便是個不幹緊張工作的人，不免向這人看了一眼。這人倒更是透著有閒工夫，也向他望了一望，見他手上拿了一封信，「咦」了一聲道：

「這信是送給我家的呀！」大成問道：「你先生貴姓區嗎？」那人道：「我叫區亞杰，收信的人是家嚴，他現時不在家裡，在街上坐小茶館，我帶你去見他吧。」大成不想遇到這樣一個簡便的機會，自隨了亞杰到小茶館來。老太爺正和虞老先生在一張木桌上下象棋，看到了西門德的信，上面註明了送信的是他的學生，便特別向他客氣一番；因對亞杰道：「人家這樣遠趕了來，陪人家去吃頓便飯吧。」大成雖然說是要趕回去，無奈亞杰極力將他拉著，只好隨他到街上小館子裡去了。

兩人挑選了一副座頭坐下，亞杰首先問他在哪裡念書。李大成以為博士來信，曾要求區小姐幫忙，家中寒素的事情，不能隱瞞，因把自己最近的遭遇略說了一說。亞杰將桌子輕輕一拍，笑道：「這就對了！老弟台，你猜我是幹什麼的？」他們對面坐著，亞杰看了他，向他微笑。大成見他那西裝小口袋裡，垂出一截金錶鏈子，黃澄澄的，他也有他淺薄的社會觀感，因笑道：「區先生當然不是公務員，是不是在銀行裡服務呢？」亞杰笑道：「我想縱然你猜得到，你也不肯說。老實告訴你，我是個司機。」李大成聽他這話，不免對他身上又重新看了一看，因道：「區先生說笑話！」亞杰道：「你既然在南岸作生意，海棠溪汽車碼頭上的情形，你當然知道一二。跑公路的司機，是不是人人都有辦法？刀李大成道：那倒是真的。不過區先生一家，全是有高深知識的人，不會去找這種工作吧？」亞杰道：「老弟台，你若是還抱定這個思想，你就要苦到抗戰結束以後，或者才有翻身的希望。如今必須抱定只要賺錢，什麼事都幹的方針，才有飯吃。老實告訴你，我是個初中教員，可以說哪一門功課，我都可以對付，可是就混不飽肚子，沒有法子，我就改作了司機。僅僅是跑了一趟仰光，一趟衡陽，我就是這一身富貴。」說時，笑著把呢大衣領子提著，抖了兩抖，接著道：「我是前天由昆明坐飛機回來的，這附近有我們一個貨棧，來看看貨，順便回家來休息兩天。不但是我，還有幾位同行，那派頭比我還足。原因是他們比我多跑了兩趟路。這年頭不要提什麼知識的話，知識是一點也不賣錢的。」

李大成對他周身看了一看，微笑著。亞杰道：「你可以相信了，我們是同志，你大遠的跑了來，大概肚子還餓著，叫點東西吃吧。——麼師！怎麼不來個人？」這飯館子裡的茶房立刻走了過來，拿了一張紙片，遞給他，很謙恭的彎了腰，低聲向他笑道：「預備三位的菜，剛才高先生來過了，他說同區先生一同吃飯。」茶房還未曾退去，只見一個穿麂皮夾克的人，頭髮梳得烏滑光亮，兩手插在馬褲袋裡，一搖一擺的走了進來。那人口角上銜了一支菸卷，上下搖擺著，道：「今天吃飯，算我的。」他說著，走近了座位，抬起一隻烏亮的皮鞋，將凳子勾開了，待要坐下去。亞杰向他介紹著大成，他由褲子袋裡伸出手來，和大成握了一握，也不說什麼話，由袋裡掏出一隻賽銀菸盒子來，大概是有彈簧的，只一按，盒蓋子開了，他伸到大成面前，說了一個字：「菸」！大成起身說是「少學」。他才坐下去。亞杰道：

「老高，這頓飯，你不必客氣，是我請客。」老高把嘴角裡銜的那半截菸卷吐了出來，笑道：「四海之內，皆是朋友，你的朋友，我就不能請嗎？不但請你吃飯，晚上還要請二位捧場聽戲。」亞杰笑道：「老高，你這是何必？那個歌女，相當的油滑，我們辛辛苦苦賺了來幾個錢，不能這樣花掉。」

老高扶起擺在桌上的筷子，反過筷子頭來，在桌上畫著圈圈，低了頭笑道：「喂！她的台風，實在不錯。你若說她架子大，那也不見得。今天早上，在館子裡吃早點，遇著了她，她笑著和我點點頭，請我多捧場，南京話並不受聽，可是由她口裡說出來，像小鳥叫一樣，真是……他表示著無法形容他聽了以後的愉快，搖了搖頭。接著把筷子平了，向桌上一扳，啪的一聲響，昂起頭來大聲道：管他媽的，再跑一趟仰光的錢，都花在她身上吧。花完了，我們可以再跑。」

大成聽他這話，曉得他也是一位司機，不免再向他周身上下看了一遍。亞杰笑道：「李兄，剛才我不是說了嗎？我們是同志。」他這句話，分明是猜透了大成那一份向老高觀察的意味。這倒弄得李大成面孔有些發紅，因笑道：「我怎樣比得上二位呢？」

老高將筷子倒拿著，點了自己的鼻子尖道：「若比我，你有什麼說不上！我就只進過四年小學。像這傢伙！」說著，把筷子指點了亞杰道：「人家可是一個中學教員，其實呢，不會賺錢，當個博士也是枉然。」

亞杰正因大成是博士的高足，怕他說下去更唐突，便笑道：「你也沒有喝酒，先就說醉話了！」老高笑道：「不是你提起，我倒忘記了。」說著，他高高舉起一隻手，向店夥召了兩招，夥計走了過來。他道：「昨天那種好酒，還有沒有？有，儘管拿來，一百塊一斤我們也喝！」夥計答應著有，笑著去了。不到五分鐘，菜和酒都拿來了。

大成看那酒瓶子，是一種淺灰色的陶器，小小的口子，時了紙塞子，是茅台。那些菜第一盤是栗子雞塊，第二盤是隻紅燒大蹄膀，盤子都是一尺的直徑，不是尋常家數。老高拿了三隻大茶杯放在面前，撥開塞子，就向裡面傾酒。大成站起來，先取過一隻杯子，然後點了頭道：「高先生不必客氣，我不會喝。」老高斟著酒瞥了他一眼道：「不要叫我高先生，叫我老高吧。——為什麼不喝呢？這年月把錢留在身上，那是不合算的。今天花一百元，可以吃一頓飯，你留這一百元到明天去吃，只好吃個八成飽了！」他說話的時候，透著興奮。

正在這個時候，這邊桌子上繼續上著菜，一大盤青菜燒獅子頭，一大盤紅燒全魚，一盤炒腰花，一盤雞雜。最後，是個大瓷缽，盛著雜燴湯。大成到了上最後三樣菜的時候，他連連說道：「菜太多了！菜太多了！」老高道：「一個人吃兩樣菜，也不算什麼多，不過盤子大一點。老弟台，有得吃，我們總是應當吃。」三人正在吃得高興，上面一張桌子，有三四位穿西裝的，剛剛坐下，卻哈哈大笑起來。老高回頭一看時，不由眼睛裡向外冒著熱氣。

亞杰低聲道：「老高，喝我們的酒，不要理他們。」老高道：「這幾個人，就是昨晚上和我們比賽叫好的那幾個人。吳妙仙倒是很敷衍他們。他媽的，我曉得他們是幹什麼的，不過是揚子江公司裡的幾個職員。聽他笑聲，笑我們兩個人是司機，不配和他比高下來捧角，好嗎！我們晚上見，看是哪個有顏色！」亞杰道：「隨他們去笑我們司機，他想幹，還不夠資格呢！」

大成聽了他們的話，雖不十分明白，就自己而論，總有三年沒有這樣大吃一頓過，青年人食慾容易勾引起來，對著這些肥雞大肉，自是忍耐不了，也就低了頭自吃他的飯。飯後，就向亞杰道：「區先生，你再引我去見老先生吧，不知道有回信沒有？」亞杰道：「拚你今天還想回去嗎？時間上已是來不及了，就是來得及，我們這位高兄，今天有事請你幫忙，他也不放你走。大成笑道：「有請我幫忙的地方嗎？恐怕我幫不了什麼忙。」老高笑道：「這個忙，你一定可以幫的。」說著哈哈大笑。

大成說著話，看看店外街頭的天色，業已十分昏黑，雖然還不過半下午，這重慶的霧季，很可能四點鐘就要點燈，大概今天要走，也趕不上汽車。只好默然的坐著，看那老高興致勃然的，端了酒杯子，繼續喝著茅台。那上面一桌穿西服的人，也不住向這邊打量著。其中有個戴眼鏡的人，頭髮梳得烏亮，穿一件有五成新的厚呢大衣，在領子上露出圍著脖子的白綢巾，舉止有幾分浮滑氣。他看了看這方面，向同桌子的人笑道：「我們今天晚上的戲票子，買了沒有？我們無須乎去拉人幫忙，大概就憑我們極熟的朋友，自由買票，也可占二十個座位。」他說這話時，故意把嗓音提高，分明是說給這桌上人聽的。

老高手裡端了一杯酒，向亞杰舉了一舉，和他丟了一個眼色，微微一笑，笑時又將頭微微擺了兩擺。亞杰已懂得了他的意思，也端起杯子來向他回舉了一下，笑道：「好的，我們哥兒們努力。」他輕輕的說了一句北京話。老高很高興，一口氣把杯子裡酒喝了下去。大成看這樣子，明知道他們這裡面含有用意，卻不知道他們要幹什麼事，好奇心越發讓他不肯回去了。

飯後，老高一抬手向亞杰搖著道：「不忙，歸我會東。」於是他橫跨出凳子，奔向櫃檯去。亞杰也就掏出菸盒子來坐著吸菸。不一會，老高捏了幾張發票，走回座上，向口袋裡揣著。亞杰笑道：「吃了你多少錢？」他又是一伸腿，將凳子橫跨過來坐下去，笑道：「不算多，連酒在內，不滿六百元，比昆明便宜一半有餘。」

大成聽著，卻是一驚。心想：黃小姐一筆幫助我一千七百元，已覺得近乎豪舉，不想這位高司機，吃頓小館子，花上六百元，他還說是挑選了便宜。他們司機先生，比人家大小姐還要闊呢！他心裡奇怪著，就默然的坐下去。

那店夥卻十分客氣的恭維這兩位司機，用乾淨瓷盆和雪白的新毛巾，舀了熱氣騰騰的洗臉水來放在桌子角上。這邊三人正在洗臉，那店夥也正向那邊西裝客人送著油膩而且灰黑色的手巾把。那穿西服的人，擦著手巾，嗅了一嗅，卻向旁邊那桌子上一扔，因喝道：「我們不是一樣的給小費嗎？為什麼人家用那樣雪白的手巾，我們就用這種有汗臭的手巾？」夥計笑道：「別個是自己買的新手巾。你先生要買新手巾，我們一樣替你跑一趟路。」老高聽了這話，昂頭微笑，向那邊掃了一眼，那邊才沒有說話了。

三人走出了飯館子，老高自去幹他正當的工作，亞杰卻把大成帶回家去。李大成見過區老先生和老太太。恰好亞男小姐也在家裡，她已經從西門德信上，知道了大成妹妹的事情，在老先生當面坐著談話，就很興奮的站著道：「這件事，毫沒有問題，我們一定幫忙，我也是正在城裡忙著演義務戲的事，聽說三家兄坐飛機回來了，我特意趕回來看看的。」

亞杰在身上掏出一個扁平的賽銀菸盒和一隻打火機，坐在她對面睡椅上，正要取出菸捲來吸。亞男望了他笑道：「三哥出門去這短短的時間，一切都變了。戰前紙菸那樣便宜，你也不吸，現在紙菸這樣貴……」亞杰取了一支銜在口角裡，按出打火機上的火焰燃著菸頭，深深的吸著，從容的將打火機與菸盒子揣到西裝袋裡去。然後右手三個指頭夾著菸枝，在空中將無名指緩緩彈著菸枝的中段，使菸灰落下，噴出一日煙來，笑道：「入一幫，學一幫。你看我們的同行，哪個不吸紙菸？三五個人坐在一處……」亞男笑道：「不談這小事了，三哥怎麼坐飛機回重慶了？你的車子呢？」亞杰道：「我後天就走。我怎麼坐飛機回來，你問這原故嗎？你可知道當年在上海作交易所生意的人，家裡裝三四個電話，打起急電來：比我們寫明信片還稀鬆。作生意買賣，目的是賺錢，只要能賺錢，一天坐一趟飛機，也不要緊。反正是羊毛出在羊身上，把旅費都加在物價上，還要掏自己的腰包嗎？」亞男道：「這個我曉得，有什麼好生意，你搶著回來做呢？」亞杰吸著菸，看看大成坐在一旁，因道：「這裡並無外人，我老實說吧，我去仰光的時候，我們主人曾對我說一句心腹話，在冬季的時候，蟲草和白木耳，南洋有極好的銷路，假如行市好的話，要趕運一批貨出口。因為他只相信我，由押運到推銷，都放在我一個人身上，所以我飛回來把商情告訴他，又親自押運一批貨物出去。」亞男笑道：「你比要人還忙。西門博士知道，又羨慕死了。他現在晝夜都做著經商的夢，只是要爸爸幫忙，你何不助他一把呢？」老太爺皺了眉毛，插嘴道：「一個作大小姐的人，胡亂批評人，現在誰不作經商的打算！」亞男這才想起前面坐著西門德的一個學生，只笑了一笑。大成也是笑了一笑，把這話題就告終結了。

老太爺告訴他，對於西門博士的來信，在回信上有詳細的答覆，當然是盡力而為。大成有了收穫，經亞杰的邀請，又隨他出去散步。晚上六點鐘，被他再約到那家菜館子去吃晚飯。到了那裡時，見老高約了四五個人，圍著一張桌子吃飯。桌子上雖也擺下了四個盤子，顯然已不像中午那樣豐富。

老高更有一種匆忙的表現，站在地上，一隻腳踏在凳子上，捧了一碗湯麵，唏哩呼嚕響著，挑著向嘴裡送。他看到兩人走來，將筷子招著，笑道：「快來快來！我以為你兩個人直接去了呢。」大成已知道他今天晚上約著去聽戲，並知道這戲團隊裡的台柱是一個南京歌女，名叫吳妙仙。大概老高對這吳妙仙，頗有點迷戀，所以邀了朋友去捧場。至於他為什麼這樣匆忙，這卻不知道。

他跟著亞杰走進了館子的食堂，老高就問道：「吃什麼麵？對不起，這頓晚飯，可來不及喝酒了。」大成笑道：「我又要叨擾！」老高拿了筷子亂敲一陣，笑道：「談不上！談不上！我們交朋友，誰拿得出錢，就吃誰。」他說著，又是唏哩呼嚕一陣響，向嘴送著面下去。亞杰向大成笑道：「真對不住。老高是個性急的人，若不依了他，他會跳起來的，其實用不著這樣著急。」

老高見店夥由身旁經過，一手將他抓住，又將筷子指了二人道：「給他們來兩碗麵，什麼面快，就來什麼面。快，快！」麼師望望他，又望李、區二人，笑著去了。那老高放下筷子，端起碗來，將最後一口湯喝下去了，放下了碗，抽出褲子袋裡的手絹，擦抹了嘴上油漬，一面向櫃上打招呼。

他站在櫃檯外，將手抬起，對坐在櫃檯裡的老闆，連招了兩招，因道：「吃了多少錢？我存了三百塊錢在你這裡，縱然不夠，所差也有限，明天再算吧！」他的話未曾說完，已走出店門去了。

這時，李大成也就隨在亞杰之後，站在那大家圍住的一張桌子邊吃麵。因為吃麵的人多，而且多是趕著吃，所以並未坐下。這家館子對於這位高司機，有著特別濃厚的感情，雖然客人是這樣的忙碌，也不會讓客人感到招待不周。桌上四個九寸的葷素碟子，不讓碟子吃空，吃了立刻又有新的新增了下去。這些站著吃麵的人，臉上都帶了三分笑容，左手端了大碗，右手將筷子挑著麵，連湯帶汁向嘴裡送，只聽到呼嚕呼嚕的響。

有一個人說：「我們要看著老高的指揮，他一揮手，我們就叫好。」他是個穿漂亮西裝的，怕吃得忙了，湯會濺髒了他的西服。右手將筷子挑了麵，左手將碗托住，微微的彎了腰。另一個人放下麵碗，將筷子夾住碟子裡一塊鹹蛋，笑著答道：「這個不成問題，問題還是前三排座位，是不是有這多人填滿？」第三個人是穿皮夾克的，在袋裡沒有摸索到手絹，就拿了桌上擦筷子的裁紙，在嘴圈上擦著油汁答道：「這當然是我們的事，老高的面子，也是我們的面子，我先走了。」說著，一扭身出去了。

李大成看這情形，料到他們這些人是忙於替老高向吳妙仙捧場，但如何忙碌到這種樣子，自己都還猜想不出來。因為中午吃得過飽，這時只吃了一碗麵，就不想吃了。亞杰亦復如此，放下碗向他招招手，將他引到一邊，低聲笑道：

「今天是那老高拉人去捧場，不去當然是不可以，但是去得太早了，也很覺無聊，你隨我到小茶館裡吃碗茶去。」大成跟著他來到茶館裡，茶房送茶碗到旁邊矮幾上放著，招待二人在躺椅上坐，而且破了重慶所有茶館的例，擰了兩個熱手巾把來。

大成拿著那手巾在手上，覺得是雪白柔軟，因笑問亞杰道：「大概這也是自備的。」亞杰笑道：「這都是老高的玩意。今天在飯館子裡洗臉，不是占了那桌人一個上風嗎？他覺得這是得意之筆，所以到這茶館來，他又買了兩條新手巾放在這裡，等那幾個人來喝茶，也故意讓茶房打了新手巾把上來。」大成笑道：「這有多大意思？和小孩子鬧脾氣差不多了！」亞杰笑道：「幹我們這行的人，還不都是小孩子嗎？」大成望了他，倒有些不解。亞杰笑道：「我的話是以所受的教育而論。實不相瞞，憑我這份資格，在同行裡面至少是一個博士身分，有時還不止是博士，簡直是個偉人。姑且不用說我還是教過幾年書的人，就是你當學生的人，肯像今天這樣胡鬧嗎？我是沒有辦法，加入了他們這一行，非跟著一處起鬨不可。不然，將來在公路上出了事，要找朋友幫忙，那就難了。」

正說著，只見一群西裝朋友，說說笑笑的由門口過去。

亞杰突然停止了說話，望了他們，口裡一二三四的數著，一直數著人全走過去了，才自言自語的笑道：「我們不會受到威脅。」大成問道：「區先生這話是什麼意思？」他笑著打了一個哈哈，突然站了起來，兩手扯扯西服襟擺，笑道：「既然他們去了，我們也就跟著去吧。至於是些什麼原因，你到了那裡自會知道。」說著他掏出一張百元的鈔票，交給茶房。

茶房接了鈔票，向他望著，有話還沒說出來，他笑道：

「找不出零錢，不要緊，我們老主顧，天天來喝茶的，算先付你兩三個禮拜的茶錢就是了。」說著，將手一擺，走出茶館去，大成看到，心想，這又是一件新鮮事，喝茶的人整百元的存櫃，預備慢慢來喝，錢多得有點發燒嗎？他這樣暗想著，跟了亞杰走去。

在這鄉場街的盡頭，有一所草棚戲館子，在門口竹子橫梁上，懸了一盞汽油燈，氣扯得呼呼作響。陰白色的亮光中，映照著篾蓆棚的圍壁上，貼了大小紅紙戲報。篾蓆棚的圍壁前，有架木柵櫃檯，小竹梁上懸了兩盞三個火焰的菜油燈，照見半圈子人，圍了櫃檯，在那裡買戲票。但聽到人說，前幾排早已賣光了。大成心裡明白，這是用不著自己買票的。所以老實退後一步，讓亞杰走上前去。其實亞杰也用不著買票，那老高已是在篾篷的入場門口上站著，將手招了兩招。李、區兩人走過去，他對站在身邊收票的人，說了一聲「兩位」，兩個人就大步走了進去。

這時，戲台上還是剛剛演戲，戲座中也只坐了十成中的六七的人。可是前三排的座位，已經坐滿了人。有一個穿夾克的小夥子，和老高的裝束差不多，正站在人行路口，向前面望著，看到亞杰來了，也是招招手，那隻手招的特別的高，舉過了一切人的頭。亞杰走過來，他笑道：「你幾乎來晚了，我們定的三排座位，全坐滿了，後來的人，對不住，只好請在後面坐了。」他說著這話，臉上得意之至，眉毛揚著，眼珠轉動著，嘴角上止不住的笑容。大成笑著跟在亞杰後面，擠入第二排座位上坐著。兩旁鄰座的人，全都點了個頭，帶著愉快的微笑，而且不時有人向後面回了頭看去。

原來這第四五兩排座位上，就坐有一二十個穿西裝的人，彼此談著話，大概是一群。其中有幾個人，便是在飯館子裡用言語譏諷過的那班人。大成心裡明白，原來他們是老高捧吳妙仙的敵手。老高邀了這些人聽戲，替吳妙仙捧場，還在其次，最大的作用，是擺一擺威風給這些西裝朋友看看。可是看那些西裝朋友，也並不因為這裡人多，比著有什麼慚愧，他們笑嘻嘻地看戲，臉上也帶著幾分得意，似乎他們也有其他的反攻準備。

大成正在這樣想著，鄰座一個穿工人褲子，套著毛繩衣的人，低聲向他說道：「你看這班小子，得意洋洋，毫不在乎，似乎他們還有什麼手段沒有用出來。」亞杰笑道：「你著急什麼呢？無論他們使出什麼手段來，我們這些個人，還會讓他比了下去嗎？」大成笑道：「區先生，可不會鬧出什麼亂子嗎！」亞杰搖搖頭道：「你放心，那不會。他們全是打算盤過日子的人，膽子最小，你別作聲，向下看新聞吧！」大成聽了，也就忍著向下看去。

一小時後，那位吳妙仙的全本玉堂春開始上了台，滿園子裡空氣立刻現著緊張。老高兩手插在馬褲袋裡，嘴角上銜了菸卷，走到最前面的一排座位上坐著，挺了胸，睜了兩眼，向台上望著。等台上的電燈一亮，吳妙仙扮著玉堂春出來了，他把手一舉，前三排的座客響應著他這個指揮，立刻轟雷也似的叫了一聲「好」。在這個叫好聲中，又是震天震地的一陣鼓掌。他們鼓完了掌，叫完了好，便回頭向後兩排的人看一下。

自吳妙仙發表起，藉著可以喝彩的機會，就是這樣舉動著。那後面一二十位西裝朋友，倒也不和這裡比什麼高下，只默然的坐著。到了吳妙仙出場的第四次，在那汽油燈光的台柱子下，卻貼出了一張紅紙條，上面用墨寫著茶杯口大的字，乃是「方先生點吳妙仙戲一千元」。這條子貼出之後，那後兩排，突然有一陣掌聲，似乎表示了他們得著最後的勝利。

老高把頭擺了兩擺，冷笑了一聲，就向亞杰點了兩點頭，又招了一招手。亞杰由座位縫裡擠了過去，站在他身後彎了腰，低聲問道：「什麼事？」老高在座位下伸過手來，碰了他一下道：「你身上帶有多少現錢？」亞杰道：「大概不到兩千塊錢。」他道：「那很好，你都交給我，明天一早我還你。」亞杰道：「你什麼事要用錢！」老高站起身來，扯著他的衣袖道：「你隨我來。」他也不問亞杰是否同意，拉了他就走出戲座，到前面票櫃外站定，隨著就在身上掏出一卷鈔票，數了一數，道：「我這裡一千六，你給我湊一千四。」

亞杰笑道：「你又要出這樣一個風頭！」老高橫了眼道：「廢話什麼？錢拿來，我們不能讓人比下去。」說著伸出了一個巴掌。亞杰笑了一笑，也就不再說什麼，在身上掏出一疊鈔票，數了一千四百元給他。

他拿著鈔票走到票櫃前，向裡面招了兩招手，於是出來一個短衣胖子，向他笑著點了一個頭，眼睛可向他手上的鈔票射了一下。老高揚了脖子道：「那姓方的，點一千塊錢戲，你事先為什麼不告訴我？」胖子連點了頭道：「事先不知道，他們是剛才交來的錢。」老高將手拿的一卷鈔票，向他面前一伸，瞪了眼道：「拿去！我點吳妙仙三千元的戲。這不算什麼，以後我還可以大大的捧場。只有一個條件，你在台柱子上貼的紅條子，要加倍放大，把條子貼出來，快去辦，越快越好！」那胖子接了鈔票，就連鞠了兩個躬。

老高睬也不睬，挽了亞杰一隻手道：「再去坐著，看我們風頭怎樣！」亞杰含了笑，和他再走進戲場。果然是辦得很快，也只有十分鐘之久，另一支台柱上，又貼出一個紅條子，有四尺長，一尺寬，上面寫著飯碗大的字，乃是「高先生點吳妙仙戲三千元」。

這張條子貼出以後，這戲館子裡像放了一個炸彈，又像決了堤，一種猛烈不可捉摸的嘈雜聲浪，突然湧起，乃是叫好聲、笑聲、鼓掌聲、頓腳聲所構成的。老高兩手插在褲子岔袋裡，挺了肚子坐著，帶了笑聽著。這股聲浪過去了他回轉頭來向後兩排西裝朋友看了一眼，將右手伸出，舉起一個大拇指，歪了脖子笑道：「叫你認得我！」

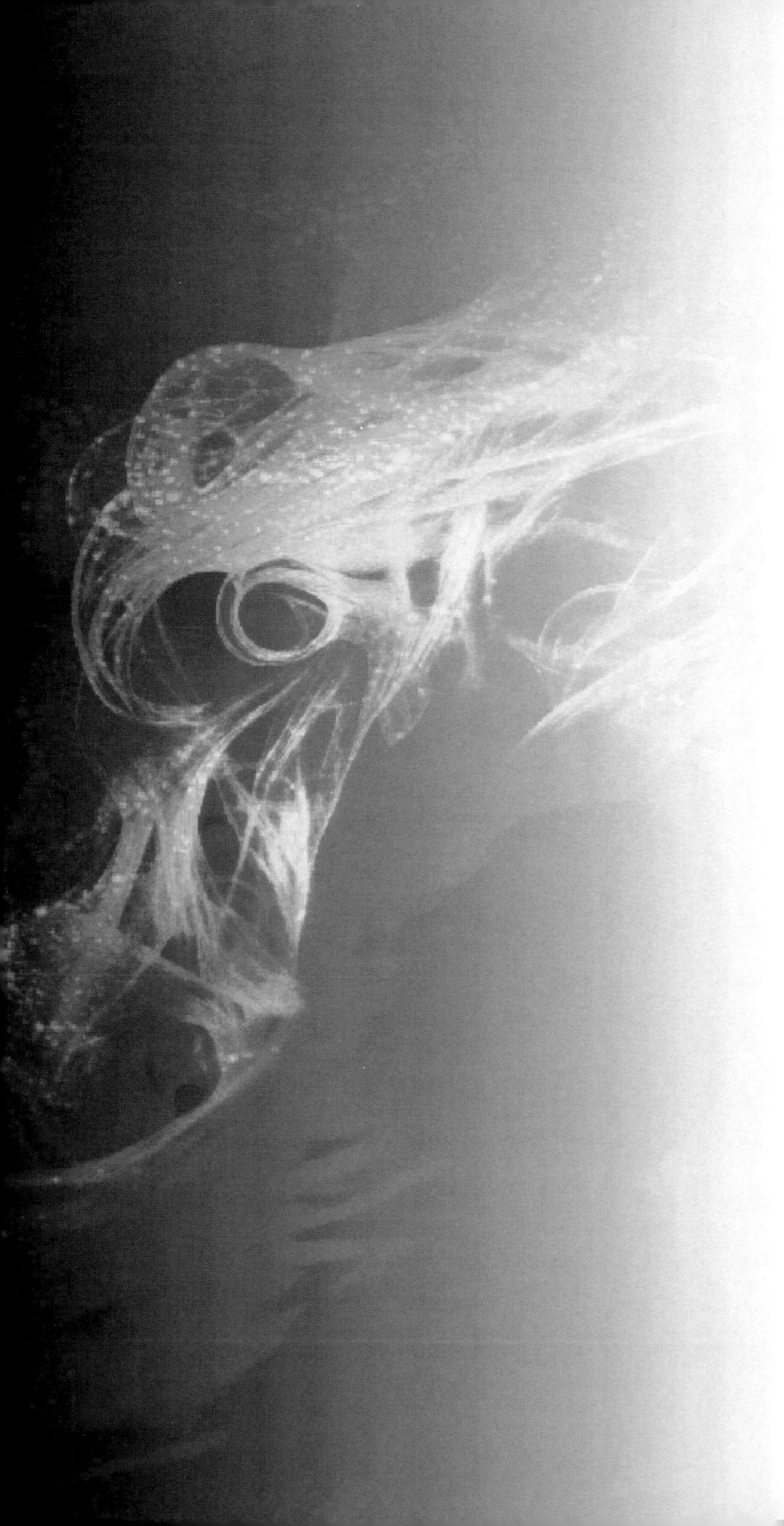

其命維新

這戲館子裡的看客，都是疏建區的男女，雖不免有一部分是發了國難財的暴發戶，然而大部分人，還是薪俸階級。

照薪俸階級說，在當年都是見過世面的，這樣的鄉下舞台上，幾個歌女，又湊上幾個下江跑小碼頭的四五等伶人，來演幾齣耳熟能詳的京戲，實在是往日白送都不要看的。這時花了幾塊錢來買戲票，實在也是悶極無聊，來消磨兩小時的苦悶日子。這時看到有人點一千元的戲，已很奇怪，不想在十分鐘之後，還有一個點戲三千元的，尤其奇怪，大家也就猜著不知這個混小子是什麼人。及至老高微微坐起，向後面說了一句「叫你認識我」，大家就知道是他所為，於是看戲的人，都在四周紛紛議論著。

老高回頭看人，見有人向他張望，更是得意，兩手插在褲袋裡，挺起的胸脯特別加高。戲不曾完場，後面的一群西裝朋友先走散了。而老高這群捧場的朋友，發現了那些人被比賽下去，像啦啦隊替足球隊助威一樣，在那群人還不曾完全溜出戲場去的時候，又大大的鼓了一陣掌。有幾個人得意忘形，卻把放在懷裡的帽子向空中拋了出去。

亞杰到底是個中學教員出身，他回轉臉來向大成笑道：「抗戰年頭，有這種現象，實在不像話！」大成是個青年，他雖窮，在學校裡所得的那愛國愛身能教育，還沒有喪失。

這半日之間，看到老高那種行為，早已奇怪，現在看到他們點戲這一幕，心裡大不以為然，臉上也就表現出不愉快的樣子。亞杰一說，他就皺了眉笑道：「區先生也有這種感想。」亞杰笑道：「回去談。」說著，伸手拍了一拍他的肩膀。大成知道，四周全是老高的好友，而且又受了人家兩番招待，當然也不便跟著說什麼了。

戲演完了，大成跟著亞杰一路走出來。亞杰在大衣袋裡取出了精緻的小手電筒，照著腳下，向小路上走，回頭看看沒有人了，才低聲向大成道：「老弟台，你看著，這實在不成話了吧？幹我們這行的人，就是這樣的。一路上開著車子，辛辛苦苦，有時吃兩個燒餅，喝一碗白開水，也可以混過去一頓。可是到了站頭，身上錢裝足了，那就不管一切了，不妨三兩天花一個精光。花完了，也不要緊，再辛苦一趟就是了。老高這回他很賺了幾個錢，大概有三四萬之多，他沒有家室，也沒有負擔，為什麼不花？」大成道：「像他這樣花，三四萬元，也花不了幾天吧？」亞杰笑道：「那要什麼緊？下個星期一他又要開車子走了。到了我家裡，我們不必談這些話了。家父對這種行為，是不贊成的。明天回去見西門樽士，也不必說起。我們算在半師半友之間。他知道了這些事，說我們後生狂妄，不知死活。」大成笑道：「他是我的正式先生，我更不能對他亂說話。」亞杰道：「其實，我也沒有幹什麼不像樣的事情，不過和這班人在一處瞎混，究竟不是戰時的生活，我們也不能當司機一輩子，到了戰後，也許再回到教育界去。那個時候，人家要知道我們在抗戰時代，曾經胡鬧一陣，那豈不與自己終身事業有關？」

大成也不便再說什麼，默然的跟著走了一陣。到了區家，也不知道哪裡的狗在黑暗的地方叫了兩三聲，接著呀的一聲閃出燈光來，大門開了。聽到大小姐的聲音在那裡問道：「三哥，你怎麼這時候才回來？我都看完了一本書了。」亞杰笑道：「對不住，我不知道你等著我的。」說著引了大成進來，見她在燈光下，衣服還是整齊的，手裡拿了一冊捲著書頁的書。

亞杰關上了大門，轉身見亞男帶著微笑，靠了屋子中間的桌子站定，只管向他身上看著，便道：「你有什麼話要對我說？」亞男笑道：「你猜我會有什麼話對你說吧？」亞杰笑道：「那我就代你說了，荒淫無恥，有愧抗戰，對不住前方浴血抗戰計程車兵。」亞男道：「我怎敢這樣說你呢？不過父親說你從回來以後，還沒有和他暢談一回，不分日夜，只是和你那班朋友應酬。他本想等你回來，和你談幾句話的，等你兩三小時，你還不回來，他只好去睡了。可是他留下了一個字條給你，你自己拿去看吧。」說著她在衣袋裡摸出了一個信封給他。

亞杰心裡了解了六七分，笑著將信揣在衣袋裡，先把大成送到客房裡安歇了，然後自走到外面堂屋裡來，在燈下將信封拆開了。裡面是一張白紙，上面草草寫了幾行字：

爾改業司機，意在救窮，情猶可原。今則本性盡失，一躍而為眩富，變本加厲，與原意不符矣。

昔日窮，尚不至饑寒而死，今日有幾文浮財，並非真富，放蕩如此，靈魂已失！行屍走肉，前途縱無危險，已全無人氣，二十年來之教育盡付東流。況多行不義必自斃，迷途未遠，應速歸來，否則爾自脫離家庭，不必以我為父矣！

亞杰將紙條反覆看了兩遍，倒沒有想到父親會生著這樣大的氣。站著出了一會神，聽聽父親屋子裡，一點聲音沒有，想必是業已睡熟，只好忍耐著睡覺。次日一大早起來，見母親在堂屋裡掃地，便伸手來接掃帚，笑道：「還要你老人家做這樣的粗事，我來吧！」老太太將掃帚放到身後，笑道：「你穿了幾千元一套的西裝，要來掃地，也有點不相稱吧？人老了，也不應當坐著吃，多少要做點事，才對得住這三頓飯。」亞杰道：「我們家現在也不至於僱不起一個女傭人。」

老太太放下了掃帚，走近一步，拉了他的衣襟道：「你沒有看到你父親給你的那張字條？」亞杰周圍看了一看，皺著眉笑道：「我就為了這事，一夜沒有睡著。他老人家何故生這樣大的氣？」老太太道：「你覺得他不應該生這樣大的氣嗎？你應當想想，你回來這兩天，所作的事，是不是狂得不像個樣子？慢說是你父親，就是那虞老太爺，他說你預先在茶館裡付一百元茶帳，也太肯用錢。你想你在家裡，至多住個三五天，怎麼會喝得了一百塊錢的茶呢？」亞杰道：「那是因茶館子裡當時沒有錢找，暫存在那裡的，而況父親又是天天到那裡去喝茶的。」老太太道：「你不用和我辯，反正我也不管你這些事，還是回到你問我的一句話，我為什麼不僱個女傭人呢？你父親說，我們要記得前幾個月，無米下鍋，教你扛一斗米回來的時候。你現在不過是個司機，老二還在魚洞溪作小販子，你大哥是個窮公務員，你們都是沒有根基的職業，說不定哪一天大家再回到沒有米下鍋的那一天。」亞杰笑道：「那大概還不至於。我這回再跑一趟仰光，總可以在老闆手上分個五七萬元，就算從此休手……」

老太太把手上的掃帚，向地面上一扔，瞪了眼道：「你還說這一套呢！你父親說這些發國難財的人，賺錢來得容易，花錢自也痛快。將來戰事結束，沒有了發橫財的機會，可是花大了手的人，必定是繼續的花，還有那染著不良嗜好的，一時，又改不過來。那可以斷定，現在這班暴發戶，將來必定有一班人會討飯終身，就是討飯，也不會得著人家的同情。人家會說是活該，你呀！將來就有那麼一天。至於你那好朋友老離，恐怕等不了戰事結束，他就會討飯的。」

亞杰見母親說著話，面色慢慢變得嚴肅起來，這才想到父親所給的那封信，並不僅是一種教訓之辭。因道：「父親說的話，自然是對的，我有時也覺得自己這樣揮霍，有些反常。可是落在這個司機集團裡面，這是一件無可奈何的事，要不然，將這班朋友得罪了，就沒有幫助。舉一個例，有一個司機，他很謹慎，少結交朋友，他的車子，在路上抛了錨，他向同行借一把鉗子，都借不到。」老太太道：「唯其是這樣，所以你父親不許你再向下幹了。」亞杰道：「就是不許我幹，這一趟車子，我是要開的。一來我承當了老闆一筆生意，當然我要和人家作完。二來這一筆生意，很可以賺幾文錢，就是休手不幹了，有了這筆本錢在手，也……」老太太搖搖頭道：「你不要和我囉哩囉嗦，有話和你父親說吧！我只知道他不教他兒子再作司機，若是你去拉黃包車，也許他還會贊成的。」

亞杰躊躇了一會子，不免在身上取出紙菸與火柴來。看到母親向自己望著，他又把兩樣東西揣回到袋裡去，因為他原來是不吸紙菸的。老太太也沒理他，又去掃地。

那位青年客人李大成，也起來了。他走出堂屋，先「喲」了一聲道：「老太太還自己掃地？」老太太笑道：「倒不是沒人掃地，我想年老的人，也應該作點輕鬆的事，勞動勞動，要不然，不就是成了個廢物了嗎？」亞杰見了這種情形，也就只好拿了臉盆漱口盂向廚房裡去替客人舀水。

只見大奶奶身上繫了一塊藍布圍巾，頭上又包了一塊青布，正坐在土竈門前向竈口裡添著柴火。小姪子手上拿了一塊冷的煮紅苕，站在母親身邊吃。她笑道：「三爺，你穿了這一套好西裝，跑到廚房裡舀水，你叫一聲，我和你送去就是。」亞杰將臉盆放在竈頭上，先伸了一伸舌頭，然後低聲笑道：「你不要和我開玩笑。老太爺嫌我這樣子不對勁，都不認我做兒子了。在戰前，你是不折不扣的一個太太，你看，現在你又燒火，又帶孩子。我們一個司機，還擺什麼架子？」大奶奶道：「司機怎麼樣？壞嗎？你大哥說一張開車子的執照，憑他一年的薪水，也弄不到手。」亞杰道：「可是父親就不許我幹下去了。」大奶奶站起來，在鍋裡舀著熱水，向臉盆裡倒下，笑道：「老太爺昨晚是真生了氣。可是我要說一句沒出息的話，我們老太爺，究竟是過於固執，這個年頭，錢越多越好。三爺和二爺，改向賺錢的一條路，那本是對的。慢說我們家很窮，正要找錢用，就是我們家有錢，再……」

她的話只說到這裡，卻聽到老太爺在外面笑道：「與其亂花，不如少賺。」大奶奶立刻把話停止，搖了搖頭。亞杰又是伸了伸舌頭。她低聲笑道：「三爺，你忍耐著一點吧，有客人在家，老太爺說你兩句，也不會過於嚴重的。」亞杰已是端了面盆，走出廚房門，聽了這話，把頭又縮了回來，向大奶奶笑了一笑，再伸了一伸舌頭。大奶奶泡了一壺茶，就自己送了出去。

亞杰將臉盆放在竈頭上，漱洗過了。透著無聊，看到砧板上放著一把白菜，就拿了刀一段一段的切著，將一把白菜完全都切成一段一段的了，他第二次，又把它切成段的，再一一的加上兩刀或三刀。這工作做完了，他又來個第三次。因為不能再切成段了，將刀在菜上一陣亂剁。正剁個得意，大奶奶回到廚房裡來，「哦喲」了一聲，走上前去，將亞杰手上的刀奪了過去。笑問道：「三爺，你這是幹什麼？和我這棵白菜過不去嗎？」亞杰仔細一看，砧板上的一棵白菜成了一堆菜醬，也「哦喲」了一聲道：「我這是幹什麼？」大奶奶道：「我知道你這是在幹什麼？難道你忙了這一陣，你還沒有把你那腦子放在上面嗎？不用害怕，老太爺是和客人談心，並沒有說到你，而且他和客人談話，臉上笑嘻嘻的，並沒有什麼怒容，倒是來的那位年輕的客人，和老人家說話，端端正正的坐著，有點受拘束，你去替人家解解圍吧。」

亞杰站著想了一想，點著頭笑道：「此話不錯，有客在坐，縱然老太爺要罵，『尊客之前不叱狗』，也許罵得和緩一點。」於是帶了笑容走進堂屋。看見李大成和老太爺對面坐著，挺了胸脯，一句一個是。老太爺道：「這裡一天有好幾班車子進城，不忙起來，何不多睡一會？」大成也站起來，笑道：作小生意的人，趕早市販貨，向來就要起早。起早慣了，睡在床上，倒反是不舒服。」老太爺口裡銜了土製雪茄，噴出一口菸來，兩個指頭夾了菸枝，點著亞杰道：「世事洞明皆學問，你聽聽他這話，頗含有至理。孟子道性善，荀子道性惡，都不是中庸之道。只有孔子說的，性相近，習相遠，合乎人情。一個人肯吃苦耐勞，會練成一種習慣，驕奢淫逸，也會染成一種習慣。吃慣了苦的人，他不以為苦，也正如花慣了錢的人一樣，他不曉得心痛。」

亞杰不想李大成隨便一句話，又兜引上了老太爺一肚皮墨水，雖然有客在前，也不能不聽，只好垂手站著。老太爺把臉色正了一正，問道：「我給你的那張字條，你看到了？」亞杰道：「看到了，正要請父親指示。老太爺將雪茄取了下來，放在茶几沿上，慢慢的敲著灰，低頭沉思了一下，然後帶了兩分笑意，向亞杰道：我並不矯情，見了錢會怕咬手。我之那樣寫信給你，我是想挽救你出孽海，否則你就再賺個二十萬三十萬，你自己會從此陷溺愈深。錢多有什麼用？所以我的意思，最好是從此不幹。吃過午飯，你可以送這位李家兄弟到城裡去，順便向五金行老闆辭職，把這事情告一段落。」

亞杰看了父親說話，越說面孔越正經起來，料著不能有所表示，只好答應了一聲「是」。老太爺將雪茄夾著在嘴角上吸了兩口，然後正了顏色道：「你不是隨便答應了我一個『是』字就可以了事，你簡直就要這樣辦。你聽見了沒有？」亞杰靜靜的站立有了五分鐘之久，才笑道：「父親叮囑了我的話，一定緊記在心裡。」老太爺哼弦了一聲，點了點頭。李大成在一邊看到，自未便在旁插什麼嘴。老太爺倒見到他們的窘狀，就站起來，將袖子頭拍了一拍身上的菸灰，向亞杰笑道：「我出去散散步，你陪著客人談談吧。」他一面說著，一面已走出門去。

李大成等他走遠了，站起來笑道：「昨天在這裡過一晚，已經是延誤了西門老師的限期了。若再等到下午回去，恐怕他更要疑心。區先生既是要走，我們一路去吧。」亞杰笑道：「家父剛才留你吃午飯，你為什麼不說話？」大成笑道：「他老人家那嚴肅的樣子，我覺得比我老師還更當尊敬些。」亞杰望了他格格的笑了，因點頭道：「回覆博士的信，大概已交給你了，我也急於要見他，我陪你一路去和他談談吧。」他交代了這句話，便進去了。十來分鐘出來之後，手裡已提了大皮包，笑道：「家父囑咐，我已答應了和你同路進城。」大成笑道：「老高不是約你今天早上去會……」亞杰搖了兩搖頭，伸手扶了他的肩膀，低聲笑道：「走，走，走！我們走吧！」他比大成要走的性子還急，帶拉帶推的，就把大成拖出了大門。

三小時後，他們已經同到了西門德的公館裡。西門德正背了兩手，口銜雪茄，站在樓上走廊邊，向樓門外望著。看到亞杰隨在大成後面來了，他大為心動，一面想著，這必是區老先生有了大計劃，要不然，有李大成回來，也不必再由他陪著送回來。於是高抬一隻手，在樓上招了幾招，等到他們進來，他就高聲笑道：「三先生，久違久違，一向都好！」他奔下樓來，迎到他面前，握了他的手，緊緊搖撼了一陣。

亞杰道：「博士好？越發的發福了。」西門德搖搖頭道：「不像話，越來越胖，不成其為抗戰時代的國民了。請樓上坐，請樓上坐。」他一陣周旋之後，看到大成恭敬的站在一邊，便道：「有勞你跑這一趟了，上樓來吧。」

西門太太在屋子裡，聽到樓下這一陣歡笑，料著博士有極高興的事，早就迎了出來。看到亞杰一身漂亮西裝，她便笑嘻嘻地偏著頭望望他道：「喲！三先生，這一身富貴，發了財了！」亞杰道：「可是我聽說博士也發了財了。」西門德一手握了他的手，一手拍了他的肩膀，笑道：「不要提，不要提，一言難盡！」

大家走進屋子，西門太太一陣忙亂著，招待茶水，擺糖果碟子，又開啟書櫥子，從抽屜裡取出一聽大前門煙來，放在茶几上。博士搖搖手笑道：「人家平常吸的是三炮台和三五，你倒把這下一級的紙菸敬客！」亞杰望了大成道：「怪不得家父要把我救出孽海，無論生熟朋友，都以為我奢侈的了不得了。」

西門德已經拿起區老先生的信，坐在沙發上仔細的看，卻沒有理會到亞杰的話。看完之後，向他一點頭道：「多蒙老太爺替我留神，信上說可以託虞先生和我介紹，只是沒有說到詳細情形。三世兄特意前來，一定有所指教。」亞杰道：「恰正相反，我是來請教的。」因把自己回來這一趟的用意以及老太爺昨晚發脾氣的事，說了一陣。

西門德斜躺在沙發上，吸著雪茄，聽到亞杰談的生意經和他用錢的情形，已是出神。西門太太坐在一邊，口裡含了一顆糖果咀嚼著，也是滿臉的羨慕顏色。她先搶著道：「你們老太爺，就是這樣想不通！現在上上下下，哪個明裡暗裡，不研究作生意發財？」西門德攔著道：「別開玩笑，我寫一封信給老太爺就是。」

亞杰已是站了起來，將帶來的皮包放在桌上展開，從裡面陸續抽出幾個大小紙包。他先將一個扁扁的紙包送到西門太太手上，笑道：「雖然不算上等料子，卻是真正的英國貨。在重慶，恐怕還不容易買到。」西門太太在印著英文的包貨牛皮紙上，已感到這不是重慶家數，掀開紙角張望著，早看到裡面的玫瑰紫的顏色包，光豔奪目，不由得喲力了一聲道：「這是絲光嗶嘰。」她的矜持，已遏止不了她那先睹為快的情緒，便將包紙抖了開來，兩手拿了這段料子，舉在胸前貼衣垂下，低頭看看，又把腳踢起料子的下端，再審查審查。然後笑向博士道：「料子是太好了，太漂亮了，只是我這大年紀，還能穿嗎？」

西門德向亞杰笑道：「其詞若有憾焉，其實乃深喜之。」說著，又向太太笑道：「你無端受人家這一筆厚禮，你知道這值多少錢？」西門太太笑道：「我怎麼不知道？大概二兩金子。」她口裡說著，把衣料摺疊起來，繼續翻弄。

亞杰手上還拿著東西呢，只因她愛不忍釋之餘，又加上了一個讚不絕口，自己也沒有機會插言，只好手扶了皮包，站在旁邊等著。等她摺疊好了，並說了一聲「謝謝」，這才答道：「我們這向國外跑路的人，總是受著人家太太小姐的重託，希望帶些料子。假如要一一都帶到的話，我這車子不用裝貨，全給人家帶衣料，也不會嫌多。所以我只能挑交情較深的人略微帶一點。另外還有一點小意思送給西門太太。」說著，將一盒香粉和一支口紅管子遞給她。博士道：「東西一體全收吧，人家的禮，我也不忍代你辭謝，可是也該作點好菜，請請遠客。」亞杰笑道：「提到這個，我還有點東西送給博士。」說著在皮包裡一摸，掏出一瓶白蘭地，放在桌上。博士打了一個哈哈，抱著拳頭笑道：「三世兄，真有你的！你送的禮，完全是投其所好。」亞杰笑道：「千里迢迢的帶東西送人，就要帶人家中意的。」西門太太笑道：「就憑這一點，老太爺也不該反對你跑仰光。」亞杰笑道：「然而家嚴就認為這是造孽。老太爺的見解，自有他的正義感，我不敢說不是。可是我東家依靠我很深，正望我這次出去，給他再大大的賺一筆錢，我若不去，在交情上說不過去。老太爺就是不許我幹，至少我應當再跑這一趟。博士，你看我這件事怎麼辦？」

西門德吸著雪茄，昂頭想了一想，然後將菸枝在桌沿上敲著菸灰，笑道：「這樣吧，我和你一路去見老太爺。我現在有這個決心，親自到仰光去一趟。說好了，我們哥兒倆聯合作個長途旅行，我就坐了你的車子去。假如兜攬不到定車子的人，我也可以連貨帶車子由仰光辦兩部車子回來。」亞杰笑道：「博士，這樣一來，真是要改行作商人了。」西門德放下雪茄，將四個指頭在桌沿上輕輕一拍，挺了胸脯道：

「豈但是作商人，我簡直要作掮客。我現在了解怎麼叫『適者生存』，你不要看我是個心理學博士，這一博，就掉下書坑裡去了。有道是周雖舊邦，其命維新。」他說著很得意，不免把嗓門提高了一些，連樓下都可以聽到這句興奮的話。

這時聽到門外有人應聲道：「好一個其命維新！」隨了這話，進來一個五十上下的人，穿了獺皮領大衣，腋下夾了一個皮包，含笑著走了進來。他放下帽子和手杖，伸手和博士握了一握，問道：「博士，何其興奮也乎？」博士道：

「無非是談上了生意經。」那人笑著點了兩點頭道：「若不是談生意，也不會談得這樣興奮。」博士便對區、李二人介紹著道：「這是商寶權大律師，已往商先生作過許多年的司法官，並且在法政學校當過多年的校長，如今也掛冠林下，作保障人權的自由職業。」他又告訴了商律師，這兩位青年都是商人。

商寶權笑道：「博士這一誇獎，我倒有些慚愧，掛冠雖已掛冠，卻不在林下。保障人權這一句話，我也不否認，但包括我個人和我全家的生活在內。若是這樣一算計，你所恭維的四個字，也就人人所能為了。」說著向區、李二人哈哈笑道：「幸勿見笑！」他在說「幸勿見笑」這句話時，望了望，在一條直線的視線上，看到了桌上那瓶白蘭地，不覺又是「哦喲」了一聲道：「這還了得！有這樣的好酒！」西門太太笑道：「那麼，商先生就在這裡便飯吧。」他笑著道：「不應該說是便飯，應該說是使酌。」說著扭過頭來向博士道：「我正要找你來暢談一番，有了這瓶好東西，我更是不能隨便走了。但不知耽誤你三位的事情沒有？」西門德道：「也不過是談談生意經，並沒有什麼要緊的事。」西門太太笑道：「我這就去預備菜，商先生不必走了。」刀她交代著走了出去。

商先生看了看桌上的酒瓶，笑道：「博士，實不相瞞，今天是到南岸來調解一件案子，順便來看看你，打算小坐便走。如今這瓶白蘭地挽留著我，我非叨擾你不可。」他坐在桌子邊椅子上，順手提起酒瓶來，轉著看了一看，點點頭道：「真的，真的！」西門德指了亞杰道：「是這位仁兄由仰光帶來的，焉得不真！」商寶權點點頭道：「這是一條黃金之路。在這條路上跑汽車，那是好職業。可是這話又說回來了，這一個角落，唯有對我們這行不景氣。」西門德道：

「不盡然吧？利之所在，也就是官司之所在。」

商寶權放下了酒瓶，取了一支菸卷吸著，笑道：「我不是說律師。有這麼一個縣份，來了一位考察大官，他所要考察的機關，設在城隍廟裡。據當地人說，這是陰陽二衙合一的表現。大官考察到了廟裡，見公堂就是神堂，已覺簡陋；被考察的官，帶了全衙三名員工，迎到廟門口，臉上什麼顏色不必說，便是他身上這件藍布衣衫，已有七八個補釘。這位大官看到，想起誰不是十年窗下，心裡已是惻然。在廟裡看了一週，看到殿後舊僧房裡有個煤竈，支著一缽蕃薯糙米粥，已是涼了，問起來，便是全衙人的午餐。他們本來是把神案當了公案。城隍偶像還高踞在公案後的神龕裡面。想像公堂上問話，問官有陰有陽，乃是雙層的，真是有些尷尬，如今看到這半缽粥，他便覺更有些那個，也是應當，就不說什麼了。你想，這個故事，若有幾分真實性，豈不慘然！所以我聽到你說『其命維新』的話，十分贊成。我若不是『其命維新』一下，現在也許住在城隍廟裡，雖不致在土竈上熬紅苕粥，這件衣服，絕不會穿上。」說著抖了幾抖大衣皮領子。

亞杰聽說他是一位久任官吏的老先生，而年歲已相當大了，自然起了一番尊敬之意，感到嚴肅起來。現時聽他說的很有風趣，便笑道：「聽說現在重慶律師業務，非常發達，這是國家走上法治之途的一點好現象。」商寶權笑著對西門德道：「你這位老弟台說得很對。其實一個人能幹一件終身事業，豈不是最好的事？我假如是一個人，後面不跟隨了十幾口子，就不穿這件皮領大衣，穿一件七八個補釘的藍布長衫，也沒有關係。」

亞杰笑道：「我是個外行，我太免問句外行話，難道打官司的，也都是跑仰光跑海防的？」西門德笑道：「我兄可謂三句不離本行。」商寶權笑道：「這種人也有，但打官司打得最起勁的，還是紳糧們。如今川斗一擔穀子，要賣上千元，家裡收盲十擔穀子的人，坐在家裡，收入上十萬，親戚朋友誰看了不眼紅？只要他的產業有點芝麻大的縫隙，就免不了人家搗麻煩。產業有麻煩，官司就多了。法官忙，律師也忙。但法官忙，還是拿那麼些個薪水，律師忙，這可不能不跟著物價漲，因之學法律的人，都願當律師。」西門德笑道：「你這個說法，使我想起了一件事。我有兩個朋友，全是醫生，年長的，本領高於年輕的，在公家服務，既忙又窮。最近還拿了三套西服去賣，維持了伙食。年輕的自己行醫，帶做西藥生意，卻發了百十萬的大財。」亞杰笑道：

「談到這個問題，我要補充兩句話。有一個時期，私人行醫，確是不錯。但到了藥價大漲之後，小病不找醫生，買些成藥吃吃就算了。大病不找私人醫生，乾脆進醫院。因之許多名醫生，也很難維持那場面闊綽的生活。次一等的，就全靠出賣囤積的藥品。再次一等的，並無什麼本領，那就只好改行了。學醫的和學法律的，到底不一樣。」

商寶權突然哈哈一笑，接著又自己搖了搖頭，笑道：「我今天下午走了三處朋友家，三處都談的是生意經。我找博士來了，總以為可以談點心理學，不料談的又是生意經。」

西門德含著笑，沒有答覆他的話，忽然走到隔壁屋子裡去，不多一會，拿出兩樣東西來，右手拿了個彩色大瓷盤子，裡面裝了十來個橘子，左手是一張粗草紙，上面托了一捧青皮豆，都放在桌上。商寶權且不去拿橘子吃，走到桌子邊，對五彩盤子看了一看，笑道：「你拿這樣好的瓷器，隨便用。前兩天，我經過一家拍賣行，看到有這樣一個盤子，比這個大不了多少，標價是九千元。」

西門德笑了一笑，沒作聲，抓了一把豆子給亞杰，又抓了一把豆子給李大成。商寶權也抓了幾十粒豆子，將左手心握著，右手鉗了，陸續送到嘴裡去咀嚼，然後笑道：「很好，有家鄉風味。可是，博士，你這豆子，為什麼不用玻璃盤子裝著？茶社用玻璃碟子裝了百十粒豆子，就可定價五元。」

西門德哈哈大笑，指著他道：「老友，你上了我的當了，你受了我的心理測驗，作了我的測驗品了。現在重慶大部分的人，就是這樣，無論什麼事在眼前發現，都會想到生意經上去。我常這樣想，這不應當說是心理變態。個人心理變態，有整個牽涉到這問題上去的嗎？毋寧說是社會都起了變態。所以我們幾個書呆子在一處開座談會，為這事起了一個比較冠冕的名詞，叫做『其命維新』。你想，既然如此，怎能不隨處有生意經呢？」

商寶權偏著頭想了一想，鼓掌道：「果然的，我們被你拿去當了一回試驗品了。運氣，我算趕上了兩次『維新』。」西門德道：「此話怎講？」商寶權道：「前清末年變法，一切接受西洋文明的事情，都叫『維新』。那個時候，我們脫離了科舉，走進了學校，人家就都叫我們做『維新分子』。不想到今天，又『維新』起來。豈不是兩重『維新』？」

西門德拿了橘子，分給來客，然後坐下，將一個橘子舉了起來，轉著看了兩遍，笑道：「即以經商而論，也大大的用得到心理學，孔夫子說的『子貢億則屢中』，那就說他是懂得社會心理的大投機家。從前的商店，喜歡在櫃檯裡寫上『端木遺風』的直匾，那就是說繼承端木子貢那點投機學問。有人已經計劃到戰後了，預備在川東設一個大出口公司，專運四川土產，如橘子、柚子之類，就在一齊包攬之列，打算順流而下，運到下江去賣。尤其是廣柑，主張仿花旗橘子例，每個用上等白紙包起來。」商寶權鼓掌笑道。

「在包紙上，印上英文。」

西門德且不批評他，向亞杰望了笑道：「你覺得商先生這主張如何？」亞杰定了眼珠，凝神想了一想，因道：「在戰後，舶來品當然還是社會所歡迎的。但根據『其命維新』的理論說起來，戰後用洋貨號召，不能算極新鮮的事。所以出奇致勝，也不定要用外國字作出產的標誌。那時候，自然是沒有了租界。不在租界上，這樣偽造外國貨的舉動，也許要受干涉。那時出奇的玩意，應當是一些土特產了。」

那個小夥子李大成，販賣橘柑，成天跟窮苦人打交道，這兩日所聞所見，實在覺得到了另一個世界，根本不懂，所以也無從插話，只是坐在屋子角上，抓了青皮豆子吃。這時，他忽然從中插了一句話笑道：「這世界越變越奇了！」

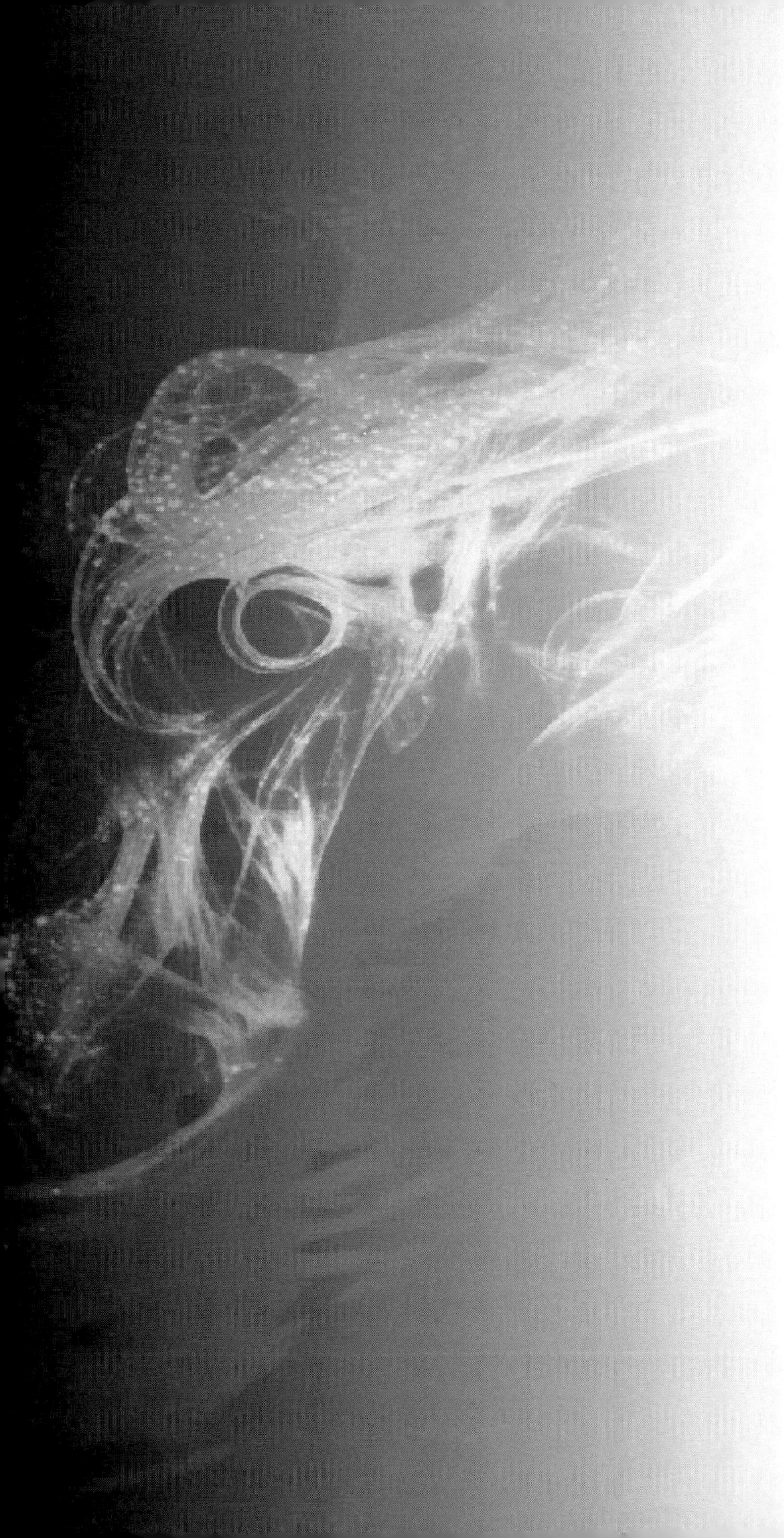

變則通

一個緘默的人，突然說出了話來，是會引起注意的。在座的人，都望望大成。西門德道：「你必有所謂。」大成笑道：「這世界上未免太不平均了。有人為了花紙多得發愁，怕換不到實物，像我們就整天愁著花紙不夠用。仗打的正酣，有人就計劃到戰後的生意經，而我們呢，卻吃了上頓，愁著下頓。」西門德點了兩點頭道：「你的事，我在心上。只因大家談心，把這事擱下了，回頭我和區先生商量著，趁他未走之先，一定想個辦法。」

他說到這裡，太太在隔壁屋子裡叫了一聲「老德」。西門德知道這是太太有話商量的暗號，便答應一聲，走了進去。西門太太低聲道：「你說替大成想點辦法，我倒想起了一件事。這位商先生跑來大談其生意經，一點正事沒有，反把大家的正事都耽誤了。但我想著，他是個忙人，絕不能這樣閒適，來找你談心。你可以探探他的口氣，看他有什麼來意沒有？大概他是難於開口，所以要慢慢的談著等機會。」西門德沉吟了一下，因道：「也許他有所為而來，或者是打算兜攬著一筆什麼買賣吧？等我試試他的口氣。」於是他走到外面屋子來，閒談了一些別的話，便向商寶權點了點頭道：「我們到門外山坡上散散步，我有一件案子可以介紹給你。」商寶權正需要這樣一個機會，便和他一路走下樓，到門外山坡上去了。

西門德笑道：「我雖無『師曠之聰』，聞絃歌而知雅意，但是我兄今天光顧，必有所謂，有什麼指教，請你儘管說好了。」商寶權笑道：「雖然有一點事，並無時間問題，就是明天再談，也未為不可。」西門德道：「既是要談，我願意早些曉得，何必又等著明天？而且你我也不見得真有那種閒工夫，天天可以預備出幾點鐘來擺龍門陣。」

商寶權臉上含了微笑，向這幢房子周圍看了一看，因道：「這房子雖然還可以，來往過河，究竟不大方便，而且這坡子爬上爬下，也不舒服。」西門德見他撇開正話，忽然談到房子的形勢問題上來，頗有點奇怪，只是默默站著，且看他如何向下說。商寶權又看了看房子的形勢，因道：「這位房東，和你們是新朋友呢？還是老朋友呢？」西門德道：

「是新朋友，你問此話是什麼意思？」他笑道：「是新朋友，就難怪了。他們這房子出賣了，你知道嗎？」西門德「哦」了一聲，點點頭道：「我明白了，他委託貴大律師催我搬房子吧？」商寶權搖搖頭笑道：「沒有，沒有，他明知道我們是老朋友，他能找出我來和你打官司嗎？倒是接收這房產的人，我是他的法律顧問。他知道你我有點交情，所以請我來和你友誼蹉商一下。」西門德道：「其實，這是不必的。我在這裡住著，還不曾取得房客的資格。」商寶權笑道：「這話作何解釋？」西門德道：「我原來是朋友輾轉介紹，借這房子住的。雖是我們所付給房東的代價已很可觀，然而我們實在沒有付出一文租錢，所以我不能說是房客。」商寶權笑道：「也許正因為博士不是房客，所以他也很難拿房東的資格出來說話。」

西門德見是快歸入話題了，便將顏色正了一正，點點頭道：「他實在是很難說話的。我們有幾次作點臨時生意，只由他認可了一句話，我們就分他一股紅利。自然，合夥的不止我一個，然而只有房東是不出本錢的一個。他約莫先後分過一萬四五千元了。就算這裡面五分之一屬於我的，我哪裡就不能付出兩三間房子的半年租金？所以實在的說，我這房子並沒有白住。」商寶權笑道：「若是他認為白住了，他也不來情商了。他的表示是絕不和你談法律，要談法律，你既沒有訂租約，隨時可以叫你走。然而彼此的友誼關係，這樣一來就要斷絕了。」西門德笑道：「這樣說來，房東竟是我的恩人了。我們總是老朋友，你不必繞著彎子說話了，你乾脆對我說明白了吧。房東哪天要房子？我是沒有法律保障的房客，房東真要和我法律解決……」

商寶權向他連連搖了幾下手，然後握住西門德的手，搖撼了一陣，笑道：「你這樣一說，我還好開口嗎？房子的確是賣了，約莫在一星期內交房子，現在找房子可真不容易。要你一星期內找到新房子，當然是件困難的事。現在我來和你應付這個難題。我南溫泉家中可以騰出兩間房子來給你住，雖是草房，沒有這樣樓舒適，可是就一般國難房子說，還不能說是最壞的。你既講生意經，當然離不開城市，你可以住到我城裡辦事處來，你意下如何？」西門德笑道：「當律師的人替人家調解糾紛，自己還白貼房子給人家住，那還有什麼話說！可是你說我離不開都市，那不過飯碗問題，假如有錢，我可以整年住在鄉下，不進城。至於我們這位太太，那可不行。廣東吃食店，蘇州點心店，是她日常要光顧的所在。百貨商店，綢緞莊，自然不能天天走，可以歇久了不看這一類的玻璃窗戶，就感到不舒適。此外就是娛樂場所，也是不可久隔的，現時住在南岸，她還嫌過江不方便呢，哪裡肯住到一二十公里路以外去？」

西門德這一篇話，說得商寶權無話可說，只是伸起手來緩緩的摸著臉腮，微笑地望著他。西門德道：「雖然如此，我沒有理由可以占了人家房子不走。我可以答應你，從今日起，一個星期之內，我決定搬走。——房子賣了多少錢？」商寶權笑道：「大概是二十萬開外吧？」西門德道：「那怪不得房東要下逐客令了。這一所鄉間房子，要賣這許多錢，怎能不趕快成交？大概這又是囤貨的商人，賣了這房子作堆疊了。」商寶權笑道：「就是住人，還不是囤積嗎？他們是辦囤積的人，敲他幾文，沒有關係。」西門德笑道：「既是這樣說了，我幫幫老朋友的忙，一定在一星期之內搬家，其餘的話，彼此心照了。」說著，拍了幾拍商寶權的肩膀，不再談下去，約著客人再回家裡。

西門太太得了這個訊息，老大不高興。雖然亞杰是自己所歡迎的來賓，也把所要辦的菜，打了個八折來招待。飯後，商寶權很是滿意的走了。西門德送客回來，還在樓下走著，就聽得太太在樓上高聲大罵道：「他有那好意，家裡騰出兩間屋子給我住家，為什麼我們被轟炸之後，住在旅館的時候，不來找我們呢！這也不知道這筆房屋捐客費得了多少，就出賣老朋友！我要早知道他是這番來意，我這白蘭地倒給狗喝，也不給他喝！」

西門德趕快跑到屋裡，向她笑道：「你這是什麼話！我們這喝了白蘭地的，那怎麼說？」西門太太一想，也跟著笑了。西門德向亞杰道：「老弟，不成問題。你的事情，我可以陪你去和老先生商量。說明了，就一塊兒去緬甸，為了我也肯跑腿作生意，令尊大人大概可以通融一次，說著扭轉身來向李大成讚：我現在可以對你發表了，今天上午我接到一封快信，有你一個朋友保薦你到一家公司裡去當職員，你可願意去嗎？」大成聽了這話，倒是愕然。再一看博士臉上，並沒有開玩笑的樣子，而且這位老師也不會和學生開玩笑，因此透出躊躇的樣子，問道：「我的朋友？我哪裡有這樣的闊朋友！」西門德道：「不但是朋友，而且是你的同學。」大成笑道：「我若是有這樣好的同學，我早就有辦法了，何致在江邊上販橘子賣？」西門德道：「那不然，有好同學，你以前不遇到她也是枉然。如今你遇到了她，自然她可以幫助你了。」大成聽了這話，望了老師發怔。西門德道：「這樣一解釋，你就當明白了。」李大成道：「莫非又是黃小姐？」西門太太笑道：「對了，我看她對你是十分關切的。既是和你介紹了一個職務，必定很好，你得去找著她先談談。」

大成坐在屋角椅子上，離開人的視線，有氣沒氣的答道：「一再的要她幫忙，那是十分可感的，我明天和家母一道去謝謝她。」西門太太坐在那裡，正對著他臉上望了幾分鐘，然後搖搖頭道：「青年人，你太外行！向一位小姐表示好感，你帶一位老太太去，那是讓人討厭的。我看她是愛上你了。」這麼一說，李大成把臉急紅了，呆坐在桌子邊，手扶了桌沿，把頭低了下去。西門德道：「人家是出於老同學的友誼，可別胡說！」亞杰聽到有一位小姐為李大成介紹工作，便感到興趣，笑道：「老同學的友誼，那更好了。老弟台，這年頭慢說是女同學，就是比女同學友誼再進十倍的人，也是朝有錢有勢的方面說話。一個貧寒青年，能得小姐們的同情，那是幾世修的？你豔福不淺！」大成沉著臉色道：「區先生，你也和我開玩笑！」亞杰正了臉色道：「我是和你開玩笑？我是有感而發。」說著又連連搖了幾下頭，長嘆著一口氣。

西門太太雖是過了戀愛時期的半老徐娘，對於別人的戀愛，還是特別感到興趣，看到亞杰這種樣子，她又把李大成身上這個問題放下，對亞杰說道：「三爺說這話，莫非……」她含著笑只管注視了他，期待著他答覆。亞杰再搖搖頭道：「我不願說，然而為此，我卻更需要有錢了。」西門太太笑道：可是那個朱小姐，現在迴心轉意，又來找你了？」

西門德皺了眉，正待拿話去攔阻她，大成覺得這是個脫身的機會了，便站起來向西門德道：「老師，現在沒有事了嗎？我要回去看看了。」西門德道：「好的，你回去，免得你母親掛念著你。

但是你明天上午，要到這裡來一趟，你師母有話要告訴你。」大成聽了這話，臉色立刻又漲紅了，站著把頭微低下去。

西門太太笑道：「男孩子們，為什麼這樣怕羞？你看黃小姐也不過和你相仿的年紀，至多大一兩歲，可是她就大方得多了。慢說談著她愛你這樣一句輕鬆的話，就是……」西門德皺了眉，搖搖頭道：「喂！你又來了！正正經經有話和他商量，經你這樣一說，他也不敢來了。——大成，她是說安插令妹的話，與青萍無干。令妹若是能和你同來，那最好，她可以帶她一路進城。」大成繃著臉子答應了兩句「是」，剛要走，卻聽到樓底下嬌滴滴地有人叫了一聲「師母」。西門太太向博士陝了一下眼睛，低聲笑道：「她來了！」一看大成，只見他又縮了身子回去，依然坐到屋角裡那張椅子上去。就在這時，青萍小姐穿了一件新制的海勃龍大衣，帶笑帶跳的搶進屋子來了。她看到有個陌生的西裝少年在座，才猛可的站住，怔了一怔。西門太太笑道：「黃小姐，我給你介紹介紹，這是區亞男小姐的三哥。」青萍笑道：「哦！是三先生，我和令妹是很熟的。」說著，伸手和亞杰握了一握。回轉身又把手直伸到大成身邊來。大成也知道，一個女子伸過手來，這是最客氣的禮貌，作男子的絕無退縮而不與握手之理，只好在臉皮要紅破了的當兒，伸出手來讓她握著。

青萍笑道：「密斯脫……哦，不，我又鬧洋氣了。大成，你哪天回來的？」大成笑道：「今天來的，我還沒有回去呢！」他說這話時，聲音非常低，透著有一種難為情的樣子。青萍很快的向他掃了一眼，抿嘴微笑，但並不對這事怎樣介意，很自然的和西門太太坐在沙發上，向博士道：「老師，你猜我來幹什麼的？」她說時，把兩隻腳懸在椅子下，來來去去的搖動著。西門德道：「今天晚上哪裡又有什麼話劇上演，你約著她去看戲吧？」青萍道：「這樣的事，也就無須乎我在老師面前表示得意了。今天二奶奶留我吃午飯，五爺也在家裡，閒談之中，談到老師在仰光有車子，五爺說他正要買三四部車子，願意和老師談談。」西門德笑道：「黃小姐，多謝你熱心。但是你要曉得，越是有錢的人，他的算盤打得越精，他肯合著我的計劃先墊出一筆款子來嗎？」

青萍滿頭高興的走來報個喜信，不料西門德輕輕悄悄的答覆著，給人兜頭澆了一瓢冷水，雖然兩隻腳還在搖動著，然而她臉上的笑容，已是慢慢的收斂了起來。西門太太極不願得罪二奶奶，也就不願得罪黃小姐，覺得博士這態度過於掃了青萍的興致，因道：「你這話，我倒有些不解。你兜攬生意，不找有錢的人，還找沒有錢的人嗎？」

博士方才的話，也是衝口而出，未加考慮，及至說出以後，看到青萍那種尷尬的樣子，也就後悔失言，於是笑著點頭道：「這是我說急了。我的意思，以為我和溫五爺並沒有交情，突然去和人家談生意，恐怕不發生效力。而且我明日要和三爺到他府上去找老先生談談，怕抽不開身來。」說著，站起來塞了一支雪茄在嘴裡，滿屋子尋找火柴，就把這個岔打過去了。

大成第二次站起來，向大家點了點頭，笑道：「現在我可以告辭了。」青萍向他笑道：「老同學，你對我很見外吧？怎麼我來了，你就要走呢？」大成紅著臉，口裡捲了舌頭，「哦哦」了一陣，然後點點頭道：「不是，不是！請問老師，便知道。」他一面說著，一面就走出去了。青萍向西門太太笑道：「這位先生，說起來是一位奮鬥青年，可是喜歡害臊。」西門太太笑道：「為這個事，我們說了大半天呢！你老師和這位區先生商量，到仰光去，我主張帶了他去。這種帶姑娘腔的青年，只有讓他多多跑路，多多與各種社會接觸，才會把臉皮闖厚，把膽子闖大。」青萍道：「老師覺得我替他想個法子，不大妥當吧？他又沒有一文字錢，又不會開汽車，修汽車，帶他到仰光去作什麼呢？」西門太太向博士笑道：「我猜她就會反對這個舉動。」西門德皺了眉笑道：「你是和黃小姐開玩笑，鬧慣了，正經問題，你也鬧得成為笑話。」她點了點頭，因向青萍道：「我們不會那樣辦，你放心！」說著又牽了她的手道：「不說了，不說了。今晚在我這裡打小牌，贏你幾個錢花花，明天我們一路過江。」

亞杰坐在旁邊，看著只是微笑。西門太太道：「三爺，你笑我作師母的打學生的主意嗎？老實說，在經濟上的活動力，她比我強得多。我就沒有這能力和老德找個買汽車的主顧。」西門德道：「現在我們決定，我明天和三爺去見老太爺。你明天去和黃小姐見二奶奶。事到如今，凡事都得變通辦理，你們只要和二奶奶商量好了，溫五爺就沒有什麼不可通融的了。孔夫子說的不錯，『窮則變，變則通』。」亞杰笑道：「這樣說來，博士和我一路回去，也是在『窮則變』之列，但不知是否能夠『變則通』？」西門德笑道：「和令尊作了兩個年頭的鄰居，他的心理，我多少曉得一些。你待我今晚下一點功夫，一定可以把計劃行通。」亞杰聽他如此說了，就依著他，自己拿了一本書看，不再和博士談話。

博士卻在燈下寫了一篇計劃書，他也不給亞杰看，將它放在皮包裡了。

到了次日，用過早點，西門德和亞杰先渡過江，趕上了班車，午飯前就到了區家。區老先生見他又來了，心想：這位博士，怎麼老是追著我要作販汽車的生意？這次來，我要老實和他說明，自己不便和虞老先生談這件事，最好是另找路徑，免得耽誤了機會。如此想著，他就靜等博士開口。

西門德和老先生坐在堂屋裡，從皮包裡取出兩支雪茄，賓主各吸一支，然後斜躺在布椅上，噴了一口菸道：「老先生，我快要戒菸了。」老太爺笑道：「博士現在的境遇，不至於雪茄都吸不起吧？」西門德道：「我之要戒菸，不是為了經濟問題，也可以說是為了經濟問題。」老太爺笑道：「這話怎樣解釋？」西門德突然身子一挺，望了望老太爺道：「老前輩，你以為一個教書匠，就這樣雞鳴而起，孳孳為利以終其身嗎？我現在要作另一番打算了。」老太爺見他如此興奮，便笑道：「若是有什麼偉大的計劃，我倒願聞其詳。」西門德於是開啟了皮包，取出一份計劃書，兩手捧給老太爺，笑道：「老先生，我覺得你看了之後，非簽名加入贊成之列不可。」

老太爺見那稿紙是作四摺疊著的，封面上寫了一行字，是「設立工讀學校意見書」，不由得「哦」了一聲道：「原來是這樣一件事！我請問你，哪來的這樣一筆經費？」說完，將計劃書放在大腿上，用手按著，昂頭向博士望望。西門德道：「不但『經費』兩字，而且『經費』兩字上面，應該加上大大，兩個字。」區老太爺道：「那就更難了帕自然現在說是工讀學校，是一種救濟性質，除了錢之外，恐怕政治方面也要人幫忙。」西門德道：「這一切我都寫在計劃書裡了。」區老太爺對此事，更感到興趣，便展開計劃書來看。翻到第四五條計劃時，已寫到了經費問題，那裡第一個辦法就是創辦人除了要去南洋一帶，向暴發富商勸募外，並擬自去經商，將所有利益，全部移作學校經費。老先生不向下看，又把手按了計劃書，向博士臉上望了望笑道：「博士，你自己也打算經商？」西門德笑道：「佛說，『我不入地獄，誰入地獄？』我只有自己來作個榜樣。」老太爺笑道：「博士，恐怕你也有博所不及的地方。在昆明、仰光兩處運貨進出，這裡有許多學問，是你所不曾學到的，你怎麼走得通！」西門德笑道：「老先生，這我就不請教你而請教令郎了。昨天三世兄到我那裡去，我和他說了兩三小時，他對於我這事，完成贊同，而且願意幫我一個大忙。」老太爺道：「他願幫你一個大忙？他有什麼法子幫你的大忙？」西門德笑道：「老先生，你且把我的計劃書從容的看去，然後再討論整個計劃。」老太爺就依了他的話，把這份計劃書看完，然後把它交還了博士，點點頭道：「果然，我要站在贊成之列。你說的學校本身，自給自足，不但在抗戰期間，就是戰前，我就是這樣計劃著的。你說，打算自己經商，打算經營哪一種貿易呢？」

西門德道：「關於這一層，三世兄利我有了詳細的研究，已得到一個小小的結論了。」老太爺聽了此話，向他微笑著，很有幾分鍾不曾作聲。西門德道：「老先生，你不贊成我自己去募款子嗎？」老太爺又默然的吸了一陣煙，然後問道：「亞杰到博士那裡去，沒有談到我不許他再跑了嗎？」西門德道：「沒有呀！老先生為什麼不許他再跑了呢？」老太爺道：「關於他們這些同行，揮霍無度的事，博士當然也有所聞。然而我還以為紂之不善，不如是之甚，必是傳說的人過甚其辭。可是亞杰回來之後，我才曉得他們浪費金錢的情況，人家還夢想不到。這民國三十年的錢，雖沒有二十七八年值錢，但到了一用成千，究竟是嚇人的。而他們聽一回歌女，一點戲就是三千元。讓他們賺了錢，這樣來花，就私言，無非是增加罪惡，就公言，也刺激社會物價。我現在已不致沒有米下鍋，我不願他目前發一點小小的國難財，把他終身毀了，所以我與其勸說他不要這樣胡鬧下去，不如釜底抽薪，不讓他去發這國難財！」

西門德將手一拍大腿道：「到底是老先生有這種卓見。這種發國難財的事，實在不能讓青年人去僥倖享受。三世兄之不告訴我，大有道理。他料著我一定也是贊成老先生這主張的。」老太爺笑道：「他既知道他走不成，為什麼還答應和博士幫忙？」西門德道：「大概因為我重重的託了他，他不便掃我的興致，我倒沒有料著老先生有此主張。這麼一來，我倒是要另想辦法了。跑滇緬路，是個新花樣，這沒有一個內行引導，那是不行的。」

老太爺仰坐椅子上靜靜吸了雪茄，微笑道：「若是博士果有意思和他同行的話，我也只好讓他陪博士一趟。」西門德這就坐起來，兩手互抱了拳頭，拱了兩拱道：「那我不勝感激之至！這個學校若辦得成功的話，皆老先生之賜。」他說到這裡，便不再提生意經，只是和他商量著學校如何自給自足。區老太爺對辦學校，感到興趣，對辦義務學校，尤其感到興趣，因之和西門德談下去，並沒有對亞杰的行為再加批評。

經過半日的談話，區老先生晚間請博士吃飯，又把那虞老先生約來作陪，不用博士說什麼，老太爺早把他自籌經費要辦工讀學校的話，代為告訴了。虞老先生在飯桌上聽了，十分高興，將面前放的酒杯，高高舉起，向對坐的博士敬著酒道：「這份毅力，兄弟十分佩服！我們對喝一杯！」西門德笑著端起酒杯來，高舉過了額頭，從手底下望了虞老先生道：「當勉力奉陪一杯！」說完，拿起酒杯子一飲而盡，喝得刷的一聲響，翻過杯子來，向虞老先生照了照杯。虞老先生笑著，也把酒喝乾了，向他望了望笑道：「博士既有這個計劃，為什麼不和我提一提？我們這年老無用的人，別的不能做，關於這一類社會事業，總還樂於盡力。」西門德道。

「像虞老先生這樣年高德劭的人，來到我們學校作董事，那是再好沒有的事了。只是交淺言深，不敢貿然相請。」區老太爺向虞老先生笑道：「那麼，我來介紹一下，就請虞先生作個發起人吧！」虞老先生聽了，還沒有答覆，西門德放下筷子，突然站了起來，兩手又一抱拳頭，笑道：若以辦義務教育而論，老先生是絕不會推辭的，只是由我來作創辦人，卻不敢說能否得著老先生的信任？「虞老先生道：言重，言重！請坐，請坐！」

西門德坐了下來，且不繼續請虞老先生當董事，手扶了酒杯待要舉著要喝，卻又放了下來，然後昂了頭嘆口氣道：

「其實這樣的事，真不應當今日今時，由不才來提倡，現在知識分子，自顧不遑，而又絕不肯放鬆子女們的教育。公立。學校，雖然是開啟門來讓人進去，然而這學費一關，就不容易闖過。即以我們的朋友而論，就有許多人為子女教育費而而發愁的。所以這種工讀學校，自給自足的教育辦法，有推行之必要。當然，一個學校，不足以容納多少人。但是只要辦得好的話，我們不妨拿一點成績去引起社會上的興趣，讓人家三個五個跟著我們辦下去。這樣純粹盡義務的教育，和那開學店的學校，恰好兩樣，越辦得有聲色，越要多多籌款，而完全靠人捐款，又太沒有把握。因之仔細想了一想，只有自己去作生意，反正是賺來的錢，便是全部都拿出來辦學校，對自己也沒有什麼損失。」

區老太爺被他這幾句話引得特別興奮起來，端起酒杯來，緩緩將酒喝下去，然後將酒杯放下，按了一按，向虞老先生點了個頭道：「我們念書的人，作起事來，真會有這一股子傻勁。」虞老先生手摸了鬍子，也就不住點頭。西門德用心理學博士的眼光，對這兩位老先生仔細觀測了一下，心裡頗覺高興，但他絕不說一句要求兩位老先生幫忙的話，只是說著自己下了最大的決心，要來作半年或一年的商人，弄個二三十萬塊錢給這個學校奠定基礎。他越說越興奮，叫人沒有法子插進一句話去。兩位老先生雖插不進一句話去，可是看到博士表示著非常的毅力，便也不必插言，只聽他一個人說下去。

博士吃完了，也說完了，回到旁邊一把籐椅上坐了，兩腳一伸，頭枕在椅子上，仰了臉，嘆了一口氣道：「計劃雖是這樣的計劃了，只怕會大大的失敗。」接著他又一挺身子坐了起來，將頭連點了兩點，表示沉著的樣子，手一拍道：

「不管他了！我縱然失敗了，不過是一個倒楣的教書匠。還能再把我壓下去一層不成？我願意找這個為辦學校而犧牲的機會，犧牲了我也值得！」說著又拍了兩下大腿。

虞老先生坐在他對面椅子上，捧了一杯濃茶，慢慢的喝著，眼光被博士的興奮精神吸引著，心裡也就在想著，博士究竟是博士，這年月有幾個人為著辦教育而這樣努力呢？然後放下茶杯，手撫摸了兩下長鬍子，因道：「西門德先生，這次到緬甸去，是打算辦些什麼貨呢？」西門德笑道：「那倒還沒有定。」虞老先生道：「博士既打算在這上面找個幾十萬元，不能不有個目的物吧？」西門德將雪茄放到嘴裡吸了兩口，向老太爺望著微笑道：「兄弟這計劃，區老先生也知一二，倒是規規矩矩一筆生意。」虞老先生便也望了過來，手拈著下巴上的須梢，笑道：「莫非和令郎作一樣的生意？」區老太爺笑道：「這件事若是虞翁肯幫他一個忙，博士就可以成功一半。他是打算在仰光買一批車子到內地來，資本同貨品大概都是沒問題，只是……」虞老先生立刻點點頭道：「這個我明白，大概怕運輸上有什麼困難，這個我可以盡一點力。」西門德道：那就太好了，此外還有一點小困難……」說著放下了雪茄，嘴裡吸了一口氣，表示出躊躇的樣子。虞老先生道：「還有什麼困難呢？也許是買不到外匯？西門德將雪茄在菸缸上敲著灰，緩緩的說道：這些都不是主要原因，第一就怕的是滯銷，假如我們買了一二十部車子進口，結果並沒有人要，這項大資本哪裡擱的住呢？最好是和人家大公司大機關，訂下一張合約，他給我一點定錢，車子到了重慶，我給他車子，他給我錢。我是不想多嫌，能賺個二成利，就心滿意足了。」虞老先生道：「這樣能撈到二三十萬教育基金嗎？」西門德道：「我是多方面的謀利，這不過其中一項而已。」虞老先生根本就不懂生意經，這戰時的生意經，他越發不懂，想了一想，因道：「博士且在這裡玩一天，兄弟替你探探路子看。我彷彿聽到孩子們說，有人要收買幾部車子。若真有這事，我給你拉了過來，豈不是好？」西門德禁不住笑了起來道：「那是貴董事作了產婆，把這學校接生出來了。」

從這時起，博士就不再談什麼生意經，只談著工讀學校的計劃，而且說著他辦學校不一定要跟著潮流走，他要注重青年德育，甚至不惜恢復「修身」課，讓大家說開倒車也無妨。虞老先生聽了這話，將長袖子把大腿一拍，突然站了起來，用宏朗的聲音笑著答道：「博士真解人也！痛快之至！我因為不懂教育，老早就反對中小學廢除修身，課目，可是和人家談起來，一定碰釘子，說是我思想落伍。想不到你這個老教育家，又是博士，居然和我同調，憑這一點，我當盡我晚年的能力，把你這個偉舉促成！」區老太爺笑道：「虞翁這樣興奮！」虞老先生哈哈笑道：「同心之言，其臭如蘭。博士這話，正投我所好。你看大後方社會上，這些不入眼的現狀，最大的原因，就是人心太壞。人心之所以壞，是這二十年來教育拋棄了德育原因，而今日來吃這苦果子亡羊補牢，我覺得是為時未晚。博士，你這個主張，極好了！極好了！說著他坐了下去，又將大腿連連拍了幾下。」

西門德道：「我也想了，關於培植青年人的道德，絕非四十以下的人所能勝任。假如學校能辦成的話，我一定在老前輩中多多的請幾個有心人來主持這一類的功課，而且用從前書院講學的方法，常常請老先生和學生講為人之道。我想中國的固有道德，只有兩層不大合乎現代實用。第一是忠君的思想，然而把這個忠移於對國家，移於對職守，也就無可非議。第二是男女太欠缺平等，如強迫女子守節，卻放縱男子荒淫無度。若把這守節改為男女同樣需要，只提倡並不強迫，於情理上也說得過去。千古以來，為什麼不替男子立貞節牌坊呢？」

虞老先生聽了這話，像是忘了他是一位年將七旬的老翁，兩手同時拍了大腿，突然跳了起來，大聲叫道：「妙哉！」說著將右手兩個指頭在空中連連畫了兩個圈子道：

「此千古不磨之論也！」原來這位虞老先生，夫妻感情很好，不幸五十歲的時候，糟糠之妻便去世了。其初，原想續弦，因為兒女長大，掣肘之處甚多，找不到一個相當的對象。後來頗想討一個年輕的女人作妾，只伴自己，並不駕馭兒女，而兒女們又反過來說，老人續弦是正理，討姨太太進門，對於家庭和氣，老人健康，都不好。這樣一彆扭，混了好幾年，老先生就快六十了，失去娶女人的機會，他一氣之下，索性不提這事了。他反過來提倡男子為亡妻守節，一直到現在，也不曾再提續弦的事。這時，西門德誤打誤撞的發了這番言語，正是他向來向人誇說的言論，怎麼能不高興？

因之直談到夜深，還是虞家派人打著燈籠來接，虞老先生方才回去。

到了次日一大早，虞老先生就派人送了兩封請帖來，請區老太爺和西門博士午餐。區老太爺向西門德笑道：「博士，你所託的事，十有八九可以成功了。」西門德笑了一笑。老太爺道：「他們小虞先生管的正是買車子這些事。他若肯和你簽張合約，就不必給你三分之一的定錢，你拿到這張合約，也可以在外國活動幾十萬資本。博士聽了，只是笑。」

果然，到了這天晚上，西門德就得著一張合約的草稿，並得了口約，第二日下午，在重慶簽訂正式合約，並付給五十萬的定洋。他所作兩三個月的夢，這時變成了事實。夢變成了事實，博士也就沒有了睡眠。這一晚上，他清醒白醒的，躺在床上大半夜，只迷糊了一會子，睜開眼來，窗子上就現出魚白色來了。他雖沒有聽到區家人起來，可是已經忍耐不住，一骨碌起來，兩手環抱在胸前，昂了頭向天空望著。亞杰悄悄的走到他身後，笑道：「博士早哇！」他回轉身來，向亞杰握了手笑道：「恭喜，恭喜！」亞杰望著他發楞道：

「恭喜我嗎？」西門德笑道：「我不是對你說過『變則通』嗎？這麼一來，我保險你可以到仰光去發一注財。」亞杰回頭看看，並沒有人，笑道：「實不相瞞，我現在所企求的，並不是錢，剛才你恭喜我，倒出我意料之外。」西門德向他臉上看了一遍，笑道：那麼，依你的年齡而論，我知道你所企求的是什麼了。」亞杰笑道：「並不是吃了幾天飽飯，這要談女人問題。實在的，我要結交一個女友出一口氣。」博士笑道：「你看我那女學生青萍小姐如何？」亞杰將舌頭一伸，笑著搖了搖頭道：「縱然她降格一萬倍看得起我，我也不能消化！」西門德道：「我的話欠交代明白，我是說，託她給你介紹一位女友。」亞杰笑道：「你看她所交的女友，有讓我能接受的嗎？」博士道：「變則通，你讓我導演一下子，這事就可成功。憑昨天這番交涉順利，你還相信我不過？我們若走得快的話，時間上恐怕來不及，應當等我回來之後，才有辦法，你覺得這不是一個遙遠的心願嗎？」亞杰笑道：「若論著我的心事，最好有一位漂亮女人，立刻陪我在重慶街上走三天，三天之後，哪怕斷絕了交誼，我也願意。」

西門德還不曾答覆，卻聽到身後有人輕輕說道：「三哥，這就是你的主張，這未免有點侮辱女性吧！」回頭看時，正是亞男小姐。西門博士銜了雪茄吸著，沒有作聲。亞杰笑道。「我承認，你站在婦女的立場講，這話是對的。可是若有女子侮辱男子時，站在男子立場的人，他應該怎樣說呢？」亞男道：「我認為朱小姐未曾侮辱你，她不贊成你去當司機，她有她的見解。」亞杰兩手一齊搖著道：「不談這個了，我們要進城去！」亞杰鑑於博士這一變的手段高明，很相信他可以替自己找一位女友。因之博士進城，他又陪了博士同去。他們同夥，在城裡上等旅館裡開有幾間房間，他和同夥商量了，讓一間給博士住，並約定晚間請他吃館子。博士因為要簽訂合約，簽了合約之後還要把這個喜訊去通知太太，晚上是透著沒有工夫。但亞杰最後說了一句：「我想介紹博士和我那位五金行老闆談談。」這五金行老闆的稱號，卻也很是動聽，博士便欣然答應了這個約會。

這日下午，博士到機關裡去簽好合約之後，在機關裡向溫公館通了一個電話，問西門太太在那裡沒有？果然是一猜便著，西門太太親自來接了電話。博士將這兩日奔走的成績告訴了太太，並說今晚是虞先生請吃晚飯，怕來不及回南岸，所以住在旅館裡。她說二奶奶又約她去聽戲，只好明早再來找他了。

西門太太接電話的時候，二奶奶正在那裡，區二小姐也坐在旁邊，因笑道：「你們這位博士，對太太實在恭敬，出一趟近門，也要回來向太太畫個到。」西門太太道：「他以前打過電話找我嗎？這次打電話給我，那是有點特別原因的，他已經決定了行蹤，在兩天之內就要到仰光去了。」二小姐道：「那是你所說的，坐亞杰的車子去了。可惜我的事情，沒有辦妥，不然的話，我也坐了車子去逛一趟仰光，再回香港。」二奶奶道：「我也和你有同感。初回到重慶來，換一個環境，還不覺得怎樣，可是住到現在，要什麼都不順便，我還是想到香港去。」西門太太道：「五爺肯讓你走嗎？」二奶奶道：「我要走，他是攔不住的，可是他一再說太平洋的戰事，馬上就要發生。香港是個絕地，一有戰爭，就沒有出路，他說得活靈活現，又不能不信。」二小姐將嘴一撇道：「哪個相信那些訊息專家的訊息。我們在香港的時候，吃喝逛每天照樣進行，誰也不覺得那是絕地，住在香港的人，走上街，看那花花世界，誰也不顧慮到是絕地。要不然，那滿街來來往往的人，都是白痴嗎？」二奶奶道：我也是這樣想，當長江裡發水的時候，我們在坡上看到那小木船，裝了整船的人在洪水上飄流，人簡直和水面一般齊，真是替那全船的人捏一把汗。可是坐在那船上的人，談談說說，吸著紙菸過河，一點也不害怕。反過來說，站在岸上的人替他瞎著急，倒成了白痴。重慶人看香港人，和香港人看重慶人，同是一樣。」西門太太笑道：「若是這樣說，我也願意到香港去玩一趟，索性也帶了青萍同去。」二奶奶笑道：「這事才奇怪呢？我和她說過，想邀她到香港去玩一趟，她倒是一百個不願意去。」西門太太笑道：「這事在一禮拜以前發生，顯得稀奇，在這幾日發生，那是應當的。」二奶奶道：「那為什麼？她覺得最近的訊息不好？」西門太太笑道：「那你錨了，她根本不管天下大事。她最近在愛情上，發現了新大陸，正在追求一個人呢！這個人也是老德的學生，原來他們是中學的老同學，現在忽然遇到了，記起了當日的友誼，熱烈的戀愛起來。你想，她怎麼肯離開重慶呢？」二奶奶道：「是這樣的，那也就罷了。我原想邀她今晚上一路去聽戲，也就不必多此一舉了。」

她們這樣閒談一會，吃過晚飯，就到國泰大戲院來。入座時已是九點鐘，前面早演了好幾個戲。這時，全本「王寶釧」上場，青衣名票，正演「武家坡」這一本。二奶奶最愛看青衣花衫戲，入座之後，就看入了神。西門太太什麼戲也看，什麼戲也不懂，完全是湊熱悶，看看戲也就看看人。她向四周望著，卻有件新奇的事發現，乃是青萍和一位西裝少年，坐在東角。兩人約莫坐在後三排椅子，大概向這裡是斜的方向，所以沒有看到二奶奶。她心想，青萍就是這麼一種女孩子，不必去管她了。可是那位青年，好像也面熟，過了五分鐘，又回頭看看。卻想起來了，原來就是李大成。一個賣橘子的小販，陡然改扮成這個樣子，當然一眼看不出來。

於是西門太太偏著頭向鄰座的二奶奶笑道：我的話可以證了。青萍帶著她的新愛人，也在座後面呢！你看，第三排東角，第三四把椅子就是。」二奶奶回頭看去，果然不錯。

因為要打量那西裝少年，不免看了好幾回。最後和青萍對著視線，笑著點了點頭。這時已將近十二點鐘了。過了一會，青萍笑嘻嘻的走來了，手扶了座椅背，將頭伸到二奶奶懷裡，笑道：「我請老同學看戲，不想你們也來了。」二奶奶握了她的手道：「僅僅是老同學嗎？好一個風度翩翩的少年。」青萍一笑，扭身在旁邊空椅子上坐了。

王寶釧演完，後面是位女票友的「玉堂春」。青萍道：

「這位票友也是我的朋友，今天的票子就是她送的。我到後台去打個招呼，十分鐘就來。」二奶奶道：「十分鐘就來？」這時她已站起身來，笑著點頭道：「準來，準來！到公館去吃宵夜。」說完就走了。可是等過十分鐘，青萍並不見來。

西門太太正想到後台去找她的時候，而戲台上的「玉堂春」已經下場了，全場正是一陣紛亂。二小姐向她微笑道：「回去吧，她不會來的了。」二奶奶很勉強的笑了一笑。

三人同回到溫公館的時候，女僕卻交給西門太太一張字條，是西門博士交來的，說有要事面談，明天早上八點鐘，可來廣東餐廳裡吃早點。西門太太也正惦記著昨晚上訂的那張合約，到了次日早上，便如約來會博士。西門博士早到了，獨占了一副座頭，除了擺著茶點而外，面前還有一隻大玻璃杯子，盛著大半杯牛奶。他日裡銜了大半截雪茄，兩手捧了報在看。西門太太走來坐下，博士還在看報。她道：

「你倒安逸之至，為什麼你看得這樣入神？人來了，都不知道！」西門德放下報來笑道：「我看報是煙幕彈，不是等你，我早走了。」她道：「為什麼？」西門德道：「告訴你一件新聞，你會不相信。我看見李大成和青萍兩個人上樓去了。」西門太太道：「管他們幹什麼？昨晚上我遇到她，比這還稀奇呢！——你的事情進行得怎樣了？」西門德眉毛一橫，笑道：「太太，我們又要抖起來了。

我正是急於要告訴你這訊息。」於是他斟著一杯茶，送到太太面前，笑道：「你想吃什麼就吃吧，我們有錢。」太太笑道：「瞧你這份高興！」她雖這樣說了，但對於吃倒是不退讓，拿起筷子夾了盤子裡點心，不問甜鹹，只管進用。同時望著博士，等他說話。

博士先把說服了虞老先生的經過，笑著報告一遍，然後道：昨日下午，虞先生派了一位吳科長拿出合約來，和我簽訂，他將合約給我看了，卻說再考慮一晚上。我當然知道怎麼應付他，悄悄的告訴他，請他吃晚飯。晚上，我在館子裡開了單間恭候他的大駕。這合約上訂明在重慶交貨車十五輛，簽訂合約的時候付我們定洋三分之一。」西門太太道：「這個我曉得，你只說他來了沒有。」西門德笑道：「他有油水，為什麼不來？」太太道：「你給他多少好處？」西門德道：「除了定洋，他八扣交款。我還答應送他一部半車子。」太太道：「那太多了！」西門德道：「羊毛出在羊身上，我們又不掏腰包，不答應他，他會肯簽合約嗎？這傢伙相當厲害，昨晚在菜館裡談起這事，他開口便道：『這種生意經，博士從何處學得來？這是空手奪白刃的戰術，把我們的定洋拿去，再在運貨上想點辦法，你不費一文，可把車子帶進來了。我們若不先撥這三分之一的定洋，這買賣就不好做吧？』我想戲法他完全知道，而且一路之上，還得全仗了他機關的字號過五關，如何能瞞得了他。便說生意成了，送他一輛車子。他笑道：『那你要蝕本了，假使賺不到一輛車子呢？』他臉上透著嫌少。我想照現在情形，刨除一切開銷，三輛車子好賺。便答應給他一半，只要一回成功了，不難作個下次。人要知足，你想你不幹，他捧了個肥豬頭，怕找不出廟門來嗎！」西門太太道：「那麼，合約是簽字了？」博士笑道：「這個你放心，我絕不放鬆，而且定洋他也交了。同時，在昨晚上，我又接洽了一件事。亞杰介紹我和他的老闆見了面。他答應讓給我一點外匯，希望我有車子，在運輸上幫他一點忙。總而言之一句話，一切順利，人不會永遠是倒楣的呀！只要肯變，就可以通。所以古人說……」

他兩人所坐的茶座正對了茶廳上樓的扶梯口，兩人說著，卻見李大成很快的一擠，在幾個人下樓梯口當兒，擠出去了。西門太太將筷子敲了博士的手背，努了努嘴。博士笑道：「這也無所謂。他們年歲相當，又是同學，戀愛還不是天經地義？至於花青萍幾個錢……」他不曾把話說完，只見青萍站在樓梯上，正向這裡招手。西門太太點著頭，叫了個「來」字，她便來了。

博士夫婦只當不曉得，並沒有問她什麼。西門德將桌上的現成茶杯，斟了一杯茶放在手下，笑道：「坐下來談談吧，要不要吃點東西？」青萍說了聲謝謝，挨著椅子坐下去，因道：「遇到了李大成，我請他吃頓早點。若是在樓下就早看到老師了。」博士笑了一笑。青萍垂著眼皮，想了一想，偏過頭去，向西門太太笑問道：「昨晚上二奶奶怪我來著吧？」西門太太道：「怪什麼？你們同事，她管不著。」青萍笑道：「我們是同學。」她說了這五個字，低頭去清理著懷裡的皮包。西門太太道：「你自然是個精靈孩子，大成也到了年齡了，而且人也很老成的，前途頗有希望。你在交際場上所遇到的，全是些闊人，他們都是玩弄女性的。你改變了作風，這倒很好。」博士道：「這也是『變則通』之類吧？」說畢，哈哈大笑。

一場風波

這位青萍小姐，雖是個新型的女性，然而也絕不是不曉得害羞。她聽了老師師母這種含糊其詞的說話，也感到有些尷尬，將方才斟的一杯茶端起來，慢慢喝著，不放下來，直喝到把那茶杯底翻轉過來。西門太太笑道：「黃小姐，我也和你實說了，我老早就看出你愛上了李大成，只是不便說。我要多事，早就把你這訊息告訴二奶奶了。其實，她也不會反對你有愛人。她還說，正要給你找個可靠的男朋友呢！」西門德笑道：「你這話不通。她一個太太，為什麼一定要反對人家小姐有愛人呢？」西門太太笑道：「你不懂得女人的心理！」西門德笑道：「你老說我不懂得女人心理，我這心理學博士的招牌，要被你砸碎了。那麼，我請教你，女人的心理是一種什麼心理呢？」西門太太就用吃點心的筷子，指著青萍笑道：「你不懂嗎？可以跟你高足去學，她懂得女人心理，要不然，二奶奶怎麼會這樣喜歡她呢？」青萍低聲笑道：「茶座裡人多，少談吧。這樣說，給人家聽到了，怪不好意思的。說正話吧，老師還要吃點什麼？」說著，她提起手提包將封口鎖鏈子位開，在裡面取出一疊十元一張的關金票子，掀了兩張，放在桌子角上。西門太太笑道：「我們兩個人，哪裡就吃得了這樣多的錢？」青萍笑道：「既要請老師，也不應該吃百十塊錢，總得花幾百塊錢才像樣。」博士笑道：「你唱一回戲，能拿多少戲份？」青萍道：「戲份嗎？根本我就沒有夢想到這兩個字。在台上唱破了嗓子，恐怕還買不到一雙皮鞋呢！」西門太太道：「說到皮鞋，我看你左一雙右一雙的，大概囤積得不少吧？」青萍笑道：「原來有兩雙新的，昨天看到商場裡有一雙真的香港貨，我又買了一雙。」博士笑道：「聽你的話音，必然還有舊的，總不止三雙吧？」青萍笑道：「反正那都是服役年齡已滿的，管它多少！」

西門太太聽說，便扶著桌子角低下頭去，看她腳上穿的這雙玫瑰紫淡黃沿邊圓頭皮鞋，笑道：「這是新編入艦隊服役的了，是戰鬥艦，還是巡洋艦，或者是驅逐艦？」西門德笑道：「都不是，應該是戰鬥巡洋艦。何以言之，必如此，征服力才夠快而堅強！」青萍笑道：「老師也和我開玩笑。其實像我這樣個人，是慣於被人家征服的。」說著，搖搖頭，微微嘆了一口氣道：「這社會上沒有什麼人可以了解我。」博士道：「二奶奶了解你。」青萍笑道：「她了解我？她是太有錢了，猶之乎買一隻小貓小狗的解解悶罷了。」博士道：「那麼，李大成能了解你嗎？」她噗嗤一笑道：

「他更不了解我。」西門太太道：「你這就不是實話。他不了解你，你怎和他很要好呢？」青萍笑道：「他是征服了我。不是……」說著扭扭脖子一笑。西門太太搖搖頭道：

「你這叫強詞奪理。你說別人征服了你，猶有可說，你說李大成征服了你，那簡直是笑話！他無錢無勢，窮得還要你幫助他，用什麼東西征服你？」青萍道：「老師師母，並不是外人，我還有什麼不可說的。在同學的時候，大成是個有名的用功學生，我倒是很器重他的，可是他並不知道我器重他。大家全是小孩子，也沒有別的意思。這次我在重慶遇到他，其先無非向他表示一種同情心，後來我看到他很忠厚，而且對我也非常尊敬，這尊敬絕不像那些闊人似的有什麼用意，他完全是感謝我的幫助。在我認得的男人裡面，這樣純潔而尊敬我的，還沒有第二個，所以我……」說著，笑了一笑。西門太太道：「所以你就愛上他了！」

西門德銜著雪茄，聽她們兩人說話，等到說完，取下雪茄在菸灰碟子上敲敲灰，正了顏色道：「青萍，我以老師資格，得勸你兩句話。青年男女戀愛，這是自然的發展，不必老師管閒事。不過你既然幫助他，他又尊敬你，那是很好的現象，希望你照正路走。晚上看戲，早上吃館子，你帶了他走，儘管花你的錢，可是他除了浪費金錢和時間外，也容易誤了正事。你既然替他找了工作，你得讓他好好的作事，可別老帶了他玩，玩多了，老實人也會出毛病的。」

西門太太看看青萍的顏色，雖還自然，可是微笑著並不答話，便答道：「她的心眼比你更多呢！以為你所說的話，她見不到嗎？你請便吧，這裡可不是課堂。」西門德道：

「我真要走了，你們談談吧。」說著夾了皮包站起身來，點個頭道：「你今天下午可以回去了，三五天內，也許我就要走了。」說完，向青萍微笑，自行走去。

青萍問道：「老師哪裡去？」西門太太因把他已簽了合約的話告訴她。她笑道：「這樣說來，老師可說有志者事竟成了。」西門太太笑道：「你呢？」青萍聽了，不覺得微微嘆了口氣，接著又搖了搖頭，笑著問道：「昨天晚上，二奶奶回去談到了我什麼沒有？」西門太太笑道：「你倒是很在乎她。」青萍兩手盤弄著桌上的茶杯，眼睛注視了杯子上的花彩，低聲道：「師母，你還有什麼不知道的？我的經濟問題，非仰仗她不能解決。我以前不認識她，卻也罷了，既認識這麼一個財神奶奶，就不可失掉這樣一個機會，要借她的力量，作點事情。並不是我居心不善，打她們家的算盤。他夫婦有的是錢，很平常的就是三萬五萬的糟蹋著。我們叨光他們三五萬元，也不過增加他們一筆小浪費罷了。她多這樣一筆浪費，身上癢也不會癢。可是我沾的光就多了。因此，我很不願意得罪她。」西門太太握著她的手道：「我很諒解你，你既和我說了實話，有可以幫忙的時候，我是願意竭力幫忙的。」青萍聽了，站起來握著師母的手，連連搖了幾下，因道：「我不陪你坐了。晚上溫公館裡見。」說著，拿著桌上的鈔票，向茶房招了招手。茶房接過錢去了，她道：「找的零數，師母代收著吧，我要走了。」說著，她又看了看手錶，人就向外走。西門太太握住她的手，跟著送了兩步，笑道：「是不是那個小夥子還等著你說話？」青萍點了兩點頭，就搶著出去了。

西門太太笑道：「這位小姐，真是有點昏頭昏腦。一想起了心中的事，連會帳找零頭的工夫都沒有了。」但是她急急忙忙的走去，哪裡聽得師母的言語？西門太太和茶房算過帳，竟退回一百多元來。她受了人家的請，還落下這麼些個錢，心裡也就想著，黃小姐表面上好像是很受經濟的壓迫，不得不和有錢的溫二奶奶周旋，可是她花起錢來，卻是這樣不在乎。這不是一種很矛盾的行為嗎？她心裡悶住了這樣一個問題，倒也願意向下看去，看這件事怎樣發展。

當時西門太太回到溫公館去，二奶奶還沒有起床，自不必去驚動她，就到樓下小客廳裡坐下來看報。坐了一會，卻聽到隔壁小書房裡溫五爺在接電話。原來這樓下的電話機，是裝在大客廳的過道裡的。西門太太在這裡，雖是很熟，可是對溫五爺很少交談，能避免著不見面，就避免著不見面，因之聽得五爺接電話的聲音，就沒有出去，依然坐在屋子裡看報。

這就聽到五爺先發了一陣笑聲，然後低了聲音說：「昨晚上怎麼沒有和二奶奶一路來呢？」力聽了這句話，就知道他是在和青萍說話。隨後又聽到五爺道：「你怎麼常常的生病？我有一句不入耳之言勸你，不知道你可願聽……既是願聽，那就很好，依我說，你不必玩票唱戲了。若說為了生活，那是一個笑話。若說為了興趣，我覺得也沒有多大的興趣。」

說到這裡，五爺停了一停，然後很高興的笑道：「那極好了！你果然有這個志氣，我一定幫忙。」他又停了一停，笑道：「大大的幫一個忙？這大大的忙，是怎樣的大法？不過我是今早上打算請你吃點心的，你昨晚上沒有和二奶奶來，我大為失望。」接著又笑道：「那麼，信上談吧！」五爺接完了這電話，就悄悄的走了。

西門太太又看了十來分鐘的報，聽著外面汽車響，是五爺走了，便從從容容走到樓上。二奶奶披著睡衣，踏著拖鞋，在廊子上遇到她，因問道：「你哪裡去了？我正到你房間裡去找你呢！」西門太太笑道：「出去會老德去了。你衣服沒有穿就來找我，有什麼要緊的事嗎？」二奶奶手扶著欄杆，出了一會神，點點頭道：「索性回頭再說吧。」

西門太太看她臉上透著幾分不高興，心想，這又是什麼事呢？不免對她看了一眼。溫二奶奶道：「回頭我要和你詳細的談，你先別走開。」西門太太看到她說的這樣鄭重，自然是等著。二奶奶梳洗完了，便叫女僕來請到她臥室裡去談話。

溫二奶奶架腿坐在沙發上，左手端了一隻彩花細碗，裡面盛著白木耳燕窩湯，右手拿了一隻小銀匙，慢慢的舀著湯呷，一面向西門太太點個頭道：「吃了點心沒有？請坐，請坐。」西門太太笑道：都快十點鐘了，還沒有吃早點嗎！再說我正愁著發胖呢，還吃這些子補品嗎？說著，在她對面椅子上坐下。二奶奶將手一揮，把女僕打發走了，然後向西門太太微笑了一笑，因道：「我有一段訊息告訴你，你也許不相信，我們這位五爺，竟然向黃小姐打主意。」

西門太太臉色動了一動，因笑道：「這話是真的嗎？我想不會。青萍和你那樣要好，而且你也知道她正追求著一個青年小夥子。」二奶奶道：「就是從這裡說起了。昨晚上我告訴他戲館裡所見的事，他竟是心裡十分難過，透著有點兒吃醋。」西門太太笑道：「男子都是這樣的，聽說他認識的女人和別人要好，就大不以為然。尤其是長得漂亮一點的女子，他更是不願意。」

二奶奶搖著頭道：「不然。」說著，她把那碗燕窩湯放在旁邊茶几上，一看，還有大半碗呢。她兩手抱了膝蓋，臉上有些不痛快，接著道：「他和我嘰咕了好幾次，要我追問青萍和那青年要好到什麼程度。又說，他兩個人不至於到旅館裡去吧？我這就有點疑心了，索性誇張了我們在戲館裡所見的事，說是看到青萍和那青年一路走出去了。那樣夜深，還有哪裡去呢？他說，要奉勸他的朋友以後少和這類女子來往，也不要給她們什麼幫助。我就笑說：你幫助過青萍，我是知道的，她根本不領你的情，不過我沒有說破罷了。」西門太太道：「五爺承認他幫助過青萍嗎？」二奶奶道：「他當然不承認，可是在他那臉色上，我已經看出來他是很掃興的。這都罷了，我等他睡著了，在他的小手冊子上，尋出了一點祕密，有一行和青萍通電話的號碼，號碼上只注了一個『青』字。」西門太太笑道：「那是你多心了。註上一個青字，你就能認為這是青萍的號碼嗎？」二奶奶道：「猛然一看，原不能這樣說。可是這是青萍露出的馬腳。以前她曾告訴我這樣一個電話號碼，說是她寄宿舍對面一個事務所的電話，可以代轉。我嫌那個地方轉電話不好，沒有打過，號碼也忘記了。如今一看到這號碼，我就想起前事來了，一點兒也不錯。我們這騷老頭子，還是什麼坐懷不亂的柳下惠嗎！問題就是青萍是否接受他的追求。不過他既把電話號碼寫在手冊上，一定是常通電話，真是教人啼笑皆非。為了這件事，我大半夜沒有睡著。」西門太太笑道：「二奶奶的意思要怎麼樣？」她聽了這話，又噗嗤一聲笑了，因道：我也不知道要怎麼樣，只是心裡對這事不以為然罷了。其實這也是我想不開，當我在香港的時候，他在重慶怎麼樣子胡鬧，我也管不著。」西門太太笑道：「第一步，我們當然是從調查入手，我去向青萍探探口風就是。她若真有對不住你的地方，以後不許她再進你公館的門！」二奶奶搖搖頭道：「仔細研究起來，這事怪我自己不好。我怎麼把這麼一朵嬌豔的野花，引到我自己的家裡來？但青萍對於我這樣待她，是不應該在我這裡出花樣的。」

西門太太看她老是把話顛三倒四的說著，臉上是要笑不笑，要氣不氣的樣子，就憑這一點，可知她心裡頭是慌亂得很，便向她點點頭道：「你的意思，我大致是明白了。不過，這事急迫不得，三兩天之內，也許我不能把問題解決。」二奶奶笑道：「我的太太，你把男女之間的問題，也看得太容易了，若是男女之間發生了關係，也許這問題一輩子都解決不了，就是不發生關係，也不是兩三日可以解決的。」西門太太道：「那麼，我怎樣入手呢？也許一會兒工夫她就要來，讓我約她到南岸去談談吧。二奶奶點頭道：這當然可以，現在我只當全不知道。」

西門太太心裡為了這問題，卻已轉過了好幾個念頭，想到青萍再三曾叮囑了她和李大成的事，不能讓二奶奶知道，如今是更進一步，連她和溫五爺的事都讓二奶奶知道了，那她不會更見怪嗎？心裡這樣想著，就不免板了臉子，坐在那裡沉思著。二奶奶笑道：「這沒有什麼為難的，假如青萍是為了騷老頭子把錢引誘她，那不成問題，要花錢，我這裡拿錢去花就是了。」西門太太笑道：「那不至於，難道她還敢敲你的竹槓嗎？」二奶奶微笑道：「你以為她會愛上了我們家這個老頭子不成？」

就在這時，聽到女僕叫道：「黃小姐，昨晚上怎麼不來呢？」西門太太聽到，立刻向二奶奶搖了搖手。青萍走在樓廊上，聽到老媽子那一聲沉重的問話，覺得這話出有因，走進二奶奶屋子裡，看到師母也坐在這裡，兩個人的面色都很不自然，便猜到了十分之五六，站著轉了眼珠向二人看了一看，笑道：「二奶奶，我特意來向你道歉。」二奶奶且不起身，伸手握住了她一隻手，向懷裡一拉，笑道：「小東西，你知道要向我道歉？」

青萍隨了她一拉，身子就斜靠了沙發的扶手上坐著，因道：「像我們這樣的人，總是容易惹著嫌疑的。就是我同著我自己兄弟走路，人家也會說是一對情人。昨晚上我實在……」說到這裡扭頭兒一笑，又道：「真是不知道叫我說什麼才好。」二奶奶將手拍了她幾下肩膀道：「你若是和你兄弟一樣大年紀的人在一處，那我是大可原諒，若是和像你父親這樣老的人在一處，我就不能原諒你了。」說著，向西門太太看了一眼。

西門太太隨了她這一望，臉色也是一動，但立刻微笑了一笑，來遮掩這一刻不自然的表情。青萍是個出色當行的人，這樣的表情，她有什麼不明白？於是她又猜到事情之八九了。便笑道：「二奶奶，這個好意，我一定接受。其實我的生活，根本要改變了。」西門太太覺得是個扯開話鋒的機會，便道：「那必是你老師勸你的話，你接受了。」二奶奶聽了這話，倒是一呆，望了她道：「你老師勸你什麼話？」青萍笑道：「也不過是老生常談，勸我讀書罷了。」二奶奶道：「你有意讀書嗎？」她說著話，依然還是握了青萍的一隻手，繼續輕輕的撫摩著。她話裡自然還有一句話，就是說「你假如要念書，我可以幫助你的經費。」可是青萍笑著答應了她一句意外的話：「我要結婚了。」二奶奶猛可聽到，覺得是被她頂撞了一句，然而她立刻回味過來，還不失為一個好訊息，因道：你要結婚了？是大大的來個結婚禮呢？還是國難期間，一切從簡呢？「青萍向她看時，見她很注意自己的態度，便笑道：哪裡有錢輔張結婚禮呢？當然是從簡，能簡略到登報啟事都不必，那就更好。」二奶奶搖搖頭道：「這話我就不贊成。終身大事，難道就這樣偷著摸著去幹不成？對方是誰，我倒要打聽打聽。」青萍笑道：「暫時我不能宣布，恐怕不能成功，會惹人家笑話。反正事情成功了，我第一個要通知的就是二奶奶。」

正說到這裡，區家二小姐也來了，笑道：「怎麼一大上午就坐著議論起大事來了？黃小姐！來，來，來！我有件事要和你商量。」說著拖了她一隻手就走了。

二奶奶默然的坐了一會，向西門太太道：「她今天的話，半明半暗，是故意的還是無意的？」西門太太道：

「她現在迷戀著那個李大成，分明她說的對象是他。」二奶奶道：「你仔細去研究那話音，焉知她所說的不是我們那個騷老頭子？」西門太太連連搖著頭道：「不會，不會！」二奶奶又是兩手抱了膝蓋，呆呆的坐了出神。

西門太太不好在這時插下話去，便起身道：「就是那樣說吧，我回頭和她談談，有機會便來給你回信。」說畢，轉身出去了。二奶奶坐在這裡，感到越想越煩，忽然站了起來，披了大衣，提著手提皮包就向外走。她一個親信的女僕陳嫂，在一旁偷偷看了她大半天了，覺得必然有什麼心事，如今她忽然出門，臉上又帶了幾分怒色，這倒不能不問她一聲，便隨在她身後，輕輕的說道：「太太，哪裡去？汽車不在家呢！要我跟著去嗎？」二奶奶道：「我又不去打架，要你跟著去幫拳嗎？」陳嫂碰了個釘子，就不敢接著向下問。二奶奶一陣風似的走下了樓，陳嫂看著，越發是情形嚴重。但是她家裡，除陳嫂外，更沒有人敢問她往哪裡去的，只好由她走了。

二奶奶一直昂了頸脖子走出門，沒有人敢攔阻她，也就投有人知道她會向哪裡去。其實就她自己來說，在一小時以前，她也不能自料會有這樣的走法的。原來她一怒之下，竟跑向溫五爺的總公司總管理處的經理室來了。這時，恰好溫五爺在會客室裡會客，他的經理室卻是空室無人。這公司裡的職員，自有不少人認得她是總經理的太太，便有兩個人把她護送到經理室裡來招待。

二奶奶將手一揮道：「二位請去辦公，我在這裡等五爺一會子，讓他去會客，不必通知他。」職員們看看二奶奶臉上，兀自帶了幾分怒容，如何敢多說什麼，帶上經理室門逕自走了。

二奶奶坐到辦公室邊的椅子上，首先把抽屜逐一開啟，檢查這裡面的信件。溫五爺對於這辦公室的抽屜，雖然加以戒嚴，卻限於正中兩隻，而且也是在他離開公事房之時，方才鎖著。這時，他剛翻看著他檔案，哪裡會鎖？因之二奶奶坐下之後，由得她全部檢查了一遍。她在翻到中間那個抽屜的時候，看到兩個美麗的洋式信封，是鋼筆寫的字，下款寫著「青緘」，她心裡不由得暗暗叫了一聲：「贓證在這裡了！」

她立刻把兩封信都抓在手上，先在一封裡抽出信籤來看，正是黃青萍的筆跡，其初兩行是寫著替人介紹職業的事，無關緊要，中間有這樣一段：……你以為我們的友誼，是建築在物質上的，那你是小視了我。我若是只為了物質上得些補助，就投入了男子的懷抱，那我早有辦法了。老實說，我第一次被你所征服，就為了你對我太關切。人海茫茫，我也經歷得夠了，哪個是對我最關切的……二奶奶看到這裡，兩臉腮通紅，直紅到耳朵後來，口裡不覺向這信紙呸了一聲道：「灌得好濃的米湯！」

她呆了一呆，接著向下看，其中一段又這樣寫道：

……我原諒你們男子對於女子都有一種占有慾的，你不放心我，也就是很關切我，可是我向你起誓，我朋友雖多，卻沒有一個是我所需要的人選。

假如不是環境關係，我可以這樣說一句，我是屬於你的了。其實我的這顆心，早屬於你的了……二奶奶看到這裡，不由得跌跌腳，說出一句四川話來：「真是惱火！」就在這句話之間，房門一推，溫五爺走進來了。

他看到二奶奶，不覺「咦」了一聲。二奶奶看到他，沉下臉子，身子動也不一動。這一個突襲，溫五爺是料到不能無所謂的，加之又看到辦公室的抽屜，有幾個扯了開來，心中更猜到了好幾分。便勉強笑道：「有什麼事嗎，到公司裡來了？」二奶奶將臉板得一點笑容沒有，鼻子裡「哼」了一聲。這樣叫溫五爺不好再說什麼，搭訕著拿起煙筒子裡的菸卷，擦火吸了一根。

二奶奶板了面孔有三四分鐘之久，然後將手上拿的兩封信舉了一舉，因道：「你看這是什麼？你也未免欺人太甚！」溫五爺臉色紅了，架腿坐在旁邊沙發上，嘻嘻的笑道：「這也無所謂。」二奶奶將辦公室使勁一拍道：「這還無所謂嗎？你要和她住了小公館，才算有所謂嗎？」正在這時，有兩個職員進來回話，看到二奶奶這個樣子，倒怔了一怔，站在門邊進退不得。

溫五爺為了面子，實在不能忍了，便沉住了臉道：「你到這裡來胡鬧什麼！不知道這是辦公地點嗎？」兩個職員中有一個職員是高階一點的，便笑著向二奶奶一鞠躬道：「二奶奶，有什麼事我們可以代辦嗎？」二奶奶站起身來，將黃青萍的兩封信放在手皮包裡拿著，冷笑道：「你們貴經理色令智昏，什麼不要臉的事都於得出來！好了，我不在這裡和他說話，回家再算帳！」說著奪門而出，樓板上走得一陣高跟鞋響。

溫五爺氣得坐在椅子上只管抽菸，很久說不出話來。看到兩個職員兀自站在屋子裡，便道：「你們看這成什麼樣子！」那高階職員笑道：「太太發脾氣，過會子就會好的。」溫五爺道：「雖然如此說，這公司裡她根本就不該來。二位有什麼事？」兩個職員把來意說明了，溫五爺又取了一支菸捲來吸著，因道：「我今天不辦什麼事了。你去和協理商量吧。」兩個職員去了。

就在這時，桌上的電話鈴響了。他拿起話機來道：「又然嗎？勝負如何？哈哈，你是資本充足，無攻不克……你問我為什麼不參加？接連看了兩晚戲……哈哈！無所謂，無所謂，老了，不成了……哦！今晚上有大場面，在什麼地方？我準來。」停了一停，他笑道：「在郊外那很好，我自己車子不出城，你我一路走吧。」最後他哈哈一笑，把電話機放下了。

他坐在經理室裡吸了兩支紙菸，看看桌上的鐘，已經到了十二點，便開啟抽屜檢查了一番信件，中午只有兩個約會，一個是茶會，純粹是應酬性質的，可以不去。一個是來往的商號請客，自己公司裡被請的不止一個，也可以不去。但是今天既不打算辦公，也就樂得到這兩處應酬兩小時，到了下午兩點多鐘，回到公司經理室，又休息了一會，上午那個打電話的計又然先生，又打電話來了。溫五爺立刻接著電話，笑道：「開車子來吧，我等著你呢！」

放下電話不到十分鐘，計又然便走進經理室了，笑道：

「我上午打一個電話來，不過是試一試的，沒有想到你果然參加。」溫五爺笑道：「為什麼加上『果然』兩個字呢？你們什麼大場面，我也沒有躲避過。最近兩次脫卯，那也不過是被人糾纏住了，我這個慣戰之將，是不論對手的。」計又然笑道：「這樣就好，要玩就熱鬧一點。」說著，從西服小口袋裡掏出金錶來一看，點頭道：「走吧，回頭客人都到了，我主人卻還在城裡呢！」

二人說笑著上了汽車。汽車的速度，和人家去辦公的汽車，並沒有什麼分別。其實街上那些汽車跑來跑去，哪輛車子是辦公的，哪輛車子不是的，正也無從分別。四十分鐘之後，這輛車子到了目的地。那裡是座小山，自修的盤山汽車路，由公路接到這裡來。路旁松柏叢生，映得路上綠蔭蔭地。兩旁的草，披頭散髮一般，蓋了路的邊沿。這裡彷彿是淡泊明志的幽人之居，但路盡處，不是竹籬茅舍，乃是一幢西式樓房。這樓房外一片空場，一列擺了好幾輛漂亮汽車。

計又然在車上看到，先「呵」了一聲道：「果然客人都先來了！」

車子停下，早有兩個聽差迎上前來。計又然向聽差問道：「已經來了幾位了？」聽差微鞠了躬笑答道：「差不多都來了。」正說著，那樓上一扇窗戶開啟，有人探出身子來，向下招著手道：「我們早就來了。這樣的主人，應該怎麼樣受罰呢？」計又然笑著，把手舉了一舉，很快的和溫五爺走到樓上客廳裡來。這裡坐著有穿西服的，有穿長衣的，有的江浙口音，有的北京口音，有的廣東口音，有的四川口音，可想是聚中國之人才於一室。在場的人，趙大爺，金滿斗，彼此都相當熟，沒有什麼客套。只是其中有位穿灰嗶嘰駝絨袍子的人，袖子向外微捲了一小截，手指上夾著大半支雪茄，坐在一邊沙發上，略透著些生疏。

溫五爺走向前去和他握著手，笑道：「扈先生，幾時回重慶的？」扈先生操著一日藍青官話，答道：「回來一個星期了，還沒有去拜訪。」溫五爺說了一句「不敢當」，也在附近椅子上坐下，笑問道：「香港的空氣怎麼樣？很緊張嗎？」扈先生笑道：「緊張？香港從來沒有那回事。我就不懂香港以外的人，為什麼那樣替香港人擔擾？在香港的人，沒有為這些事擔心少看一場電影，也沒有為這些事擔憂少吃一次館子。」溫五爺笑道：「那麼，香港人士認為太平洋上絕不會有戰事的了。」他說時，態度也很閒適，取了一支菸在手，劃了火柴慢慢的抽著，噴出一口菸來，微笑道：「我想人家外國人的情報工作，總比我們辦得好。既是香港官方還毫不在乎，那麼，我們這分兒擔心，也許是杞人憂天了。」計又然走過來，將他的袖子拉了一拉，笑道：「今天只可談風月，來，來，來！大家已經入座了！」

溫五爺在他這一拉之間，便走到隔壁屋子裡去。這裡是一間精緻的小客室，屋子正中垂下一盞小汽油燈，照見下面一張圓桌子上面，鋪了一床織花毯子，毯子上再加上一方雪白的台布，兩副嶄新的撲克牌，放在桌子正中心。圍了桌子，擺著七隻軟墊小椅子，那椅子靠背，都是綠絨鋪著的，想到人背靠在上面，是如何的舒適。每把椅子的右手，放著一張小茶几，上面堆放了紙菸聽和茶杯，另有兩個玻璃碟子，盛著乾點心。除了靜物不算，另外還有兩個穿了青呢中山服的聽差，垂手站在一邊，恭候差遣。這個賭局，布置得是十分周密的。

溫五爺到計又然別墅裡來賭博，自然不止一次，但他看到今日的布置，比往日還要齊全一點，也許是計又然不光在消遣這半日光陰，而是另有含義的。這時，靠牆的一個壁爐裡（這是重慶地方少見而且不需要的玩意），已經燒上了嵐炭。屋中的溫度，差不多變成了初夏，旁邊桌案上大瓷瓶裡的梅花，一律開放，香氣滿室。大家興致勃發地，隨便的拖開椅子坐了。

予是計又然將一盒籌碼，在各人面前分散著，計白子十個，共合一萬元，黃子九個，共合九萬元，綠子九個，共合九十萬元，紅子四個，共合二百萬元，統計所有籌碼是三百萬元。各人將子碼收到面前，計又然先就拿起牌來散著。

這個日子，唆哈的賭法，雖還沒有在重慶社會上普遍的流行，然而他們這班先生，是善於吸收西方文明的，已是早經玩之爛熟了。在賭場上的戰友，溫五爺是個貨殖專家，他的目的卻是應酬而不想在這上面發財，尤其是今天加入戰團，由於二奶奶的突襲公司經理室之故，乃是故意找個地方來娛樂一下，以便今晚上不回公館。因此根本上就沒有打算贏錢，既不圖贏錢，一開始就取了一個穩紮穩打的辦法。

而他緊鄰坐著的扈先生，卻與他大大相反，他平日是大開大合的作風，賭錢也不例外，要贏就贏一大筆，要輸也不妨輸一大筆。在幾個散牌的輪轉之下，溫五爺已看透了下手的作風，假如自己取得的牌不是頭二等，根本就不出錢，縱然出了錢，到了第三四張，寧可犧牲了自己所下的注，免得受著扈先生出大錢的威脅。然而就是這樣，變著下手的牽制，也輸了二三十萬了。

賭到了深夜一點鐘，趙大爺輸了個驚人的數目，共達一千二百萬。大家雖賭得有些精疲力倦，無如他輸得太多，誰也沒有敢開口停止。又賭了一小時，趙大爺陸續收回了幾張支票，把輸額降低到八百萬。計又然是個東家，他看著趙大爺輸了這樣多的錢，也替他捏一把汗，現在見他手勢有了轉勢，自也稍減重負。正在替他高興，不料一轉眼之間，他又輸了一百多萬，便向他笑道：「大爺，你今天手氣閉塞得很，我看可以休息了。或者我們明日再來一場，也未嘗不可，你以為如何？」

趙大爺拿了一支紙菸，擦著火柴吸上了兩口，笑道：

「還在一千萬元的紀錄以下呢！讓我再戰幾個回合試試。」計又然也不便再勸什麼，只是默然對之。又散過了幾次牌，趙大爺還回覆到他以前的命運，始終起不著牌，他不能再投機，自己已沒有那種膽量。若憑牌和人家去硬碰，除了失敗，絕無第二條路。既然如此，這晚若繼續的賭下去，也許會把輸出額超過二千萬去。這樣想著，向站在旁邊的聽差，叫他打個手巾把，自己便猛可的站起來。

計又然問道：「怎麼樣，你休息一下子嗎？」趙大爺搖搖頭笑道：「我退席了。這個局面我無法子挽回了！力那位扈先生，始終是個大贏家，他倒為趙大爺之繳械投降，而表示同情，因點點頭道：那也好，我們不妨明天再來一場。」其餘在場的人，無論勝負，都為了趙大爺之大敗，不得不在約定的時間之後繼續作戰。這時，他自動告退了，大家自也就隨著散場。

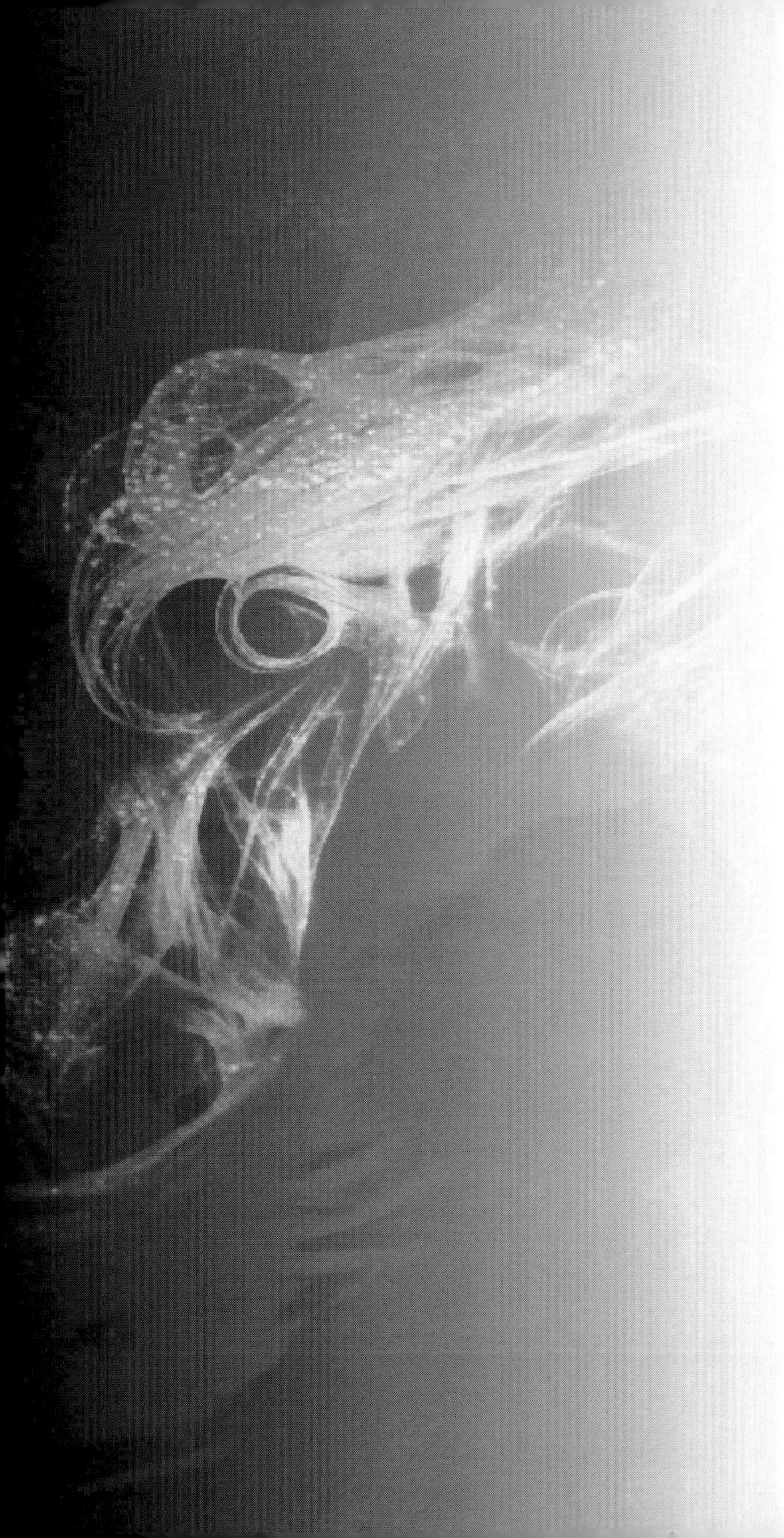

還是我嗎？

當時，各位賭友在極大的興奮與刺激之後，都覺得十分疲倦，由於計又然的招待，紛紛入房安寢。這些賭客裡面有一腔心事的，還是趙大爺和溫五爺。趙大爺是輸的太多了，有些心疼。而溫五爺卻是惦記著二奶奶，這晚不回家，暫時是得著了勝利，可是回到城裡，她若再進一步的鬧起來，自己可對付不了。因之只睡了一覺，早上八點多鐘就醒過來了。盥洗後，吃了一點牛乳餅乾，銜了一支菸卷，到別墅門外散步。

事有湊巧，趙大爺踏著路上的落葉，口銜了雪茄，也背手在樹腳下閒蕩。他看到了溫五爺，便點頭笑道：「何不多睡一會，還早呢！」溫五爺道：「我公司裡上午有點事，要趕去料理一下，幾時進城，我要搭你的車子一路去。」趙大爺向他臉上望了一望，笑道：「是不是為犯了夜，怕夫人在家生氣？」溫五爺笑道：「若要怕，也就不敢犯夜了。對於女人，最好是不即不離，太恭敬從命了，是自己找鎖鏈子套在頭上。」趙大爺向他望了道：「哎呀！你發牢騷，莫非真有問題吧？那麼，我送你回公館去。」

溫五爺先笑了一笑，然後點了點頭道：「我們是老朋友，有事不瞞你。我那位二奶奶，實在太不像話，昨天她竟鬧到公司裡來檢查我的信件，所以我氣不過，昨天一天都沒有回家。」趙大爺笑道：「怪不得昨天你會參加我們這個組織了。是否你和黃小姐來往的事，讓她發覺了？」

溫五爺笑道：「你雖然碰到過好幾次我和黃小姐在一處，其實，我們並沒有什麼深的關係。」趙大爺走近一步，拍了他的肩膀笑道：「憑你這樣一說，至少是淺的關係已經有了。我倒奉勸你一句話，這樣的摩登女子，我們中年以上的人，對付不了。」溫五爺笑道：「你趙大爺也並非不愛摩登女性呀！」趙大爺笑道：「飲食男女，人之大欲存焉。我不敢說絕對不沾染，可是我對女人有個分寸，凡是不大好惹的，我就知難而退。你呢，家中的內閣，已是一副辣手，而你打算玩的偽組織，更是厲害。」溫五爺笑道：「我絕無玩偽組織之意。不過我這人是受不得刺激的。我們這位二奶奶，若不知進退，一定和我胡鬧，我就再討一房太太。反正她也沒有那法律地位，能到法院裡去告我一狀。」

趙大爺笑道：「若把你這種話傳到二奶奶耳朵裡去，豈不讓她傷心欲死？來，來，來！還是我來給你打個圓場，我送你回公館去吧！」溫五爺道：「那你不是叫我去投降？」趙大爺伸手拍了他的肩膀，笑道：你不投降，打算怎樣？

我的經驗，知道五種女人最厲害。第一是有法律地位的，第二是握有經濟權的，第三是善於交際的，第四是肯不顧身分的，第五是有職業的。二奶奶現在是屬於第二三兩型的，她不但有錢，無懼於你之封鎖，甚之她還可以對你來個反封鎖。加之你的朋友，她全認識，她可以隨處制止你的活動。

你若要逃避她的權威，除非上天，否則是你能去的地方她也能去，這就造成她攻守自如的局面。你不投降怎麼辦？當男子們迷戀女子的時候，把腦袋割給人家也肯幹，你當年把自己一束鑰匙，交給了內閣，無非是表示合作無間之意。那時，你自然不會再想到自己再會調皮，要玩什麼手段，如今是小小調皮，都在所不許……溫五爺跳了腳皺著眉道：「不談了，不談了！」趙大爺笑道：「還是回去投降吧！嚴格的說起來，總是男子不好。無論多大年紀，不能有接近女人的機會，有了機會，就想不安分。黃小姐是二奶奶的朋友，你怎麼好意思去侵犯呢？可是這話義說回來了，假使我家內閣，引了這樣一位美麗的小鳥到家裡來，我也說不得什麼四十不動心了。」說罷哈哈大笑。

這時，溫五爺倒不想自己的問題，而另為趙大爺著想，覺得他實在看得開。昨天晚上輸了上千萬，今天一大早，就這樣高興的談女人，一點不在乎，實在可佩服。趙大爺道：「不用想了，我們同車走吧。」於是向主人告別後，強邀了溫五爺上車，將他送回公館裡去。

那二奶奶雖是喜歡睡晏覺的人，可是這日早上，也醒得很早。這時睡在床上，正捧了報看。女僕進來報告，五爺回來了，還有小鬍子趙大爺送他回來。現時在樓下客廳裡等著，要見二奶奶。二奶奶一聽，就知是什麼來意。於是匆匆的盥洗了一番，草草的抹了些脂粉，就走下樓來。這時溫五爺已避開，這客廳裡只有趙大爺一人，迎著她，拱了兩拱手笑道：「一早就來打攪，真是對不住之至！」二奶奶笑著讓坐，因道：「大爺的話，一定是告訴我昨晚上打了一夜小牌。」趙大爺搖了頭笑道：「憑你二奶奶絕頂聰明，還只猜到一半：哪裡是什麼小牌，我輸了一家銀行了！」因將昨晚上的事略略說了一遍。

二奶奶道：「好在大爺有辦法，還不在乎。那麼，我們這位呢？」趙大爺道：「他贏了我三十多萬，還沒有收我的支票呢。這話不談，我今天送五爺回來，教他向二奶奶道歉。你們是老夥伴了，何必總是像賈寶玉林黛玉似的，三天兩天鬧脾氣！」二奶奶道：「我沒有什麼，只是他作的事太不應該。大爺，你想，我是那種拈酸吃醋的人嗎？一去香港，就是半年，他在重慶幹什麼無法無天的事，我也管不著。只是這一回，他太豈有此理了！」

趙大爺坐在她對面，將手拱了兩拱，笑道：「無法無天這四字或者太嚴重一點。可是這確是先生背著太太軌外行動。我很勸了五爺一番，說他不應該。那一位是什麼人物，我們怎好惹她？而況又是二奶奶的小友。據他說，其實並沒有什麼，不過請她吃過兩次西餐而已。也許送了一點小款子，那數目有限得很。」

趙大爺這樣說著，二奶奶手指裡夾了一根紙菸，坐在他對面沙發上，緩緩吸著，聽下去。趙大爺偷看了她一番臉色，見她已不是初見那樣，將臉子板得緊緊的，便笑道：

他被我說了一番，也很後悔。他覺得不應當為這種女子傷了夫妻感情。可是話又說回來了，二奶奶也應當負些責任。知道這位五爺是不規矩的，為什麼把這個狐狸精引到家裡來？五爺究竟是受著二奶奶的統制，不敢太胡鬧，若是在別家，恐怕這情形還不止於此呢？」二奶奶笑道：「這話就不對了。哪位女太太沒有兩個女朋友呢？引了女朋友回來，就該發生問題的嗎？我明天見到趙太太，倒要問問有沒有這個理？」趙大爺笑道：「那不過也要看引著來的女賓是什麼樣子的人。假如引了黃小姐這種人物到我家裡去……」他說到這裡，聳了兩聳肩膀，掀動著嘴唇上的小鬍子，笑了起來。

二奶奶道：「好，我明天就把這話對趙太太去說！」趙大爺笑道：「男人總是不規矩的。你就不對她說，她也很知道我的脾氣。老夫老妻的，作太太的，裝一點馬虎，先生若作錯了事，總會後悔的。」二奶奶笑著點點頭道：「趙大爺很會說話。」他笑道：「倒不管我會說話不會說話，反正我的來意是不壞的。把問題簡單了來說吧！你要五爺怎樣和你道歉，你才可以寬恕了他，而不加以處罰？」

二奶奶噴了一口煙，嘻嘻的笑道：「說得我有那樣厲害！其實，我也並沒有和他怎樣過不去，不過是到公司裡去了一趟罷了。總經理的太太，到總經理的辦公室裡坐坐，這似乎也不犯法。可是他就大發脾氣。」趙大爺笑道：「他是什麼發脾氣，只因憑據拿在你手裡，下不了台，只好胡鬧一陣躲開你了。其實他昨晚不出去賭錢，老早回來向你告罪一番，你還不是一笑了之嗎？我就贊成先生們的信件，都要經過太太檢查，這樣少花許多錢，少誤許多事，在名譽上，也要少受些損害。二奶奶這個舉動，我極為諒解。這完全是為五爺本人打算，你自己是無所謂的。」二奶奶笑著一扭身子道：「趙大爺真有蘇秦、張儀的口才，可是你別在背後說我潑辣就好。」趙大爺「呵」了一聲，站起來笑道：「言重，言重！二奶奶，怎麼樣？你不見怪五爺了吧？」二奶奶要說的話全被趙大爺先說了，他一味軟攻，自己連繃著臉子的機會也沒有。因笑道：「我沒有什麼，只要他不再胡鬧下去就是了。你瞧……」說著把聲音低了一低，笑道：「那一位是我認作朋友，把她引到家裡來的，這樣我還敢交女朋友嗎？他不去勾引人家，人家也不見得會和他通訊。」趙大爺道：「這當然是五爺之過。我就說了他一頓，他也啞口無言。」

正說著，一個女僕由面前經過。趙大爺就叫她請五爺來。

溫五爺笑嘻嘻地手夾著菸捲走了來了。二奶奶繃著臉子，將頭偏到一邊去。趙大爺笑道：「你的下情，我已經和二奶奶說了。當然是你的錯，你不能再鬧脾氣了。」溫五爺笑道：

「我沒有什麼。」趙大爺轉過身去，向二奶奶拱拱手道：

「二奶奶聽見了，他說他沒有什麼，你也說過，你沒有什麼，這事完了。我告辭了。」二奶奶這才起身笑道：「你看我們的家務，要大爺勞神。」趙大爺笑道：「怎麼說是鬧家務？這是二奶奶整頓家規！」溫五爺說了一聲：「不像話。」二奶奶也不由得微微一笑。趙大爺向溫五爺道：「那麼，我走了，你謹領家規吧，不必送了。」說畢，抽身便走。

溫五爺把客人送到客廳門口，回頭見二奶奶還坐在那裡，便懶洋洋地向旁門走去。二奶奶道：「這就完了嗎？」五爺對趙大爺所說五種女人最難逗的話，已深深的玩味了一番，覺得實在不錯，若不知利害，和二奶奶爭吵，結果是自討苦吃，現在聽二奶奶這話，又有生氣的樣子，便立刻含著笑容走回來，因道：還有什麼不完呢？你難道真要罰我？「二奶奶道：那我怎麼敢，我可以和你離婚，把這位子讓給別人。」溫五爺笑道：「何致嚴重到這個程度！算了，算了，我認錯就是了！」二奶奶不再說什麼，板著臉子走上樓去。

溫五爺一路跟上樓來，一直到臥室裡，又笑道：「這件公案，可不可以收場？」二奶奶仰靠在沙發椅子上，因道：

「你讓我審一審，你說，你和她有了關係多久？」溫五爺笑道。「就是那幾封信，都在你手上了。她狡猾得很呢，把錢借到了手，三四天都見不著她，到了她缺錢的時候，她又寫信來了。不但是我，就是你，也最好遠離她一點，為著她傷害我們的感情，那是極不合算的事。」二奶奶將嘴一撇道：

「你別假惺惺了。果然如此，為什麼昨天不回來呢？我告訴你，我要報復你一下。你一天不回家，我就要十天不回家。我也到郊外去大賭幾場。」溫五爺笑道：「這還成問題嗎？你向來到哪裡去玩，我也沒有過問一次。」二奶奶笑道：

「哼！你別以為這是一個機會，我會多多的布下偵探，監視你和她的行動。」溫五爺笑著連說「聽便」。二奶奶道：「那麼，你在銀行裡撥二百萬款子給我作賭本。」溫五爺笑道：

「哪裡就要這許多？」二奶奶道：「你們輸贏好幾百萬，那是常事，到我這裡，二百萬就算多了嗎？」

正說到這裡，窗外走廊上有一陣皮鞋響，由遠而近。可是到了窗子邊，停了一停，又由近而遠了。二奶奶昂了頭問著「是誰」。外面是區家二小姐答應著：「是我呀。沒什麼事。」二奶奶道：「為什麼不進來？」五爺笑道：「請進！請進！我這就走。」說著，他抽身就向外面走去。

區家二小姐早已知道了溫五爺鬧的這場公案，年輕的人，都有些好奇心，覺得這件事十分有趣，正也想多聽些新聞。這時看到溫五爺紅著面孔走出來，卻只是含笑點個頭走了，更覺得這裡面大有文章，便又轉身走到窗戶邊來，笑嘻嘻的問道：「二奶奶一個人在屋子裡嗎？」她笑道：「哪裡還會有別人在我這裡？」二小姐笑嘻嘻的走進來，向她道：

「你是大獲全勝了。」二奶奶道：「這還不算，西門太太昨天回去了，不知道什麼時候會來，我想邀她一路到郊外去玩幾天，你有沒有工夫？」

二小姐見她斜靠在沙發上，抽著紙菸，左腿架在右腿上，倒不怎樣生氣，便挨著她坐下，低聲笑道：「我到重慶來了這樣久，也學了一兩句川話了。你這個意思，是不是所謂懲他一下？」二奶奶笑道：「男人的占有慾最大，他見了女人就愛，可是又怕自己的女人占不住。我們這位太豈有此理，我不能不氣他一下。南岸朋友家裡，有一座梅園，梅花盛開，前兩天他們就來邀我去，我還沒有約定日子。昨天下午，我已派人通知他們，今天去四五個人，你非陪我去不可！」二小姐道：「我就怕五爺怪我們作客的人多事。」二奶奶道：「諒他也不敢。你不去就不怕我怪你嗎？」二小姐聽了這話，心裡就立刻轉了一個念頭，覺得在溫公館裡住，比在旅館裡住要強過十倍。二奶奶不在家，自己就不便在這裡住，而且就是現在去找旅館，也極不容易，那就陪她去玩兩天也好。因笑道：「假使五爺不會見怪，我就陪你去。西門太太今天送西門先生上飛機，恐怕不會來了。」二奶奶想了一想，因笑道：「倒不一定要她來。我老早說，要到她家去看看。今天到南岸，順便到她家去一趟也好。」二小姐道：「若是她又過江來了呢？我們可不可以派個人過江去先通知她一聲。」二奶奶笑道：「那不但是排場十足，而且是有意讓她盛大招待，事先教她去準備呢。你覺得這樣妥當嗎？我們下午過江，她在家不在家，那有什麼關係，我們人到禮到就行了。」

二小姐曉得二奶奶有些闊人派頭，拜訪人家，倒希望人家不在家，好丟下一張名片就走。因之就依著二奶奶的主意，吃過了午飯。一同過江。溫公館裡本有兩乘自備轎子。她兩人正好各坐一乘渡江，向西門德家裡來。

西門太太也有了她的計劃，先生一走，在勢絕不能再和這個下逐客令已久的房東鬥爭，便把東西收拾收拾，在區老太爺那裡分一間房子，安頓一部分細軟，讓劉嫂看守著，自己索性住在溫公館裡。為了青萍的事，二奶奶正竭力拉攏著，住在她那裡，也沒有不歡迎的。這樣一想，她也曾把這意思略略的告訴了劉嫂。

這日，劉嫂在廚房裡切菜，向對門廚房裡的人擺龍門陣。那邊廚房，便是房東錢家，他們賓東之間，常在這裡收到「廣播」。那邊廚房裡有一個奶媽，她是女傭工中一個有錢而又有閒的人。她沒有什麼工作，晚上帶了一個八個月的小主人睡覺，白天就抱了小主人閒坐。她這份非自由而實在自由的職業，也有點不自由之處，就是主人不能讓她抱著小主人走遠了。所以她除了大門口望望風景，這廚房裡倒是她最留戀的一個所在。

錢家有一個廚師，兩個大娘，三個轎伕。這邊房客也有兩個廚師，兩個大娘。當西門德的轎伕還在用著的時候，熱鬧極了，兩家共是十四人，把兩個廚房作了他們的「沙龍」，不分日夜，開著座談會。而奶媽又是他們裡面的權威，惹點小亂子也不要緊，反正東家不敢辭退。這時，她敞了褂子半邊胸襟，露了一隻肥白的乳房，粉刷葫蘆似的垂掛在外。她將小孩斜抱在左手肘裡，架了腿，坐在案板邊，騰出右手來，隨意挑選著案板上的豆芽來消遣。那也可以說是幫廚師老王的忙。她聽到對門廚房有洗鍋聲，高聲問道：「劉嫂，吃了午飯沒得？」劉嫂隔了窗戶答道：「我們太太回來不久，方才吃完咯。」奶媽道：「我們都要宵夜了，你們啥子事，朗格晏？」劉嫂道：「太太送先生上飛機咯。」奶媽道：「先生坐飛機到哪裡去？」劉嫂道：「曉得是到哪裡喲！啥子兩光三光的，遠得很。」奶媽道：「你們先生不在家，太太又天天過江，往後你真是自由了。」劉嫂道：「我們要搬到重慶溫公館裡去了。說是那溫公館真好，他們家開七八家公司，開兩三家銀行，主人家又作大官，打起牌來，輸贏幾十萬咯。在他們家作活路，一個月可以得到萬把塊錢小費。」

奶媽對於這一類的話，最是夠味，便丟下豆芽不挑選，抱了小孩子走到這邊廚房裡來。還不曾談五分鐘，正好房東太太巡查家務到廚房裡來，聽到了奶媽的聲音，便叫道：「奶媽，你怎麼又到人家廚房裡去了！十回到廚房來，九回碰到你在人家那裡。」奶媽笑嘻嘻地抱著孩子走了回來，對於女主人的話，雖然和平的接受了，但她也不示弱，因道：「十回碰到九回，總還有一回沒有碰到我吧？人家西門太太都要搬走了，我也只去得今天一天了。」房東太太道：「他們真要搬？搬到哪裡去？」奶媽道：「和重慶城裡一個頂有錢的溫二奶奶認識，要搬到她公館裡去，說是那溫家有錢的不得了，開了十幾家銀行，他們家大娘都賺萬把塊錢一個月。」房東太太紅著臉道：「鬼話！那樣有錢，你怎麼不到他家去當奶媽？我也曉得這個溫家，不過和一兩家公司一兩家銀行裡有關係罷了，有什麼稀奇！西門太太在我面前提到什麼溫二奶奶，溫三奶奶，我就不睬她，你有那閒工夫去聽他們瞎吹牛！」奶媽被女主人當頭一棒，就沒有敢回嘴。

忽然他家一個女傭人叫了進來道：「太太，家裡來客了！兩乘轎子抬了兩位摩登太太。」房東太太聽說，就立刻由廚房迎到前面正屋裡來。果然來了兩位摩登少婦。前面一位約二十七八歲，穿著海勃絨的大衣，在拿手提皮包的手指上，露著一粒珠光燦燦的鑽石戒指。女人們對於這一類的奢侈品，感覺最為銳敏，尤其是常走大都市的下江太太。因之房東太太猜定了這是個極有錢的人，正要打量後面一位年紀更輕的，這位太太先就點了點頭道：「這是蓉莊嗎？」房東太太笑道：「是啊！你太太貴姓？」她道：「我姓溫，請問西門先生住在哪裡？」房東太太笑道：「你是溫二奶奶嗎？」二奶奶笑著說了一聲「不敢當」。房東太太因笑道：

「我是久仰得很！久仰的不得了！常聽西門太太提到的，他們住在右手這幢房子裡，我來引路。哦！還有這位是？」說著望了後面的區二小姐點頭。二奶奶便給她介紹了。房東太太引著兩人到西門家樓下，高聲叫道：「西門太太，你家來了貴客了！」

西門太太早在樓廊上看見了，心想她又不認得二奶奶，你看，要她這樣滿面春風當著招待！便在樓上招手道：「請上樓，我們真是分不開，一天沒有到你公館裡去，你就追著來了！」二奶奶笑道：「我早就要來看看你的寶莊。」房東太太在一旁插嘴道：「我們這裡，和你公館打比。真是天上地下了，還說什麼寶莊！」說著，一路引了二位上樓。

西門太太將客人引到屋子裡來坐時，劉嫂覺得這兩位貴客上門，臉上異樣風光，忙著進來張羅了一會茶水，卻向房東太太笑道：「錢太太，你信不信呢？我們要搬過江北，不是有地方嗎？」

錢太太雖覺得這個老媽子太沒有規矩，然而她不知輕重的已經說出來了，這個問題是討論不得的。便笑道：「我怎麼不相信呢？你們有好房子住，為什麼要住這不好的房子呢？」劉嫂益發頂了她一句道：「哪裡喲，房東不借給我們就是了！」西門太太瞪了她一眼道：「快出去，客來了，哪裡有你在這裡說話的份！」

房東太太更是見機，早已偏過頭去和二奶奶說話，打了一個岔，將這句話鋒躲閃過去。她看到西門太太臉上頗有些不以為然的樣子，也許人家有什麼親切話要談，便站起來向二奶奶點著頭道：「我先告辭了，回頭請到舍下去坐坐。」說著她自下樓回家去了。她回到家裡，倒呆坐著想了一想。記得丈夫的大哥錢尚富，常說過溫五爺是重慶城裡一位活財神。他有一位二太太，最掌權，自然就是這個人了。西門太太常說，到溫公館去，倒是真的。他們認識這種財神，還怕沒有錢花，怪不得西門德去仰光了。

正想得出神，只聽得走廊下有人跑得「鼕鼕」有聲。奶媽叫道：「哎呀！太太快點出來吧！」房東太太不知有了什麼急事，搶著迎了出來問道：「怎麼了？怎麼了？」奶媽笑著喘了氣道：「那位太太說，要到我們家來看看你咯。」房東太太問道：「真的？」她道：「朗格不真喲？她叫我回來先通知你一聲。」房東太太笑起來道：「她自然要來看我。我們在上海是老朋友，老姊妹，她雖然作了女財神，我們往日的交情還在，趕快叫廚房裡預備開水泡好茶，不，還是叫陳嫂來吧！」陳嫂在門外答應著進來了。女主人笑嘻嘻的道：「我們家來了貴客，快把先生由外國仰光帶來的咖啡聽子拿去，煮一壺咖啡來。上次你煮的咖啡很好，就照那個樣子去煮。」這陳嫂在這主人家多年，頗知主人脾氣，凡是與主人有銀錢來往的，或者可以幫著主人發財的，來了之後，主人都煮咖啡給客喝。碰得好，家裡賭上一次錢，可以分幾百塊頭錢。因之聽了太太之言，很高興的去煮咖啡。

那溫二奶奶為人最好面子，看到這位房東太太，見面就是一陣奉承，也不能不和人家客氣兩句。她和西門太太談話的時候，奶媽抱了個孩子在窗子外踅來踅去，因問西門太太是誰的孩子？她說是房東家的孩子。奶媽聽說，抱了孩子笑進來道：「太太，請到我們家去坐坐嗎？」二奶奶隨便點了頭道：「好，一會兒我去看你們太太。」這奶媽以為是真話，所以抱了那孩子就跑回去報信。那邊房東太太煮上了咖啡，溫二奶奶還不知道呢！

她們坐著談了一會，還邀西門太太去逛梅莊。西門太太說是今日要在家裡收拾東西，明日趕去相陪。二奶奶倒也不勉強，因和區家二小姐告辭先走。西門太太送下樓來時，不免有一陣笑語聲。房東太太以為是佳賓來了，由屋子裡直迎出來，站在路頭上，連連的點了頭道：「二奶奶，二小姐賞光到舍下坐一會去嗎？我已經叫傭人煮好了咖啡了。」二奶奶為了情面，只得笑道：那怎好叨擾呢！力房東太太一面客氣著，一面攔著路頭，將兩手伸出，微微的擋著，只管笑了點頭道：「只請坐一會子。」

依著西門太太，本不願意二奶奶到這種人家去。她冷冷的站在一邊，把眼望著，並不作聲。房東太太向她笑道：

「西門太太，也到我那裡去坐一會子，我知道，你是喜歡喝咖啡的，我家裡已經把咖啡煮好了。」二奶奶明知道她們房東房客之間，有了相當的意見，若是在人家這樣招待之下，還不去敷衍敷衍，那是故意與房客一致，有意和人家彆扭了，便笑著和二小姐一同進了錢家。

西門太太站在屋簷下，並沒有移動腳步，房東太太已進了門，復又回轉身子，手挽了她的手，笑道：「我的博士太太，你還和我來這套客氣呢！請進，請進！」西門太太被她拉著，只得跟了她進去。在十分鐘之內，房東太太的客室裡已經布置得很整齊。正中桌子上換罩了一方雪白的台布，四套細瓷的杯碟，分放在四方，正中一隻玻璃罐子，放了許多太古方糖。二奶奶看到，首先表示了驚異，笑道：「自離開了香港，就沒有看到太古糖了。」房東太太笑道：「二奶奶客氣，你府上會少了這些東西！」二奶奶道：「咖啡可可粉，我們都有一點，只是這個糖，我們真的沒有。原因是四川根本就出糖，我們還費了許多手腳帶糖進來，幹什麼？可是現在知道，那是錯了，咖啡裡放著土糖，究竟是兩種滋味。」房東太太笑道：「這東西，我們家還有一點，我送二奶奶一盒。」說時陳嫂捧了一隻搪瓷托盆，托了一個咖啡壺，又是一聽牛奶，都放在桌上。錢太太親自提著壺，向各個杯子裡斟著咖啡。熱氣騰騰的，一陣陣的香味，送進了鼻子。二奶奶笑道：「這咖啡熬得很好。」

房東太太聽到二奶奶這樣誇獎，心中十分高興，又親拿了糖缸裡的白銅夾子，向各人杯子裡加著糖塊，又舉著牛奶聽子待要斟牛奶時，二奶奶卻牽著她衣袖，要她在椅子上坐下，笑道：「錢太太，你不必太客氣了，我們自己動手，而且我主張喝咖啡不必加牛奶，裡面有了牛奶，就把咖啡的香味壓下去了。」

錢太太算是坐下了，她對於這個提議極端贊成，拍了手道：「這話對極了！我一看二奶奶為人，就是氣味相投的，只是有一點，我們怕攀交不上。」二奶奶說了一聲「太客氣」，這主人家的陳嫂，已捧了兩隻玻璃碟子裝著乾果點心送了上來。便是這位奶媽，也特別殷勤，一手抱著孩子，另一隻手還端了一隻玻璃碟子來。錢太太道：「陳嫂，把那玻璃櫥子裡那一盒糖拿來。」陳嫂答應了一個「是」字。奶媽首先走去，立刻取了一盒未曾開封的太古糖來。她向二奶奶笑道：太太，你不要嫌少。」說著，便把糖盒放在二奶奶面前。二奶奶道：「謝謝了，你府上一家人，都客氣得很。」那奶媽雖沒有在客室裡分庭抗禮的資格，但她恰也不甘寂寞，抱了孩子在客室外走來走去。她覺得家中開七八家銀行的人，無論身上哪一處都是看著有味的。

西門太太雖也在受招待之列，但是她越看到房東家主僕過分殷勤，便越發不高興。她不便催二奶奶走，抬起手臂來接連看了兩回手錶。在她第二回看手錶的時候，二奶奶忽然省悟，她便站起來向房東太太笑道：「打攪打攪，哪天有工夫過江去的時候，請到舍下去玩玩。」房東太太笑道：「二奶奶有事，我也不敢留，不然可以在我們這裡便飯了走。——只好將來過江奉訪，再暢談了。」二奶奶道：「我一定歡迎。西門太太和我們是極好的朋友，我們是隔不了十二小時不見面的。哪天有工夫過江，可以同西門太太一路去，在我們那裡有一樣方便，晚上看完了電影，或者看完了戲，到我們家去，可以吃了點心再睡覺。床鋪也比旅館裡乾淨些。」

錢太太聽說，從心窩裡笑了出來，因道：「我一定去拜訪。若說有意去打攪，那可不敢，跟在二奶奶後面，長長見識，也不枉這一生。」二小姐聽到，覺得這位太太恭維人，有些過分。一個作太太的，何必這樣逢迎人。料想這家人的品格，也不大高，於是隨便扯了幾句閒話。二奶奶也看出她的意思，便起身向錢太太道：「我們還要趕上十里路，打攪打攪！」她說著話和區家二小姐一同道謝，走了出來。

忙著客氣，正是忘了拿那盒糖。奶媽拿了那盒子，高高舉著追了上來，笑著連說：「糖，糖，糖！」二奶奶笑道：「你看，我正是大意，也忘了給傭人幾個零錢。」於是開啟皮包來取鈔票。區家二小姐也在扯手皮包的鎖，這時二奶奶一擺手道：「我一齊代付就是。」說著取出大疊百元的鈔票，塞在奶媽抱孩子的手臂裡，因道：「你和那個陳嫂分了用吧。」奶媽接著了錢，同時得了個證明，就是相傳溫二奶奶家的傭人，每月可收入萬元，絕不是假的了。

房東太太隨西門太太之後，送著客人在門口登轎而去，方始回來。她回到自己家門口，見奶媽拿了鈔票在手，猶自笑嘻嘻的出神。便道：「下次來了客人，你不能這樣沒有規矩，我們陪著客人說話，你也在面前跑來跑去！」奶媽道：

那要啥子緊嘛？這位二奶奶對我們還不是很客氣，發財的人，真是有道理。」房東太太笑道：「既是發財的有道理，你可以學學她有道理，將來你也可以發財。你那錢應該分陳嫂一半了。」奶媽道：「那是當然。二天別人給了陳嫂錢，她還不是會分給我？不過像二奶奶這樣的好人，一生也逢不到幾轉略。」

房東太太本想說她兩句，因回頭看到西門太太站在半樓梯中間，向這裡嘻嘻的笑，便忍住沒有說，轉向她笑道：「她們這種人，就是看了錢說話。西門太太笑道：不一定是她們，睜眼看看這世界上的人，哪個又不是看了錢說話！」房東太太覺得這話裡有話，因點了頭笑道：「那是自然，博士太太，我們今天熬的咖啡怎麼樣？」她突然提出這一個問題，將西門太太要開始譏諷的話頭岔開。西門太太點了個頭笑道：「熬得不濃不淡，正好。」房東太太向她招了兩招手，笑道：「來，那咖啡還剩大半壺哩，到我們家來擺龍門陣吧。」

西門太太站在那裡出了一會神，笑道：「我還要整理整理東西。」房東太太道：「你到梅莊去玩兒一趟，也用不著把東西整理好了再走。」西門太太笑道：「打攪你們久了，實在是不過意，我們應該搬家了。」房東太太聽了這話，笑嘻嘻的走上了樓梯，拉了她的手道：「你說這話，未免太見外了。若是這樣著，我非要你到我家喝咖啡不可。要不然，我們真生疏了。」

西門太太雖是十二分不高興，但在她這分殷勤之下，究竟是不能板起了臉子，因道：「我真要收拾收拾東西。」房東太太道：「難道你真個不給我一點面子？二奶奶那樣陌生的人，我一請就到了。我們呢，不說交情，至少也是幾個月的友。憑了賭場上這一段歷史，你也得受我一請。」她口裡在說，手裡在拉，被請的人，除了翻臉，實在不能不去。西門太太只得含了笑跟著她一道走去。

那把咖啡壺，還放在桌上。房東太太便叫道：「把這咖啡再拿去熬一熬。」陳嫂來拿壺的時候，又問她道：「我們櫥子裡的那鹵肫肝，還有沒有？」陳嫂道：「還有兩串。」錢太太笑向客人道：「你看，我又不是七老八十的，作事就這樣容易忘記。上次得了幾串鹵肫肝，我就說分兩串。因為我知道你是喜歡這種東西的。你少在家，你在家，我又出去打牌去了。總把這事忘記了。陳嫂去拿一串來看西門太太。」陳嫂見女主人特別客氣，那不是毫無原因的，看那顏色，又十分誠懇，這是不應該有什麼問題的。她端著咖啡壺去後，立刻就取了一串鹵肫肝來放在桌上。西門太太笑道：「你家也不多了，留著自己吃吧。」錢太太因她坐在對面長沙發上，便移過來和她並排坐著，覺得彼此是親熱多了。笑道：「住鄰居住得好，就像一家似的，還存著什麼客氣！這點小東西，我不好意思說送，你根本也就不該說謝。」西門太太道：「我在這裡住著，占著你們的房子，很是過意不去。我已告訴我們老德，這次到仰光，務必帶點好東西來送你，至遲後天，我們可以把房子騰出來了。不誤你的事嗎？」

錢太太握住了她的手，連搖了幾下，笑道：「你說這話，我就該罰你。上次我們為了一筆款子抵住了手，非將房子換出錢來不可，所以所以……」她說到託律師辭房客的事，感覺得有些不好意思，那個「所以」之下，卻續不完那一句話。正好陳嫂端了咖啡壺來，她便指著桌面前這個杯子道：「這是西門太太的杯子，你就在這裡斟上。」

西門太太卻不放過這句話，因笑道：「過去的還提他作什麼？好在我現在只一個人，又成天在溫公館混，倒不如搬到對江去省事多了。」房東太太道：「馬上過了霧季，城裡又要疏散了，還是不要搬吧。我們這房子，還有問題，賣不成呢。」西門太太望了她，微微的一笑。房東太太笑道：「這是真話，以先我們為了要錢用，所以想把房子出賣。後來這房子沒能及時賣出，我們在別的地方找了一筆款子，把這事應付過去了。可是這樣一個耽擱，立刻房價漲了兩三成，我想，留房子在手上，不是和留著貨物在手上一樣嗎？於是我們就變更了計劃，把這樁買賣拖延了一些時候。我們又沒有訂約，價目自然是可以升格的。最後，我們就把原議的二十萬元改成二十五萬。買房子的一生氣，就沒有向下說了。」西門太太道：「我們哪裡曉得？為了這事，老德看見菩薩就拜，到處託人找房子，真出了不少的汗！」說著，房東太太代客人在咖啡杯子裡加了糖，兩手捧了托住杯子的茶碟，送到西門太太手上，笑道：「趁熱喝吧。」

西門太太心想，這個人今天陡然換了一番面目，什麼道理？為的就是二奶奶來看了我一趟嗎？果然如此，我倒要開開她的玩笑。她接過杯子，拿了個小茶匙攪著。

房東太太道：「你還想什麼？我這是實話。」西門太太道。

「我倒不疑心你的話，我想我要早知道這件事，就不向二奶奶說要搬到她那裡去了。她和我太要好了。以前，我不曾要搬家，她還要我到她那裡去住呢！如今知道我要搬家，又和她約好了，怎肯讓我不去？去了吧？倒埋沒了你這番好意。」房東太太笑道。「這事好辦。等二奶奶遊山回去了，我和你一路到她公館裡去把這話說明就是了。」西門太太道：「我們兩人為了說這話前去，顯著把問題看得太嚴重了。改天再說吧！」房東太太道：「聽你的便，不過不說這話，我也要去拜訪她，她不是約了我和你一路去嗎？」西門太太緩緩的呷著咖啡，眼睛便望了杯子出神，沒有說話。兩個人靜靜地對喝了一陣子。西門太太放下杯碟來，笑道：「這位二奶奶，倒是好客，只是她的熟人也太多，真要好的，也只有兩三個人罷了。她是到處敷衍人，她隨口說的話，有時也不能太看重了。」

房東太太知道她的話是著重最後兩句，卻故意把這兩句話撇開，笑道：「我想，她最要好的女朋友，除了那位區二小姐，大概就是西門太太了。」西門太太笑了一笑道：「老實告訴你，她沒有我不行。她自己也作了幾筆買賣，需要我替她幫忙。其次就是人事上，也有要我替她奔走的地方。交朋友無非是在互相幫助，也可以說是互相利用。我為了搭上兩筆乾股作生意，也就只好隨了她。」房東太太笑道：她的生意，一定是大手筆，一注總是幾百萬吧！西門太太道：「她倒是大小不論。——你看我們一談話，就忘記家裡的事。有一隻電燈泡壞了，我還得打發劉嫂去買。」房東太太道：「不用去買呀，我這裡很多呢！要幾支光的，我去給你拿來。」西門太太道：「不用，我應當賠償一盞的。」房東太太笑道：「喲！怎麼說這樣見外的話！鄰居住得好，真是比自己一家人還要好，若是一個電燈泡都要算算帳，簡直和路人一樣了。」

西門太太覺得她所表示的，都過於親切，有些肉麻，便笑道：「我實在要回去看看，你有咖啡，只管留著，遲早我會來替你喝乾。」說畢，站起來告辭了，轉身就向家裡走去。

在屋裡，劉嫂迎著她笑嘻嘻的問道：「今天的事，真是新聞。太太在房東屋裡坐了朗格久！」西門太太笑道：「我自己都有些不相信。你看那個討厭的女人，對我二十四分客氣，把我當了她親姊妹一樣看待，我幾乎都不相信我自己是誰了。」正說著，那陳嫂一手提了一串鹵肫肝，一手拿了一隻電燈泡，笑著走上樓來，一齊都放在桌上道：「我們太太說，這電泡子是五十支光的，若是西門太太嫌不亮的話，我們家還有一百支光的，請劉嫂拿去換吧。」劉嫂站在旁邊就將嘴一撇道：「五十支光還嫌不亮嗎？平常二十五支光的，我們都不大用。」那陳嫂似乎明白她這話的用意何在，只笑了一笑，便走開了。

西門太太指了鹵肫肝道：「我忙著要走都忘了拿來。你看，她這份殷勤，五分鐘也不肯耽誤，就著人送來了。既然送來了，我就笑納了。你拿兩隻去煮煮，讓我吃晚飯的時候，喝二兩酒，也好痛快痛快！」劉嫂笑道：「我們真應該痛快痛快！」她主僕如此說著，到了吃晚飯的時候，劉嫂真的切了一碟子肫肝放在桌上，將玻璃杯斟了一杯白酒放在一邊。

西門太太坐下來只夾了一筷子肫肝送到嘴裡咀嚼著，口裡自言自語的道：「這劉嫂在我家越久，作事越是糊塗，我說用鴨肫肝下酒，她就只端了這一樣菜來。」門外有人接了嘴道：「菜來了！菜來了！」回頭看時，那陳嫂兩手端了兩隻青花細瓷碗來。放到桌上一看，乃是一碗紅椒青蒜乾燒鯽魚，一碗青菜紅燒獅子頭。

西門太太道：「嘿！這是你們太太送給我們吃的嗎？」陳嫂道：「我們太太說，這是她自己下廚房做的，雖然不好吃，倒是乾淨。」西門太太笑道：「那更是不敢當！」陳嫂倒退了兩步，兩手互挽了，站在那裡望著桌上笑道：「今天我們錢先生請了幾位先生在家裡消夜，太太自己下廚房去作菜。要是西門先生在家的話，一定也來請了去的。」西門太太笑道：「你轉去對你太太說，我實在謝謝，你太太作了兩樣菜，都忘不了我。」陳嫂道：「我跟著太太也學會了作下江菜，二天我作一兩樣菜給西門太太嘗嘗。」劉嫂也正端了自己家裡的菜向桌上放著，便接了嘴道：「你要請我們太太吃菜嗎？我們就在這兩三天之內要搬了。」陳嫂道：「我們太太說，要挽留你們。你們若是嫌房子不夠，她還可以再騰出一間來。」劉嫂還要說什麼，女主人當她送菜碗到桌子上的時候，就瞪了她一眼，她也只好不說了。

陳嫂去了，劉嫂還是忍不住要說，笑道：「真是稀奇得很，有這些好話，早作啥子去了！」西門太太端著杯子喝了一口酒，笑道：「我真要拿鏡子來照照我自己的相，我還是我嗎？」

魍魎世界——前方吃緊，後方緊吃

作　　者：張恨水
發 行 人：黃振庭
出 版 者：複刻文化事業有限公司
發 行 者：複刻文化事業有限公司
E-mail：sonbookservice@gmail.com
粉 絲 頁：https://www.facebook.com/sonbookss/
網　　址：https://sonbook.net/
地　　址：台北市中正區重慶南路一段六十一號八樓 815 室
Rm. 815, 8F., No.61, Sec. 1, Chongqing S. Rd., Zhongzheng Dist., Taipei City 100, Taiwan

電　　話：(02)2370-3310
傳　　真：(02)2388-1990
印　　刷：京峯數位服務有限公司
律師顧問：廣華律師事務所 張珮琦律師
定　　價：299 元
發行日期：2024 年 01 月第一版
◎本書以 POD 印製

國家圖書館出版品預行編目資料

魍魎世界——前方吃緊，後方緊吃 / 張恨水 著 . -- 第一版 . -- 臺北市：複刻文化事業有限公司 , 2024.01
面；　公分
POD 版
ISBN 978-626-7426-24-1(平裝)
857.7　　112022180

電子書購買

臉書

爽讀 APP